이기영 『고향』의 인물 스토리텔링 전략

이종호

문현

　서사텍스트에서 작중 인물들은 '소설 속의 모든 요소들이 근거를 두어야 하는 제1차적인 실체'이다. 그것은 인물의 삶-사건이 서사텍스트의 출발점이자, 귀결점이기 때문이다. 그리고 인물을 반영론의 입장에서 바라보느냐, 형식주의적 입장에서 바라보느냐에 따라 그 의미가 달라진다. 반영론의 입장에서 바라보면 인물들은 우리의 이웃이나 친구들과 같은 실제 인간들을 모방한 것이고, 형식주의적 입장에서 바라보면, 그들은 텍스트 내의 언어적 현상으로서 텍스트화된 인물에 불과하다. 이렇게 인물을 바라보는 시선이 다르다는 것은 그만큼 인물을 대하는 기본 인식이 한결 같지 않음을 의미한다. 그러나 반영론의 입장에 서건, 형식주의적 입장에서 서건 인물들은 삶-사건과 떼려야 뗄 수 없는 운명에 놓여 있다. 또한 그들을 바라보는 관점은 소설의 성격에 따라 달라질 수밖에 없을 것이다. 달라지는 것 또한 절대성을 담보하는 것이 결코 아님은 물론이다.

　'이기영은 계급문학운동의 전개 과정에서 한국 민중의 황폐한 삶의 문제성을 일제 강점기 농촌의 현실에서 찾아보고자 하였으며, 농민문학의 확대를 위해 꾸준히 노력을 기울였다. 그의 소설은 농민들의 삶의 다양한 문제성을 총체적으로 형상화함으로써 리얼리즘의 소설적 성취를 스스로 체현했기 때문에 식민지 시대 농민문학의 최대 성과로 평가받고 있다.' 특히 그의 대표작 「고향」은 계급문학운동의 전개 과정에서 거둔 단편적 성과들을 한데 모아 총체적으로 형상화해 낸 문제작으로서 이기영 문학의 최대 성과, 계급문학으로서의 농민문학의 대표작으로 손꼽힌다. 이러한 창작 태도 또는 작가의 관념적 태도를 전제한다면, 이기영 「고향」의 인물들을 반영론의 관점에서 바라보고 그들의 면면을 들여다보는 태도가 필요할 듯하다.

본 저서에서는 「고향」의 인물들을 이름, 성별, 나이, 출생지 및 거주지, 활동 공간, 직업, 출신 계층, 교육 정도, 가족 관계, 인물 관계, 인물의 존재 방식(사회 계층), 성격, 성격 지표 및 인물의 제시 방식 등으로 나누어 분석하였다. 이러한 분석은 반영론의 입장에 섰음을 의미한다. 이러한 입장은 텍스트내에서의 인물들과 역사적-사회적 사실과 진실로서 철저하게 감응하기 때문이다. 김희준, 안승학, 김선달, 조첨지, 방개, 음전 등 모두는 텍스트 내에 갇혀 있는 언어적 구성물 혹은 '말'로 존재하는 '형식'이 결코 아니라 역사적으로 이미 살았고, 지금-여기에서도 살고 있고, 앞으로도 살아갈 '우리'이다. 분석 항목의 결과가 이를 뒷받침한다. 이러한 인물 스토리텔링 전략 차원에서 분석한 본 저서의 내용은 당대의 역사적 - 사회적 현상을 살피는 데도 유용한 자료로서 그 가치가 있을 것이다. 또한 이 분석 틀과 내용은 현대소설 연구자들에게도 기본적인 연구 자료로서 그 의미가 충분할 것이다.

언제나 그랬듯이, 출판 시장이 많이 어렵다. 선뜻 출판해 주신 문현출판사 한신규 사장께 고마운 마음뿐이다.

발 표 년 도	〈조선일보(朝鮮日報)〉(1933. 11. 15~1934. 9. 21) 연재
시대적 배경	1920년대 중반 충청도 원터라는 농촌마을을 무대로 식민지 자본주의 아래서 농촌이 황폐화하고 농민계급이 분해되어 빈농과 노동자들의 갈등이 표면화하기 시작하던 시기
핵 심 서 사	1) 원터마을의 무더운 여름, 가난한 소작농들은 숨막히는 생활을 하고, 마름 안승학은 신선같이 살아가는 가운데 희준이 원칠네 품을 부탁함. 2) 동경에 유학했던 지식인 김희준이 귀향하여 소작을 지으면서 농촌활동을 벌이나 유희 기분에 들뜬 청년회에 실망함. 3) 마을 유지들은 봄놀이를 하고 소작농은 일손이 바쁜데 쇠득이 처 국실이의 불행한 내력을 소개함. 4) 박성녀를 비롯한 소작농들은 양식이 떨어져 양조장에서 술 지게미를 사고 마름집 안갑숙 남매는 귀향길에 이를 보고 놀람. 5) 모내기날 아침, 마름집에서 숙자와 언쟁을 한 갑숙은 희준과의 어릴 적을 회상하며 마을 여자들은 음식을 장만함. 6) 인순과 갑숙은 오랜만에 만나는데, 여공 인순은 갑숙에게서 빈부차를 느끼지만, 공장 생활을 통해 노동과 기아의 현실에 눈을 뜨고 있는 반면, 갑숙은 그런 인순을 부러워하며 각자 우울해함. 7) 아전 출신 안승학이 마름이 된 내력을 소개함. 8) 갑숙은 인순에게서 제사 공장 이야기를 듣다가 청년회 일을 돌아보고 오는 희준을 우연히 만나 은근히 그를 마음에 둠. 9) S청년회와 엡웰 청년회가 충돌하자 희준이 수습에 나서는데, 청년회 회의 장면에서 희준의 연설을 들은 갑

숙은 그를 경호와 비교하면서 사모함. 경호는 읍네 고
리대금업자 권상철의 아들로 자기의 정조를 빼앗음.

10) 소작인들이 모내기, 화중밭과 남새밭 메기, 마름집 마
당에서의 보리타작 등으로 바쁜데, 희준은 마을 공동
두레를 준비하기 위해 안승학에게 집문서를 잡히고
20원을 꾸려고, 숙자는 뒤에서 그를 비난함.

11) 인동은 방개와 밀회를 하고, 청년회 일이 잘 안 돼 실
망한 희준은 조혼한 아내가 바가지를 긁자 그를 때리
고 후회함.

12) 김선달이 현실을 개탄하며 공동체적 이상을 담은 꿈
이야기를 하고 청년회를 비판하며 희준은 김선달의
이야기를 듣고 인테리 근성을 자책함.

13) 쇠득이네 화중콩밭 콩잎을 백룡이네 소가 뜯어먹자,
쇠득이 모친과 백룡이 모친이 싸움을 크게 벌이고 국
실이가 양잿물을 먹고 자살을 기도하며 쇠득이는 백
룡이 모친에게 인분을 끼얹음.

14) 희준이 남의 일만 쫓아다니는 것을 고부가 못마땅해
하고 희준은 이에 화를 내다가 자신의 인테리 근성을
반성함.

15) 안승학과 숙자는 계산 끝에 원두막을 지어 참외를 먹
게 되고 갑숙은 경호의 연애 편지에 가슴을 태움.

16) 안승학의 본처 유순경은 서울에서 자식들과 따로 사
는데, 하기 방학을 맞아 귀향한 갑숙, 갑성, 갑준이
아버지와, 돈과 인간성 논쟁을 벌이는데 갑숙은 아버
지의 물신주의에 젖은 인생관을 듣고 비웃음.

17) 인동이는 방개를 두고 막동이와 싸우고, 순경은 갑숙이
경호 일로 고민하는 것을 눈치 채고 난희를 찾아감.

18) 희준이 안승학의 교묘한 방해에도 불구하고 마을 청
년들과 두레를 조직하며 마을 분위기를 화합으로 이
끌고, 직접 논을 매는 농사 체험을 하며 자신의 관념

성을 반성함.

19) 원터의 두레가 계속되고, 경호는 일심사에 거처하면서 자기 존재에 의문을 품다가 갑숙에게서 새로운 삶의 용사가 되라는 말을 듣고 번민함.

20) 안승학은 우연히 경호가 업동이라는 비밀을 알게 되자 생부 곽첨지에게 사실을 확인한 후, 이를 빌미로 권상철에게 부당한 요구를 함.

21) 인순이 어머니에게 연대의식을 느끼며 오빠의 여자 문제를 떠보고, 갑숙은 희준의 살림과 아내의 모습에 놀람.

22) 안승학이 갑숙의 혼인 문제를 거론하기 위해 상경했다가 갑숙과 경호의 관계를 알고는 충격을 받고 순경에게 칼부림을 함.

23) 권상철은 경호가 출생의 비밀을 알게 될까봐 전전긍긍하고, 갑숙은 경호에게 사실을 말하지 못하고 고민함.

24) 청년회 일로 상경한 희준은 박훈에게서 갑숙의 제사 공장 취업을 부탁 받고, 갑숙은 부모에게 편지를 써 놓고 가출하는데, 실의에 빠진 순경이 자살을 기도하지만, 행랑 어멈에게 구출됨.

25) 희준의 중매로 인동이와 주막집 딸 음전이 소박한 결혼식을 올리고 방개도 최기철과 결혼함.

26) 경호는 우연히 출생 비밀을 알게 되어 고민하다가 갑숙을 찾았으나 허사였고, 동경 유학도 결심하나 학업을 계속하여 졸업함.

27) 안승학이 권상철에게 위자료를 요구하고, 상철이 경호에게 사연을 듣고 승학에게 경호와 갑숙의 혼인을 제안하나 승학은 딸을 찾지 못함.

28) 원칠네 살림은 전보다 나아졌으나 풍년이 들었음에도, 금비값이 오르고 곡가가 오히려 떨어지고, 더욱

이 소작료와 혼인 빚으로 인해 남는 것이 없어 허탈감에 빠지는데, 인동은 야학을 통해 의식을 깨움.

29) 갑숙이 희준의 도움으로 옥희로 이름을 바꿔 인순이가 있는 제사 공장에 취업하여 동료를 의식화시키는데, 다음 해 봄, 공장 사무원이 된 경호와 우연히 마주치게 됨.

30) 경호는 갑숙에게 애정을 호소하나 거절당하고, 아내 음전에게 불만인 인동은 방개와 밀회를 함.

31) 경호는 가출하여 생부 곽첨지를 만나게 되고, 이 사실은 희준에 의해 지역신문에 대서 특필됨.

32) 원터마을에 홍수가 나서 인동이네 집 등이 큰 수해를 당하여 청년회에서 구호 활동을 벌이고 희준이 소작인들과 힘을 모아 소작료 탕감을 요구하나 마름 안승학과 지주에게 거절당하자 소작쟁의를 일으키고 때마침 제사 공장에서는 휴업과 부당해고에 항거하여 갑숙 등이 파업을 함.

33) 승학과 희준이 상대 동정을 탐지하고, 갑숙은 경호에게 사태를 해명하지만, 잘 되지 않음. 사장과 감독은 논의 끝에 파업을 자연발생적인 내부 사안으로 규정하고 안심함.

34) 갑숙은 경호에게 파업 철회 사연을 설명하고, 애정을 고백하는 경호에게 의식화를 전제로 혼인을 승낙하고 반성함.

35) 인동이의 아내에 대한 불만과 가정불화, 자기 아내와의 갈등, 모친의 낙심, 쟁의 중 생활비 고갈로 인한 작인들의 동요, 청년회의 배신 등으로 희준은 절망에 빠짐.

36) 갑숙이 희준을 만나 소작료를 탕감해 주지 않는 아버지를 대신하여 속죄하는데 그 자리에서 희준은 갑숙에게 애정을 고백하며 흥분하지만 끝내 자제함. 희준

	은 갑숙이 준 돈을 소작인들에게 공평하게 분배하여 쟁의의 이탈을 막음. 37) 희준은 갑숙의 계책에 따라 작인들과 함께 안승학을 찾아가 소작료를 탕감하지 않으면 경호와 갑숙의 관계를 소문내겠다고 위협함. 38) 안승학에게서 소작료 탕감 문서를 받고 소작인들 모두 기뻐하지만, 희준은 정당한 승리가 아니라고 부끄러워하며 각오를 새롭게 함.
주　　제	일제 강점기 하 지식인의 귀향과 농민의 의식화, 그리고 그 과정에서 지식인의 계급적 자기 반성과 소작농의 주체적 각성
등 장 인 물	김희준, 안승학, 안갑숙(나옥희), 김인동, 김인순, 권경호(곽경호), 권상철(권주사), 김원칠(관운장), 유순경, 박성녀, 김선달, 조첨지, 방개, 음전

● **김희준(金喜俊)**

성별   남자

나이(추정포함)   이십대 중후반으로 추정함.

출생지 및 거주지, 활동 공간

     ① 원터 읍에서 태어나 보통학교를 마침.

     ② 서울에서 중학을 마침.

     ③ 5~6년 간의 동경 유학을 함.

     ④ 고향인 원터 동리로 돌아와 농사를 지으며 야학을 운
        영하고 파업과 소작쟁의 등을 주도하여 빈농과 노동
        자들의 저항심을 고무시킴.

직업   농업에 종사하며 야학의 집행위원을 겸함.

출신 계층   농촌 빈농의 하류계층

교육 정도   동경에서 유학한 지식인

가족관계   늙은 홀어머니와 조혼으로 맺어진 두 살 위의 아내 복임
         과 큰아들 정식, 작은 아들과 살고 있음. 처가살이를 하
         고 있는 형 김명준과 형수, 시집간 누이동생 등이 있으며
         객주 영업을 하였던 조부 김호장 그리고 아버지 김춘호
         등은 죽음.

인물 관계   ① 사음으로서 원터 농민들을 수탈하는 안승학과 대립하
         여 농민들의 권리를 찾고자 함.

         ② 늙은 홀어머니, 처가살이를 하고 있는 형 김명준과 형
         수, 열네 살에 조혼한 무식하여 정이 붙지 않는 아내
         복임, 시집간 여동생, 의삼촌 김원칠과, 의남매 김인
         숙, 자신이 중매하여 맺어준 의형제 인동이와 주막집
         딸 음전이, 어렸을 적 소꿉놀이를 하였고 연정이 남아
         있는 마름 안승학의 딸 안갑숙, 야학 및 두레 등의 마
         을사업으로 인해 조첨지, 김선달 및 마을의 여러 사람

들에게 신뢰를 얻고 있음.

인물의 존재방식(사회계층)

원터의 빈농계층이지만 동경 유학을 마친 지식인으로서 농사를 직접 지으며 일제 강점기 농촌의 당면 문제에 관심을 기울여 그것들을 해결하고자 헌신하는 실천적 지식인

성격

① 진취적이고 소신 있는 성격으로 사명감을 가지고 계몽에 앞장섬.

② 지식인으로서 자존심이 매우 센 면모도 보임.

성격 지표 및 인물의 제시방식

〈예문 1〉

안마당에는 모깃불을 피워서 뽀얀 연기가 밤하늘로 가늘게 떠오른다. 모기 소리가 왱 하고 난다. 보리풀을 해다 쌓은 거름더미에서는 퀴퀴한 냄새가 바람결에 코를 찌른다. 그 밑에서 송아지는 꼴을 삭이고 누웠는데 거기서는 각다귀가 진을 치고 있다.

"아저씨, 진지 잡수셨어요."

"거, 누군가. 희준인가?"

"네!"

"조카님 오셨나. 저녁 먹었어?"

"네. 먹었습니다."

희준이는 박성녀의 인도하는 밀대방석으로 앉았다.

…〈중략〉…

"아저씨, 내일도 품팔러 가셔요?"

"가야지. 왜 그러나?"

"우리 일 좀 해주셔야겠는데요."

"글쎄…… 나는 갈 수가 없네마는 인동이나 보내도록 하지. 기애가 다른 집에 일을 맞추지니 않았는지 원……."

원칠이는 부채질을 하며 모기를 쫓는다.

…〈중략〉…

"별안간 농사를 짓자니까 두미도 모르고 힘이 차서 못 해먹겠어요."

"허허, 선비 농사가 그렇지…… 자네야 참 어디 농사를 지어 봤겠나. 올에 첨이지?"

"녜!"(19~20쪽)

〈예문 2〉

희준이는 동경에서 나온 지가 얼마 되지 않았다. …〈중략〉…

희준이가 그날 저녁때 정거장에서 차를 내려서 본정통으로 새로된 시가지를 보고 읍내의 신잘로를 보고 앞내의 방축을 보고 신설한 제사공장을 보고 놀란 것은 자기가 어렸을 적만 해도 불과 몇백 호 되지 않던 시골 읍내가 아주 대도회지로 변한 것이다. 그러나 희준이로 하여금 제일 놀라게 한 것은 그 동안에 자기 집의 변한 것이었다.

…〈중략〉…

희준이가 중학을 마치고 수 년 전까지 땅마지기나 남았던 것도 그의 조부가 모은 재산이었다. 그런데 그날 그 집을 찾아가서 보니 옛날의 집 모양은 간 곳 없고 그 터전에 신작로만 넓혀졌다. 장거리를 넓히는 바람에 바깥채는 헐리었다. 안채는 새로 짓고 전방을 꾸민 모양이었다. 그때 희준이는 마치 길을 잃은 나그네와 같이 한동안 우두커니 서서 자기 집의 옛터를 바라다보았다.(23~25쪽)

〈예문 3〉

그러나 희준이는 이런 것에는 도무지 상관도 없는 사람처럼 유쾌한 기분으로 마을에 들어왔다. 모친과 동리 사람들은 그의 이런 기분을 이상히 여겼다. 혹시 그는 일부러 어리손을 치느라고 이런 기분을 강작함이 아닐까? 그들은 희준의 심정을 참으로 알 수 없었다. 사실 그때 희준이는 진심으로 유쾌하였다. 그것은 오래간만에 고향에 돌아오는 기쁨보다도 그 동안의 변천은 어쩐지 형용하지 못할 그런 쾌감을 자아냈다.

집은 읍내에서 살던 집에 비교하면 토굴과 같고 협착하다. 모친은 두 볼이 오므라지도록 더 늙고 아내는 보기 싫게 앙상해졌다. 이런 것을 생각하면 그는 응당 슬퍼할는지 모른다. 그러나 그 외의 모든 것은 원칠이의 두드러진 코가 더욱 검붉게 두드러지고 입 모습이 자물쇠처럼 꽉 잠긴 것과 어울러 모든 것은 새 생활을 앞둔 고민과 같았다. 태아는 비롯는 산모의 진통과 같이 묵은 것은 한편으로 쓰러져 간 것 같다. 그것은 다만 묵은 것을 조상하는 것은 아니었다. 묵은 둥치에서 새싹이 엄돋는 것과 같다할까? 늙은이는 더 늙고 죽어갔으나 젊은이들은 여름 풀과 같이 씩씩하게 자랐다. 어린아이들은 몰라보도록 컸다.

인순이는 색시태가 흐르고 인동이는 몰라보도록 장성하지 않았는가?(27쪽)

〈예문 4〉

그는 그때 동경을 떠나올 때 차 안에서부터 여러 가지 생각에 얽히었었다. 그는 실로 고향에 돌아와서 할 일을 궁리해 보았던 것이다. 그의 이런 포부는 현해탄을 건너서 부산을 접어들면서부터 더 크게 하였다.

차창 밖으로 내다보이는 철도 연선의 살풍경인 촌락은 그로 하여금 감개무량하게 하는 동시에 또한 그의 마음을 굳게도 하였다. 농촌은 오륙 년 전보다도 더욱 황폐해지지 않았는가. 그런데 그는 고향에 돌아온 지가 벌써 일년이 되어 간다. 그 동안에 자기는 무엇을 했는가? 하긴 청년회 일을 안 보지 않았다. 그는 그곳 청년회의 집행위원이 되었다. 그러나 청년회란 무엇 하는 거냐? 그는 처음 나와서 읍내 있는 청년회를 가보고 놀랐다. 그것은 청년회인지 오락기관인지 모르기 때문에, 어떻든지 청년들이 모이긴 모였었다. 한편에서는 바둑을 두고 한편에서는 장기를 두고 그리고 마당에서는 한 패가 테니스르 치고 있다. 그들은 내기를 하고 있었다.(38쪽)

〈예문 5〉

희준이는 그들의 이와 같은 선입견을 위험시하였다. 그는 거의 일 년 동안이나 그들과 싸워왔다. 그는 어떤 때 스스로 실망하기도 했다. 또 어떤 때는 자기 자신도 그들과 다르지 않은 인물로 비관해 본 적도 있었다. '나도 그들과 같은 부류의 인간이다. 나의 한 일은 무엇이냐?' 그의 이러한 생각은 모든 것을 집어치우고 멀리 해외로나 어디로나 가고 싶었다. 하나 그의 다음 생각은 그것을 물리쳤다. 그것은 마치 추수할 곡식을 문 앞에 두고 다른 곳으로 찾아가는 자기 도피와 같기 때문에-

'나는 아직 한 사람의 몫의 일꾼이 못되었다. 좀 더 공부할 필요가 있지 않은가!'

그는 다시 자기가 무슨 일을 해보겠다는 것이 원체 외람된 짓이라고 반성해 보았다. 그러나 또한 공부를 한다면 어떤 공부를 더해야 할 것인가? 이것은 또한 자기의 안일한 생활을 합리화하자는 용서치 못할 자기기만이 아닌가? 무자비한 자기 비판은 그를 아주 하찮은 존재로 떨어뜨리고 말았다. 자기는 폐인같이 아무 소용없는 인간이 된 것 같다. 그는 가책에 견디지 못해서 답답증이 났다. 그런 때에 슬그머니 어떤 유혹은 독사처럼 머리를 쳐들었다. 음전이의 덜퍽진 엉덩이가 눈에 박힌다. 그는 야학을 가르칠 때마다 추파를 건네는 것 같았다. 어떤 때는 석류 속 같은 잇속을 드러내고 웃었다. 그는 지금도 그 생각을 하고 몸을 떨었다. 그는 자기 아내와 음전이를 대조해 보았다.

'나는 언제까지 못생긴 아내를 데리고 살 의무가 있을까?'

별안간 그는 자기의 머리를 쥐어뜯었다.

'아! 천치다 천치다! 천치 같은 소리를 또 할 테냐?'

그는 머리를 흔들고 주먹을 불끈 쥐었다. (40~41쪽)

〈예문 6〉

…〈전략〉… 저녁때 안승학은 보리밭머릿길로 비틀거리며 지나간다. 그는 술을 먹을 줄 모르는데 이날은 어지간히 취한 모양이다. 밭 매던 사람들은 안경을 콧부리에 걸치고 모자를 비시감치 쓰고 가는 안승학을 쳐다보고 일제히 웃음을 내뿜었다.

"그런데 희준이는 어째서 안 나갔다나 – 아까 점심때 보니까 그 사람은 집에 있던데."

김 첨지가 곰방대를 빨다가 가래침을 탁 뱉으며 덕칠이를 쳐다본다.

"그 사람은 돈이 있나유."

"그런 데도 돈 있는 사람만 가는 것인가?"

…〈중략〉…

"그 사람은 돈도 없지마는 아마 그런 축하고는 잘 어울리지 않는 게야."

"참 그런 게야 패가 다른가봐."

"난 별사람은 그 사람인 줄 아네"

"왜요?"

"아니 야학인가 무엔가 가르치면 돈도 생기는가?"

"생기긴 무에 생겨요? 그 사람은 청년회 대장이래유."

"대장?"

김 첨지는 대장이라는 바람에 눈을 크게 뜬다. (52~53쪽)

〈예문 7〉

일행 사오 인은 큰길 거리로 걸어나왔다. 그들은 암만해도 그대로 헤어지기가 섭섭한 모양이다.

"너 한자 사라!"

"이 자식아, 돈 있니?"

"외상 못 해?"

"아니 또 술이야, 그냥들 헤지라구!"

"달이 이렇게 밝은데……."

희준이는 휘적휘적 앞서서 달아났다.

"아 먼저 가랴나?"

"난 가서 자야겠네."

"저 사람은 외고집이야."

세 사람은 읍내로 가는 길을 나란히 떼놓았다. 돌자갈을 깐 행길 위로 단장을 끄는 소리가 희준이 귀에는 차차 멀리 울려 왔다.

'저런 작자들과 무슨 일을 한담!'(148쪽)

〈예문 8〉

그는 동무들을 격려하며 일을 보다가도 가끔 이와 같은 적막을 느끼었다. 그런 때는 여러 사람들과 같이 함께 웃고 떠들어도 자기만은 산중에 홀로 있는 사람같이 의식이 간격을 자아낸다.

'이까짓 일을 하며 세월을 모내고 있담!'

그는 자기의 생활이 무의미한 것 같았다. 인간이란 이렇게 하찮은 존재인가 하는 가소로운 생각도 난다.

그는 금시로 허무한 생각이 들어가서 만사가 무심해졌다.

'무엇 때문에 사는가? – 놈들은 모두 조그만 사욕에 사로잡혀서 제 한몸 생각하기에 여념이 없지 않은가? 그래서 말로나 글로는 장한 소리를 하지만 뱃속은 돼지같이 꿀꿀거리는 동물이야! 그것들과 같이 일을 해보겠다는 나 자신부터 같은 위인이 아닐까?'

그러다가도 어떤 박자로 열이 올라서 다시 일에 열중할 때는 금시로 그는 어떤 희망에 날뛰어서 낙관을 하게 했다.

'그렇다! 그들도 사람이 아닌가. 잘 지도하면 된다.'

마치 그는 숨죽었던 모닥불이 한동안 검은 연기만 토하다가 별안간 불길을 확 내솟듯이 청년의 왕성한 '열정'이 모든 곤란을 무지르고 일어났다.

그러나 지금 희준이는 다시 고적하였다. 그는 김빠진 맥주처럼 맥없이 들길을 걸어갔다.(149쪽)

〈예문 9〉

그는 이 밤에 자기 집으로 들어가기가 싫었다. 가정은 마룻방같이 쓸쓸하였다. 보기 싫은 아내! 그것은 왜 뒤어지지도 않을까?

마음 속은 집집이 괴괴하였다 사람들은 모두 꿈나라로 깊이 든 모양

이다.(150쪽)

〈예문 10〉

희준이는 분한 대로 하면 아내를 당장에 박살을 내고 싶었다. 들어오나 나가나 그에게는 하나도 유쾌한 꼴을 볼 수 없다. 도처에 무지와 반동이 날뛰고 있다.

"에, 더러운 인간들! 더러운 욕심!"

야학용품의 외상값을 칠팔 원 꾸어 준 것뿐인데 자기를 무슨 부처님 같이 아는 것이 우습잖은가?

"예끼, 아무리 무지하고 인색하기로 너 같은 것도 사람이냐?"

희준은 참다못해 주먹으로 아내의 턱주가리를 치받쳤다. 그러나 그는 양심에 비추이는 자기 증오도 느끼었다.

"아니구, 잘난 양반 붉지 않우. 때리기니 왜 때려!"

"때리긴커녕 너 같은 건 죽여도 싸다! 죽여야 한다!"

이 말 속에는 자기 자신도 포함된 것 같다. 소유욕은 아내에게만 있는 것일까?(155쪽)

〈예문 11〉

김선달은 가래침을 탁 뱉으며 담뱃대로 상앗대질을 한다 이때 희준이는 마치 그 말에 자기가 모욕을 당한 것 같아서 무색하기가 짝이 없었다. 그러나 그는 어떻게 말을 해야 좋을지 몰라서 그대로 잠자코만 있었다.

"이렇게 말하면 희준이가 어떻게 생각할는지 모르지만 물론 희준이 보고 하는 말은 아니니까, 자네는 어찌 알지 말게! 단지 나는 그런 자식들과 무슨 일을 해야 아무 소용없단 말뿐이야. 응! 그 중에서 한 가지만은 잘하는 일인 줄 아네! 그 역시도 그까짓 자식들이야 뭘 하겠나만…….”

“한 가지 무에요!”

희준이가 얼굴을 붉히며 물어 보았다.

“야학이니, 그건 잘하는 일이야! 아는 놈만 자꾸 가르칠 것 있나, 모르는 놈을 잘 가르쳐야재.”

“정말 아는 놈이나 있으면 좋게요. 모르는 놈보다도 아는 놈이 잘못 알아서 더 큰 병통이랍니다!”

희준이는 김선달에게서 무슨 자기와 공통되는 것을 발견한 것 같은 것이 있자 심중에 진득한 생각을 갖게 하여싸.

‘그렇다! 참으로 그런 자식들과 무슨 일을 할 것이냐?’

그는 비로소 자기의 가진 신념이 더욱 굳어지는 것을 느끼는 동시에 다시 한편으로 자기의 인텔리 근성을 자책하기 마지않았다.(171쪽)

〈예문 12〉

희준은 어두울 무렵에야 집으로 돌아왔다. 그는 우선 아내와 모친의 좋지 않은 기색이 첫눈에 뜨인다.

“왜 인제 오니! 병원에서 인제 오는 게냐?”

“왜 그라셔요? 병원에 안 갔으면 큰일날 뻔했다우.”

“글쎄 말이다. 병원에는 다른 사람을 보내지 못하니…….”

“다른 사람이 가서 되우?”

희준이는 지금까지 유쾌하던 기분이 금시로 사라졌다. 그는 집안 사람이 그런 줄은 모르고 자기의 오늘 한 일에 다시없는 만족을 느끼며 오는 길이었다.

사람은 때로는 이런 일을 함으로써 인간의 순진한 행복을 느낄 수 있지 않은가! 한 사람의 착한 생명 – 더구나 젊은 청춘을 살리는 것은 사람으로서 가장 고상한 행동이요, 정의가 아니면 안 될 것이다.

희준이는 이와 반대로 자기의 행동을 비난하는 그들의 눈치를 채자 금시로 불쾌한 감정을 억제할 수 없었다. 그는 한동안 무서운 눈매로 아내를 원수같이 노려보다가 저녁을 먹는 둥 마는 둥 하고 문 밖으로 다시 나갔다. 희준이는 부지중 지금 아내와 조혼하던 경과가 일일이 추억의 실마리를 풀어 내렸다.(189쪽)

〈예문 13〉

달 그늘은 마침내 원터 동리를 온통으로 삼키고 말았다. 다만 인동이네 집 지붕 닷머리를 겨우 남긴 한 줄기 광선이 그 엊저리를 훤하게 할 뿐이었다.

희준은 한동안 돌아서서 그것을 우두커니 쳐다보고 있었다. 사방으로 욱여싸는 어둠 속에서 최후의 일각까지 싸우고 있는 한 점의 광선! 그것은 무심한 가운데 어떤 충동을 주지 않는가!

희준은 지금 자기를 마치 이 한 점의 광선에 비기고 싶었다. 자기는 지금 묵은 인간의 어둠 속에서 겹겹으로 에워싸여 있지 않은가? 모든 인습과 무지한 어둠 속에 이기적 흑암 속에서 홀로 싸우고 있지 않은가? 그것들은 참으로 무섭고 영맹하게 자기에게 적대한다. 그것들의 압력이 너무도 거대하기 때문에 자기는 때로 실망하고 주저하고 회피하려 하지 않았던가?

그러나 철둑 너머의 전등불은 여전히 그의 형형한 눈동자를 힘있게 끔벅이고 있다. 그는 미구에 닥쳐올 거대한 어둠의 돌격을 조금도 무서워하지 않는 것처럼. 아니 도리어 그의 눈동자는 어둠 속에서 더욱 씩씩하게 빛날 것처럼. 그렇다! 광명은 어둠을 물리치는 데 위력이 있고 공로가 있는 것이다. 비록 조그만 광명이라도 그 앞에는 어둠이 범접하지 못한다.

어둠을 무서워하는 광명이란 있을 수 없다. 그런 것이 있다면 그것은 반딧불과 같이 금시에 사라지고 말 것이 아닌가?

그렇다면 광명을 향하여 나가는 지금의 자기가 어둠을 무서워할 것이 무엇이냐? 자기의 주위에 어둠이 둘러싸였으므로 비로소 광명한 자기의 존재가 귀중한 의의를 가질 수 있을 것이 아닌가?

그렇다면 광명을 향하여 나가는 지금의 자기가 어둠을 무서워할 것이 무엇이냐? 자기의 주위에 어둠이 둘러싸였으므로 비로소 광명한 자기의 존재가 귀중한 의의를 가질 수 있을 것이 아니냐?

횃불을 높이 켜들고 어두운 세상을 비추어 인간의 새 길을 개척하려는 용사의 걸음이 어찌 신작로 위로 자동차를 달리는 것과 같이 순편할 수가 있으랴?

- 이런 생각이 들수록 희준은 자기의 의지가 박약함을 스스로 애달파했다. 그것은 원래 타고난 육체에서 생리적으로 오는 것인지는 모르나 …… 그는 인동이 집 지붕 닷머리에 있던 한 점의 관선이 최후의 일각까지 그 자리에서 없어지고 마는 것이 다시없이 위대해 보이지 않는가! 또한 철둑 너머로 점점이 비치는 전등불이 장차 닥쳐올 어두움을 앞두고도 더욱 그의 광선을 밝히고 있는 것이 다시없이 위대해 보인다. 오! 용감한 광명의 용사여!

'제가 감히 이 잔을 마실 수 있겠습니까?'

희준은 별안간 두 눈에서 눈물이 텀벙텀벙 쏟아져 흐른다. 그것은 마음속에서 깊이깊이 내솟는 고결한 눈물이었다.(197~198쪽)

희준이는 김선달을 쳐다보며 의미 있는 말을 던졌다.

"그자식이 아마 다른 집으로 가서 뭐라고 또 하소연할 게요. 그럼 또 무슨 음모를 꾸며 가지고 우리를 훼방칠는지 모르니까 그러기 전에 미리 단속할 필요가 있지 않겠어요?"

"흥, 제까짓 장단에 누가 춤을 추던가?"

김선달이 코웃음을 친다.

"그래도 알 수 있나요. 남의 일 돕기는 어려워도 해치기는 쉬운 세상 인데."

희준이는 모모한 이에게는 미리 부탁을 단단히 해놓고 그 길로 집집 마다 돌아다니며 설명하기를, 만일 두레를 내서 손해가 날지라도 자기가 담보할 테니 아무 염려 말라고 단단히 약속해 두었다.(256쪽)

밖에는 찬바람이 쌀쌀하게 부는데, 포근한 방 안에서 지짐이냄비 위로 서려 오르는 훈훈한 김을 맡으며 여럿이 둘러앉아 밥을 먹는 취미가 미 상불 가정의 단란한 기분을 무르녹게 한다.

희준이도 자기 집에서는 평생에 이런 기분을 느껴 보지 못하였다. 그 는 은근히 우쾌하기 마지않았다. 그러는 반면에 그는 자기 집 가정이 너 무도 살풍경인 광경을 생각하고 속으로 실망하였다. 그는 이와 같은 얼 기설기한 감정에 번롱되며 밥을 맛있게 먹었다.

그러나 그는 바로 옆에 앉은 갑숙이를 잊을 수 없었다. 그는 왜 자기 는 아직까지 미혼자로 있지 못했던가, 하고 한탄하기를 마지않았다. 그 는 이미 미혼자가 아닌만큼 사모한다는 것은 불순한 감정이라 할까! 그러나 그의 정화된 순결한 마음만으로 그를 대하기는 너무도 학대받는 청춘의 정열이 허락하지 않는다.

희준이는 그대로 앉았기가 무료해서 이말 저말 주인과 담화하였다. 윗목에는 두 젊은 여자가 이따금 소곤소곤한다.

희준이는 그들의 대화에 귀를 기울였다. 그러나 무슨 이야긴지 잘 들리지 않는다. 그는 흥분되기 때문이었다.(339쪽)

〈예문 16〉

"색시는 어디 사는데?"

희준이는 비시감치 누웠다가 벌떡 일어나며 호기심이 나는 것처럼 긴장한 목소리로 묻는다.

"저하고 같이 있어요."

"같이 있다니, 여직공이여?"

"네, 선생님도 잘 아시는 갑숙이여요."

하고 경호는 다시 한번 씩 웃는다.

"아, 갑숙이! …… 난 누구라구……"

희준이는 갑숙이란 말에 은근히 놀랐다.

그는 지금까지 생각하기는 경호의 약혼하였다는 여자는, 자기가 아주 모르는 어디 먼 데 사는 여자처럼 생각되었었다.

그런데 그가 바로 갑숙이라니 그것도 도무지 뜻밖이 아닌가? 그러나 그와 동시에 희준이는 자기의 둔감에 놀랐다.

갑숙이와 경호는 벌써 오래전부터 연애관계를 맺고 있었던 것이 아닌가? 비록 한때는 서로 좋지 못한 파탄이 생겼다 하더라도 그들이 한회사 안에서 다시 만난 이상에는 과거의 끊겼던 인연을 새로 이어갈 것이다.

그러나 그 순간 희준이는 자기도 모르는 이상한 감정이 무럭무럭 떠올랐다. 그는 내색을 하지 않으려도 마치 질투와 같은 야릇한 감정을 아니 느낄 수 없었다.(545~546쪽)

〈예문 17〉

인동이는 성이 나서 씨근거린다. 희준이는 인동이의 황소 같은 숨소리가 묵서웠다.

"무엇이 뭐야…… 인물도 잘나고……."

"인물……?"

또 한번 한숨을 내쉰다.

"성님, 들어 보! 만일 인물로만 잘살 수가 있다면 그까짓 장가는 들어무엇 하우, 돈을 모아아서 기생 오입을 하든지 그렇지 못하면 하다못해 좃토집이라도 가면 되지."

"하하, 그 사람 참…… 아니 그럼 넌 나를 원망하는 셈이냐? 혼인중매잘못 해주었다고 야속히 하는 말이냐?"

희준이는 내심에 책임감을 느끼며 반문하였다.

"그때는 원망하지 않았지만 지금은 성님을 원망하고 싶우."

"글쎄, 왜 그러는 게야?"

"나도 모르우!"

인동이의 두 눈에는 눈물이 글썽글썽 고인다. 그는 진정인 것 같다.

그러나 희준이는 암만해도 그 속을 알 수 없었다. 도리어 음전이는 인동이와 같은 농군의 아내가 되기는 너무나 지나치다 할 만큼 청초하고 아리따운 자태를 가졌을 뿐 아니라 마음씨도 순량해 보이는데 그는 왜 그런 아내를 부족해하는가? 자기 같으면 아내로서는 그만하면 만점일 것 같다.

엊빠른 여학생 찌끄러기보다는 차라리, 순진스러운 이런 여자가 낫지 않을 것인가? 그래서 그는 읍내 야학에서 그를 가르치고 있을 때도 얼마나 은근히 그 여자를 사모하고 있지 않았던가…… ?(550쪽)

〈예문 18〉

희준이가 현해탄을 건너간 것은 물론 그때 청년들이 동경하던 신풍조에 휩쓸려서 자기도 원대한 포부를 가지고 문명국의 신학문을 배우기 위한 것이 첫째 원인이었겠지만, 만일 희준이도 가정의 불화가 없었다면 동경까지 건너가지 않았을는지도 모른다.

만족하면 배가 불러서 타락하기가 쉽고 불행한 사람은 양심이 나서 향상하려는 노력을 크게 한다. 희준이의 동경행은 이와 같은 결과를 가져왔다.

그는 지금 개인의 행불행은 그리 문제로 삼지 않는다.

…〈중략〉…

오늘 저녁에도 희준이집은 콩나물죽을 쑤었다. 모친은 저녁마다 죽 그릇을 대하는 데 애성이를 냈다.

그는 죽이 먹기 싫다느니보다도 말년의 자기 신세가 죽을 먹지 않으면 안 되게 된 그것을 슬퍼함이었다.

…〈중략〉…

그는 동경을 갔다 오더니만 더욱 헐렁이가 되어서 도무지 아까워하는 것이 없고 제 집 살림보다 남의 집 걱정을 더 하는 것 같은, 지각없는 짓을 하는 것이 질색할 노릇이었다. 남이란 쓸데없는데 그렇게 해주면 그런 공이나 아는가?

백주에 헛일인데도 종시 정신을 못 차리고 한타령이니 그건 난봉이랄지 뭐랄지 도무지 갈피를 차릴 수 없다는 것이었다. 그래 그는 희준이의 이 같은 행동에 그만 적성을 하였다.(553~554쪽)

〈예문 19〉

희준이는 방에서 일어서면서,

"어서들 방으로 들어오시지요."

하였다. 인동이만 널마루에 걸터앉고 다른 사람들은 모두 방으로 들어갔다.

"인동이한테서 대강 들으셨겠지만 오늘은 어떻게든지 결말을 내보고 싶어서 이렇게들 오시라구 한 것인데요. 에, 여러분이 다같이 안승학이한테를 가보실까? …… 그러는 것이 좋겠군요."

"그런데 인동이한테서 듣기는 들었으나 담판하러 가자는 말만 듣고 왔지, 딴 이야기는 못 들었는데 이번에두 코만 떼운다면 어디 결말이 나겠어 …… 난 하두 진력이 나서 ……."

수동 아버지는 또 웃고 싶지 않은 웃음을 해- 하고 희준이를 본다.

"진력이 아니라 짜른력이 나더래도 그렇다고 아무렇게나 결말을 지을 수 있나베. 처음부터 이런 줄 알고 시작한 노릇인데 코르 때우면 대관 있나. 또 끝까지 해보지."

김선달이 수동 아버지의 약해지는 듯한 마음을 붙드느라고 이런 말을 했다.

"아무렴 물론이지요, 그러나 오늘 우리가 안승학이를 만나서 강경하게 해내기만 하면 제가 굴복하고야 말 것입니다. 제 자신의 명예에 대하여서는 신경이 예민한 자이니까 우리가 제 집 가정의 아주 불미한 사실을 가지고 세상에 전파시켜서 행세를 못 하게 만든다면 그 조건에는, 제아무리 물욕에 들어서는 교활하기 짝이 없는 안승학일지라도 결국은 양보할 것입니다."

"그런데, 그렇게 창피한 사실이 있건대?"

수동 아버지는 미리부터 그 사실의 내막을 알고 싶다는 눈치였다.

"있구말구요 …… 사실인즉 우리가 정정당당한 수단으로 끝까지 해보지 못하고 개인의 가정사를 가지고 위협한다는 것은 도리어 창피한 일입니다마는 ……."

"그거야 상관이 있나요. 아무렇게나 해서 좋도록 결말이 나고 우리가 뜻한 대로 된다면 고만이지. 안 그런가베?"

김선달이 큰 눈방울을 궁글리면서 같이 온 수동 아버지와 조첨지를 번갈아 본다.

"그야, 그렇지. 물어 볼 것 있나 ……."

이렇게 세 사람의 눈이 피차의 의사를 표시할 때 희준이는 정색하고 말했다.

"아니올시다. 우리는 반드시 정당한 방법을 가지고 나아갈 힘을 길러야 합니다. 그런데 지금은 아직 그런 힘이 없으니까 불가불 다소 비열한 수단을 쓸 뿐이지요. 잘못하다가 시일을 앞으로 더 오래 끈다면 도리어 우리들의 일(단결 – 연재본)이 와해되어서 우리의 약점이 공개되고 말겠으니 먼저 이것을 방비해야 하지 않겠어요?"

…〈중략〉…

"저희들이 이렇게 댁을 찾아왔을 때는 무슨 별다른 소관사가 있겠습니까 …… 지난번에도 왔다가 코만 떼우고 갔습니다만 대관절 어떻게 저희들의 요구조건을 들어주시겠습니까?"

희준이가 정식으로 말을 꺼냈다.

"그 따위 이야기를 할 작정으로 이렇게들 식전 아침에 왔어? 못 들어 주겠네! 벌써 여러 번째 요구조건은 들을 수 없다고 말했는데, 자꾸 조르기만 하면 될 줄 아는가? 어림없지 …… 괜히 그러지들 말고 일찍이 나락을 베는 것이 당신들에게 유익할 것이야 ……."

…〈중략〉…

"깊이 생각해 보시오."

희준이는 이렇게 말을 꺼내 가지고 계속하였다.

"올 같은 수해이기에 도지를 탕감하야 달라는 것인데 서울 있는 지주 영감은 반대하지도 않는 것을 사음 보시는 어르신네가(당신이 자기 - 연재본) 맘대로 지주보다도 더 욕심꾸러기짓을 하려고 하니 말이 됩니까 …… 일찍이 문제를 해결해 주지 않는다면 댁에서는 아무리 이 동네서 행세를 하고 싶어도 딸을 팔아 가지고 위자료 오천 원을 받아 먹으려 하다가 코가 납작히지구, 게다가 그 딸의 정조를 유린한 청년이라는 것이 중놈에게 끌어어다니던 여자의 몸에서 애비가 누군지도 잘 알 수 없게 생겨난 사람이라면! …… 만일 이 사실을 동네 사람들이 안다면 얼마나 조롱거리가 되겠습니까 …… 그뿐인가요. 지금 ……."

희준이가 이렇게 말을 마치기 전에 안승학은,

"가만있게! 그게 다 모두 누가 지어낸 이야긴가. 원 당치도 않은 ……."

이같이 가로막았다. 이런 창피할 데가 있나! 이런 생각 때문에 그의 얼굴은 조금 붉어진 듯싶다.(601~606쪽)

안승학

성별	남자
나이(추정포함)	오십대 중후반으로 추정함.
출생지 및 거주지, 활동 공간	
	① 원터 읍내에서 생활하며 시내 관청에서 일을 함.
	② 마름이 되어 원터로 들어옴.
직업	관청에서 하급의 월급생활을 하다가 민 판서집 사음(舍音)이 됨.
출신 계층	가난한 빈곤층
교육 정도	글방에서 한문자나 읽고 후에 사립학교에 입학하여 이태만에 졸업함.
가족관계	조강지처 유순경 사이에서 갑숙이 태어남, 그 후 안승학이 차례로 들인 각각의 후처들 사이에서 갑성이와 갑준이가 태어남 결국 현재는 평양 기생이었던 숙자와의 사이에서 막내아들 갑출을 얻어 살고 있음. 이 고을에서는 일가 친척이라고는 면서기를 다니는 아우 하나밖에 없음. 부친은 호방 노릇을 하던 아전이었는데 안승학이 성년 되기 전에 별세하고 모친 역시 부친이 돌아간 지 삼 년 만에 마저 세상을 떠남.
인물 관계	① 물욕이 심하여 원터 사음으로 있으면서 고리대금업자 권상철, 희준, 김선달, 원칠이 덕칠이 등 소작농들과 갈등을 빚음.
	② 김희준의 아버지와는 전에 아는 사이라 희준을 껄끄럽게 여기고 더욱이 그의 세력이 커져 가는 것을 경계하고 두려워함.
	③ 가족내에서도 본처가 데리고 사는 삼 남매와도 원만하지 않음.
	④ 학삼을 심복으로 부림.
인물의 존재방식(사회계층)	
	가난한 빈곤층에서 사음이 되면서 금전의 권력과 사음의

	권리를 두 손아귀에 갈라 잡고 소작농들을 지주보다 더 가혹하게 수탈하며 끊임없이 자신의 물질적 이익을 추구함.
성격	① 자만심과 물욕이 강하고 교활하며 음험함.
	② 제일 똑똑한 체를 하고, 삶의 과정에서 흠결이 많았음에도 불구하고 명예를 중시하는 이율배반적인 태도를 보임.
	③ 호색한적인 기질이 있고 허풍이 셈.

성격 지표 및 인물의 제시방식

〈예문 1〉

순사는 마름집으로 올라갔다. 작년 가을에 새로 갈려 온 마름 안승학은 사랑마루에 등의자를 놓고 비스듬히 누워서 부채질을 슬슬 하며 매미소리를 서늘하게 듣고 있었다.

그는 잠이 올까말까 하는 대로 부채 든 손을 흔들었다 말았다 하는 데, 별안간 군도 소리가 절컥 나는 바람에 깜짝 놀라서 일어났다.

"야, 복상 나오시오? 어서 올러오시오! 자 어서!"

"아니, 이렇게 더운데 호구조사하러 나오시는군!"

"녜! 대단히 더웁습니다."

"호구조사한댔자 지난달과 마찬가지지 뭐…… 자, 어서 올라앉아서 좀 끄르시오! 여름에는 그저 파탈하는 것이 인사라고…….."

주인은 의자와 부채를 내다놓고 객에게 권한다. 그는 연신 하품을 한다.

"녜! 고맙습니다. 왜 변동이 있지 않아요?"

"오, 참, 하나 있군. 김희준이가 일전에 동경서 나왔지!"

키 작은 주인은 가재수염 밑으로 입을 벌려서 쾌활히 웃다가 별안간 안문을 향하여 소리를 지른다.

…〈중략〉…

"그 사람 집에 있을까요?"

"글쎄요, 읍내를 가지 않았으면 집에 있겠지요."

"동경 가서 뭐 하고 있었나요!"

"아마 공부하고 있었다지요!"

부채질을 활활 하다가 멈춘 객은,

"그 사람 집이 어렵지 않은 게군요?"

"왜요. 지금은 어렵지요."

"그럼 어떻게 공부를……."

"그러니까, 물론 고학을 했겠지요."

주인은 고의적삼 바람인 맨발 벗은 다리로 책상다리를 하고 앉는다. 짤막한 다리가 장딴지는 개구리를 잡아먹은 뱀같이 볼쏙 내밀고 발목까지 거의 한 치씩 되는 털이 새까맣게 내리덮었다.(13~14쪽)

〈예문 2〉

객은 자기의 직무를 다 끝낸 것처럼 가든한 표정을 지으면서 비로소 담배를 피워 문다.

"안상! 아주 신선같이 사십니다그려."

"천만에 ……."

"아니, 이렇게 공기 좋은 데서 낮잠이나 주무시고, 심심하면 들 구경이나 다니시고 …… 퍽 수양되시지 않어요?"

"네, 읍내서 살 적보다는 매우 한적은 합니다. 그러나 심심해요."

"허허, 더러 고적할 때도 계시겠지. 그러나 안상은 참 팔자 좋십니다. 자제를 많이 두셨것다, 모두 공부를 시키것다, 재산이 유여하여 – 아니 지금 세상에서 그 위에 더 바랄 것이 무엇 있나요."

"그야 그렇지만 내야 재산이 있어야지오."

"이거 왜 이러십니까. 그만하시면 넉넉하시지 무얼, 허허허 ……."

"넉넉이라니요, 자식들 학비도 부족인데요!"(15쪽)

〈예문 3〉

이날은 안승학이도 놀이판에 한몫을 끼였다. 원터 뒷산에도 진달래꽃이 검은 바위 틈에서 환하게 피어났다. 안승학은 언제와 같이 금테 안경에 금시곗줄을 늘이고 금 마구리한 단장을 짚었다. 회비 삼 원은 그의 악어피로 만든 지갑 속에 깊이 들었다. 그는 유지 제씨의 발기라면 어느 모임에든지 대개는 참례하였다. 그것은 명예와 지위를 높여 가는 데는 가장 유리한 처세술이기 때문에. 그는 시간을 엄수하는 성벽을 가졌다. 시간은 황금이다. 참으로 그에게는 다시 없는 금언이었다. 그는 아메리카 대통령 위싱턴의 일화 두 가지를 지금도 잘 기억한다.(그가 서양 각국에 대한 지식이라고는 원체 이것밖에는 없었지마는.) 한 가지는 어느 독본엔가 있는, 위싱턴이 어렸을 적에 정원에 심은 사쿠라 나무를 도끼로 찍었더니 그의 부친이 "누가 이 나무를 베었느냐?"고 집안 사람들을 보고 호령하였을 때 그가 얼른 나서서,

"소자가 모르고 베었습니다."

하고 이실직고 했다는 정직한 이야기.

또 한 가지는 워싱턴이 후일에 출세하였을 때의 어느 날 아침 집회시간에 간부 한 사람이 오 분을 늦게 와서 말하기를 시계가 틀려서 지각함을 고했더니 그때 워싱턴은,

"그런 시계는 당장에 깨어 버려라!"

고 호령하였다는 시간 준수하라는 이야기다. 안승학은 먼저 이야기보다도 나중 이야기를 명심하였다. 그래서 그전에는 아들들에게 첫째 번의 이야기를 자주 들려주고 훈계하던 것을 근래에 와서는 그것을 그만두었다. 원래 정직이라는 것은 조그만 어리아이 사회에서만 필요한 것 같다. 어른의 사회에서 정직을 제대로 지키다가는 여간 손해가 아닐 것같이 그는 생각되었기 때문에. 그래서 안승학은 정직이라는 것과는 차차 절연하기로 작정하였다.(50~51쪽)

〈예문 4〉

저녁때 안승학은 보리밭 머리길로 비틀거리며 지나간다. 그는 술을 먹을 줄 모르는데 이날은 어지간히 취한 모양이다. 밭 매던 사람들은 안경을 콧부리에 걸치고 모자를 비시감치 쓰고 가는 안승학을 쳐다보고 일제히 웃음을 내뿜었다. 안승학이가 지나가자 그들은 한마디씩 지껄였다.

"흥, 잘들 놀고 오는구먼……."

"저이가 취했을 적에는 놀이판이 여간 푸짐하지 않았던 게지 허허허."

"그럼 기생까지 나갔다니까 여간 판이 아닐겔세 뭐."(52쪽)

〈예문 5〉

안승학은 아침부터 일찍이 각반을 치고 들로 나갔다. 그는 금테안경에 금반지를 끼고 양복조끼 앞자락에도 마치 자랑을 하려는 것처럼 금시곗줄을 길게 늘였다. 그 위에 누른빛 레인코트를 입고 머리에는 농립을 썼다. 그리고 손에는 검은 양산을 단장삼아 짚고 섰다.

일꾼들은 못자리판에 들어서서 모를 찌고 있었다. 그들은 마치 황새가 우렁을 찌을 때처럼 고개를 빼 숙이고 일제히 엎드렸다.

희끄무레한 옷 밑으로 허벅다리까지 걷어붙이고 구부린 모양은 흡사히 황새떼가 몰켜 앉은 덧 같기도 하였다. 모싹은 아직 어려서 나긋나긋한 것이 잘 뽑히지 않았다. (74쪽)

〈예문 6〉

안승학은 원래 이 고을 읍내에서 살았다. 지금부터 이십 년 전만해도 그는 다 찌그러진 오막살이에서 콩나물죽으로 연명하던 처지였다. 그렇던 사람이 오늘은 수백 석 추수를 하고 서울 사는 민판서 집 사음(舍音)까지 얻어서 이 동리로 옮겨앉은 것이다.

그것은 안승학의 근본을 아는 사람은 누구나 놀랄 만한 일이었다. 그는 지체도 없고 행세도 없이 타관에서 떠들어온 사람이었다. 그러므로 이 고을에는 그의 일가친척이라고는 면서기를 다니는 아우 하나밖에 아무도 없다. 그의 부친은 경기도 죽산이라던가 어디서 호방 노릇을 하던 아전이었다는데 승학이가 성년이 되기 전에 별세하고 그의 모친도 부친이 돌아간 지 삼 년 만에 마저 세상을 떠났다 한다. 그래서 거기서는 살수가 없어서 아내와 어린 동생 하나를 데리고 이 고장으로 들어왔다. 이고을 읍내에는 그의 처가가 사는 터이므로.

처가도 역시 가난하였으나 그래도 처가 끝으로 옹대가리나마 다시 장만해 놓고 살림이라고 떠벌리었다.

그런데 그 무렵이 마침 경부선이 개통한 직후이다. 이 근처 사람들은 생전 처음 보는 기차와 정거장과 전봇대를 보고 경이의 눈을 크게 떴다.

안승학은 지금도 그때 목판차를 맨 처음으로 먼저 타고 서울을 가보았다는 것을 자랑삼아 말하였다. 그때 그는 어떤 친구의 심부름으로 혼수 흥정을 하러 따라간 것이었다.

그의 자만은 그것뿐만 아니었다. 그는 경기도 출생이라고 이 지방에서는 제일 똑똑한 체를 하였다.(94~95쪽)

〈예문 7〉

그러면 그 돈은 다 어디서 나왔던가? 그들은 모두 촌사람의 주머니를 겨누었다. 이 지방은 자래로 유수한 '곡향'이라 생산물의 대부분은 농산물이었다.

안승학은 다행히 이 통에 한밑천을 잡았다. 그래서 윈거하던 누구 누구 하는 부자들은 인천미두로 망하고, 청요리의 양장피와 탕수육에 망하고, 갈보통에 망하고, 모조리 망해 가는데 그의 형세만은 점점 불 일듯 하였다. 그는 부농가(富農家)에서 농우(農牛)를 개비하듯 첩을 해마다 갈아 들이고 호의호식을 하면서도 도깨비 세간처럼 형세는 늘어갔다.

…〈중략〉…

그는 금테 안경을 쓰고 때때로 프록코트와 중산모의 예복을 차리고 뽐내었다. 그는 아주 훌륭한 시체 양반이 되었다.

그래서 그전에는 자기가 고개를 숙여야 하던 사람들이 지금은 도리어 자기에게 고개를 숙이었다. 승학이가 서울 사는 민판서 집 사음을 얻어 한 뒤로부터 그의 호기는 한층 더 높았다.

그가 민판서 집 마름을 운동한 내막에도 적지 않은 맥락이 숨어 있었다. 백성을 다루던 그이 신랄한 수완은 마침내 성공하고야 말았던 것이다.(98쪽)

〈예문 8〉

그런데 지금 시대는 금전도 지식이 있어야 벌 수 있다. 아들과 딸을 중학교나 대학교까지 가르쳐서 그들이 나오는 길로 관청이나 실업 방면으로 출세를 하는 날이면 자기는 따라서 그들의 지위로 올라가고 또한 돈도 벌게 될 것이 아닌가? 자기처럼 험하게 벌지 않고 점잖게 벌 수 있니 않은가? 공부란 것도 다 장삿속으로 해야 한다.

그런데 그는 불행히 수판을 잘 못 하였다. 아니 수판을 잘 못 논 것이 아니라 가문의 불운이라 하였다.

어쩐지 아들들은 자기처럼 돈을 소중히 알지 않는 것 같다. 이것이 위험 사상의 첫걸음이 아닌가?

…〈중략〉…

이렇게 차례로 하나씩 따져 본 승학이는 끝으로 갑출(甲出)이를 점쳐 보았다. 갑출이는 지금 네 살밖에 안 되었지마는 그는 지금부터가 싹수가 있는 것 같았다. 아주 불악귀다.

그는 여간 욕심쟁이가 아니었다.

그리고 제 것이라면 시악을 써가며 빼앗으려 든다. 그는 자기를 다소간 닮은 것도 같지만 내모를 닮았더라도 탓할 것이 없었다. 왜 그러냐 하면 그도 누구만 못지않기 때문에. 튼튼하고 약고 뱃심 좋고 똑똑하기가 갑출이를 지날 자가 없을 것 같다.

그러나 그는 지금 겨우 네 살이 아닌가? 그는 장성하기를 기다리자면 자기는 근 칠십 지경이니 벌써 그때는 저세상 사람이 되는지도 모른다.

이런 생각은 그로 하여금 화증이 나게 하였다.

'이놈의 새끼들의 버릇을 어떻게 가르칠까……?'

그는 고개를 외로 꼬고 바로 꼬고 하였다. (102~103쪽)

기미년 이후에 도처에서 향학열이 고조되고 사업욕이 팽창되는 바람에 이 지방에도 소위 유지 청년의 발기로 이 청년회를 창설하는 동시에 청년회를 세우자면 우선 회관을 건축해야 된다고 기부금을 모아서 새로 지은 것이다.

그때 이 청년회를 창립하는 데 있어서는 안승학이도 열렬한 활동분자 중의 한 사람이었다. 그는 예수교라면 사갈과 같이 미워했다. 그가 믿기는 공맹지도를 정교로 알기 때문에 그 외의 모든 종교는 이단 사교라고 배척하였다.

그러나 바른대로 말하면 그는 유교신자도 아무것도 아니다. 글방에서 한문자나 읽은 까닭으로서 그저 공맹을 떠받친 데 불과하다. 그가 예수교를 배척하는 것은 그의 본처가, 자기는 만류하는데도 불구하고 열렬한 예수교 신자가 된 관계인지도 모른다.

그는 아내가 천주학을 한다고 하루는 그의 머리채를 휘어잡고 방망이로 늘씬하게 뚜드렸다. 그때 아내는 한사코 저항하기를,

"당신이 오입하는 대신으로 남 예수 믿는 걸 왜 말리유? 공자님이 남의 계집 보라고 가르칩데까? 그런 것보다도 예수 믿는 게 더 큰 죕데까?"

아내의 그 말에는 안승학이도 할 수 없던지 그만저만 매를 거두고 말았다.(114~115쪽)

〈예문 10〉

안승학은 사랑에 앉아서 자못 만족한 미소를 띠고 일꾼들을 내다보았다. 그는 등의자에 걸터앉아서 한 손으로는 부채질을 슬슬 하면서,

'놈들 일 잘한다. 마치 황소 뛰듯 하는구나. 술이란 일꾼들이 먹을 게 야 - 한 그릇씩 앙기면 행결 일을 잘하거든 - 대관절 몇 섬이나 날까? 닷 섬, 엿 섬 ⋯⋯?'

안승학은 주먹구구로 한참 따져 보고 그것을 어떻게 했으면 장리를 늘리까 생각해 보았다. 보리 한 말에 사십 전이라면 한 섬에 팔 원씩, 닷 섬에 사십 원 - 사십 원이면 소 한 바리를 살 수 있다. 도지소를 사다 기르게 할까? 길동 어멈이란 위인은 사람이 바지런치가 못해서 ⋯⋯.

그럴 것 없지. 육 푼 변리면 한 달에 이 원 사십 전씩 가만히 앉아서 딸구 따듯 할 텐데! 그렇지 않으면 장리벼로 주든지. 한참 이렇게 궁리 를 하는 판에,

"오늘 보리 타작하셔요?"

하고 희준이가 들어온다.

"아 희준인가, 어서 올라오게."

주인은 방을 치우며 그에게 의자를 권한다.

⋯〈중략〉⋯

"저 여쭐 말씀이 있어서 왔는데요."

"응, 무슨 말?"

"댁에서 혹시 돈을 놓으시지 않는가 해서 ⋯⋯."

"돈! 돈이 어디 있나. 돈은 왜?"

승학의 표정은 금시로 달라지며 불유쾌한 표정을 어색한 말로 파묻으 려 한다.

"대금을 하신다면 몇십 원간 제가 좀 돌려썼으면 좋겠어요."

"어디 그런 돈이 있나! 안에서 애들 몫으로 몇 원씩 기르는 것은 있는 지 모르지만."

"네, 그러시다면 할 수 없지요."

희준이는 무안한 생각이 나서 금시로 얼굴이 붉어졌다. 주인의 눈치가 벌써 자기를 불신용하는 것 같은 태도에 슬그머니 불쾌한 감정이 치밀었다. 희준이의 이런 눈치를 채자 그는 무슨 생각이 났는지 한참 만에 말을 꺼낸다.

"그것도 자네가 쓰는 것 같으면 모르겠네마는 청년회에서 쓰는 것이라면 한 푼도 융통하기 싫네!"

"아니, 이건 제가 쓰려는 것입니다."

"글쎄, 그렇다면 안으로 좀 물어 볼까. 될는지는 모르나 얼마면 꼭 쓰겠나?"

"한 이십 원 써야겠어요. 집문서를 갖다 드리지요."

"아니, 그게야 없으면 상관 있나. 자네 집과 우리집 사이에."

"그래도 그렇지 않습니다. 요새 일이란."(135~136쪽)

〈예문 11〉

…〈전략〉… 어떤 때는 책상 앞에 앉아서 맹자를 펴놓고 읽기도 하였다. 그런 때는 그는 정자관을 쓰고 앉아서 끄덕이는 것이다.

"저게 무슨 짓이야, 아이구, 망측해라! 호호호."

숙자가 그 꼴을 보고 간간대소를 할라치면,

"왜? 학자님이 글을 읽을 때는 으레히 관을 쓰는 법이야!"

"호호호, 그럼 당신도 학자님이야!"

"학자님은 아니라도 학자님을 배우려니까 관을 꺼야지, 에헴!"

안승학은 기미년 인산 때에 새로 지은 고운 북포두루마기와 건을 쓰고 일부러 서울까지 올라가서 망곡을 한 일이 있었다. 아침을 먹고 나면

-하긴 그전에 또, 실과를 주전부리하는 일도 있지마는- 장부를 펼쳐 놓고 모든 세음조와 장부를 계산하는 것이었다.

그럴 때는 으레 방문을 꼭 처닫고 혼자 가만히 숨도 크게 쉬지 않고 앉아서 수판질을 했다. 그리고 거기에 조그만 아라비아 숫자를 써넣는 것이었다.

그가 장부의 계산을 끝내고 나서는 으레 치부에 대한 공상을 마치 종교신자가 묵도(黙禱)를 한참씩 하듯 하고 있었다.

'무엇을 하면 돈벌이가 제일 될까. 섣부른 장사를 했다가 밑지는 날이면 큰일이고 어떤 놈을 꾀어서 똑 장사를 하겠으면 좋겠는데!'

그의 이런 생각은 한동안 자본주의를 낚으려다가 헛물만 켜고 말았다.

그것은 읍내에서 포목상으로 치부한 권상철을 꾀어 가지고 잡화상을 크게 한번 벌여 보자 한 노릇이 틀리고 만 것이다.

그는 상철의 아들인 경호가 서울에 있는 자기의 본실 집에서 하숙을 하고 있기 때문에 공공연하게 권상철의 흉을 보지 못하지만(그러면 그 아들이 하숙을 옮길까 무서워서) 속으로는 은근히 미워했다.

'어떻게 했으면 그 자식보다 많은 재산을 늘려 볼까?'

하고 그는 시기하는 마음까지 먹고 있었다. 할 수만 있으면 그의 금고라도 훔쳐 오고 싶었다. 그런데 상리 사는 박서방이 일체로 집을 쫓겨 나게 되어서, 돈 십 원을 권상철이한테오 얻으러 갔다가 거절을 당하고 돌아오는 길에 앞내 큰 여울물에 빠져 죽은 사실이 있은 이후로는 그는 만나는 사람마다 보고 상철이가 너무 인색하다고 타매하였다.(199~200쪽)

〈예문 12〉

그는 마름의 세력과 금전의 권리로 온 동리를 자기 장중에 쥐락펴락

할 수 있었다. 그런데 희준이가 나온 뒤로는 차차 그의 인망이 높아지는 것 같은 반면에 자기의 위신은 은연중 깎여지는 것 같은 불안이 생겼다. 그러는 대로 이제까지 자기에게 있던 세력이 조금씩 그에게로 빠져 나가는 것 같은 위험을 느끼게 한다.

'응! 암만해도 그 사람을 굴복시켜야! 그렇지 않으면 큰일난다'

정직하고 담을 쌓은 승학이는 은근히 그를 매수하고 싶었다. 말하자면 그에게 일부러라도 환심을 사고 싶었다.

그런 계제에 돈을 꾸러 왔으니 그야말로 불감청이언정 고소원이 아닌가? 그래 그는 뒷구멍으로는 그의 흉을 보고, 또한 그것으로 자녀에게 교훈의 재료로 삼았다. 이만하면 그로서는 현금 감정 이상의 일거삼득이 아닌가? 이해타산이 이만큼 밝은데 왜 부자가 못 되랴고 그는 은근히 자기의 지혜를 탄복하였다.

사실 그의 지금까지의 재산도 생쥐같이 약고 다람쥐처럼 인색한 데서 모은 것이 아닌가?(200~201쪽)

〈예문 13〉

안승학은 원터 뒷산 밑 황토박이 서너 마지기 밭에다가 원두를 놓았다. 참외, 수박, 외, 성환 참외 등과 옥수수, 올방콩을 밭고랑 사이로 듬성듬성 심었다.

그는 계산을 그렇게 잘한다면서도 이런 것들은 빼놓고 쳤다. 원두밭은 행랑아범이 가꾸었다. 그는 참외가 열매를 맺기 시작하자 주인이 시키는 대로 원두막을 지었다. 원두막은 덕칠이와 단둘이 온종일 지었다. 그날은 승학이도 일찍 나와서 막을 다 짓도록 감독을 하였다. 막을 지은 뒤부터는 저녁마다 행랑아범이 지켰다. 그는 원두를 놓기 때문에 신역이

더 고되었다. '공연한 놈의 원두는 놓고서 남을 못살게 굴지. 이놈의 참외를 여수나 죄다 파가거라.'

…〈중략〉…

참외가 익기 시작하자 승학은 갑출이를 앞에 걸리우고 날마다 한두 차례씩은 나갔다. 갑숙이도 가끔 그들을 따라다녔다.

오늘도 안승학은 점심을 먹고 나서 담배를 피우며 앉았다가,

"에, 더워, 갑출아, 원두막에 가자!"

하고 일어난다.

"원두막이 제일 시원해. 갑숙이 넌 안 갈래?"

"가요."

"나도 갈 테야."

갑숙이가 간다니까 숙자도 덩달아 나선다.

"죄다 가면 집은비구."

안승학은눈을 크게 뜨고 소리를 꽥 지른다.

"덕례보구 보라지!"

"그깟년이 무슨 집을 보아. 모다 훔쳐 가면 어쩔라구."

"훔쳐 가긴 대낮에 누가 훔쳐 가요. 더워! 나도 갈 테야."

숙자는 자기도 따라가지 못해서 안달을 한다.

"그럼 내가 집에 있을게 작은어머니 가시우."

"그러든지, 누구 하나는 집에 있어야 해!"

"그럼 내가 먼저 다녀올게 너는 이따가 나가렴!"

…〈중략〉…

안승학은 고의적삼 바람으로 머리에는 농립을 쓰고 맨발에 게다를 신었다. 한 손으로는 갑출의 손목을 붙들고 간다.(204~205쪽)

〈예문 14〉

유순경이 아들딸을 데리고 서울에서 딴살림을 시작하기는 벌써 사 년 전 봄이었다.

순경이는 사십이 넘은 갈강갈강하게 생긴 여자인데 여자의 키로는 중 키가 넘을 것 같다. 갑숙이는 그의 모친을 닮아서 부친보다도 키가 크다. 순경이는 갖은 풍상을 많이 겪어서 그런지 얼굴에도 살이 쪽 빠지고 오십이 불원한 여자처럼 주름이 잡혔다.

지금은 살기가 넉넉하지만 근 이십 년 전만 해도 토막 속에서 마련없이 지났다. 그때, 조석을 펀히 굶을 때, 이러니저러니 해도 친정덕을 보고 산 셈이다.

개구리가 올챙잇적 생각을 못 한다고 안승학은 그런 생각은 꿈에도 없다. 그는 관청에 다닌 뒤로 차차 형세가 나아지자 여자를 주섬주섬 얻어들이기 시작하면서부터는 도리어 자기를, 친정으로 재물이나 빼돌리지 않는가 싶어 의심을 품는 모양이다. 그런 눈치를 채고 순경이는 친정과 발을 끊었다.

돈을 지독하게 아는 위인이 계집은 왜 그리 주워들이는지 모른다. 자식 넷이 저의 모친은 모두 각각이 아닌가! 순경이는 밤에 자다가도 그런 생각이 들면 저절로 웃음이 나왔다.(211쪽)

〈예문 15〉

안승학은 숙자의 몸에서 갑출이를 낳기 전까지 여자의 주전부리를 쉬지 않았다. 몇 해 전까지도 남의 유부녀를 떼어다가 둘 곳이 없으니까 순경의 집으로 갖다가 감추고는 토요일마다 서울을 올라다녔다. 그 눈치를 채고 숙자가 쫓아 올라와서 저희들끼리 두발부리를 하며 대판으로 싸우는 통에 별안간 온 집안은 발끈 뒤집혔다. 그들은 서로 나가라고 악을 쓰며 머리채를 끄두르고 방망이 찜질을 하며 굉장하게 싸웠다.

그때 순경은 어쩔 줄을 모르고 벌벌 떨면서 말려 보다가 나중에는 구경꾼처럼 웃고만 있지 않았던가!

승학은 그때 어느 편을 들어야 할는지 몰라서 어안이 벙벙해 있다가 싸움판이 점점 커지니까 그만 몰래 도망질을 쳤다.

…〈중략〉…

그때 망신을 톡톡히 당하고 나서 그랬던지 승학은 그 뒤로는 다시 계집질을 하지 않았다. 하긴 그 뒤로 바로 관청을 떨려 나오고 나이도 인제는 오십이 불원하였지마는-

(213쪽)

〈예문 16〉

안승학은 저녁때 아들들을 위하여 다과회를 열었다. 넓은 대청에 돗자리 두 닢을 마주 깔고 거기다가 옻칠을 한 식탁을 갖다 놓았다. 그는 그 언제 서울 간 길에 미쓰코시 데파트를 구경 갔다가 이 상을 칠 원 오십 전에 사왔다. 거기에다 얼음에 채운 참외 수박과 과자 등속을 수북하게 올려놓고 한옆으로 놓은 화로에는 주전자에 찻물을 끓인다. 밀크와 각사탕은 차반 앞에 놓았다. 그는 상을 그대로 놓기가 무미하다고 서양 백합을 심은 화분 한 개를 한가운데 올려놓았다.

"자, 인제 맘대로들 먹으라구, 당신도 먹어!"

"아주 참 손님 대접 하는 것 같은데! 호호호"

"개명한 사람들은 제 식구끼리라도 오래간만에 만나면 그렇게 하는 법이야."

승학은 숙자를 마주 쳐다보며 웃다가 과자 한 개를 집으며,

"그런데 늬들 공부 잘했니?"

"네, 잘했지요."

"또 너도……?"

"잘했어요."

"형은 운동선수랍니다."

…〈중략〉…

"아니야! 저…… 아따 무엇이든지 잘만 하면 고만이지. .도적질도 잘만 하면 고만이거든. 안할말로 말야! 그런데 운동도 잘하면 돈 생기니?"

"그럼, 생기고말고요."

"응! 그래 돈 생길 공부라면 잘해야지. 그저 지금 세상은 돈이 제일이니라. 공부도 돈벌기 위해서 하는 건데 뭐."

"공부는 사람 되라고 하는 게 아닌가요."

갑준이가 수박을 들고 먹으며 불복인 듯이 부친의 말을 받는다.

"천만에, 돈이 없으면 사람꼴이 못 되거든. 너 봐라, 거지를 누가 사람으로 치던!"

…〈중략〉…

승학은 싱글싱글 웃으며 가재수염을 한 손으로 배배 꼬다가,

"애들아, 아닌가 봐라. 늬들 말로 당초에 인간이 생긴 제는 아주 몇십만 년 전이라고 한다지? 그랬지? 아레와 우소다게레도모(그건 거짓에 불과하지만) - 그렇다면 몇십만 년이나 된 사람이 오늘까지 참사람이 못 되었다면 그게 언제 되느냐 말야? 그러니까 사람은 도로 원숭이가 된단 말이지…… 저…… 개명했다는 서양놈들 봐라. 모두 털이 노란 게 원숭이 같지 않은가? 하하하."

"아, 그건 …… 그건, 사람들이 우매해서 일반사회가 문화적으로 발전하지 못했으니까 그렇지요. 다시 말하면 인간에 가난이 있어서 그것만 없이하면!"

"누가 없애니?"

"사람이 없애지요."

"조물주가 만든 것을 사람이 없애여. 얘들아, 들어 봐라! 이 천지만 물에는 모두 음양 상극이 있는 게야. 기는 놈이 있으면 뛰는 놈도 있고 뛰는 놈이 있으면 또 나는 놈이 있거든. 높은 산이 있는 동시에 깊은 바다가 있지 않으냐? 그래서 사람에게도 남녀가 있고 선악이 있고 빈부가 있는데, 아니 가난이 없으면 누가 노동을 하겠니. 모두 게을러서 제 집 방안에만 자빠졌게."

"하하하! 아니요 아니요! 사람이 만든 것을 사람이 왜 못 없애요!"

…〈중략〉…

"어짜긴 누가 어짠댔나. 원숭이와 살가지는 사촌격이란 말이지! 허허허, 건 농담이고 늬들도 저 박훈이를 알겠구나."

"박선생님 말이지요. ○○신문사 다니는?"

"그래. 참 그 사람으로 말하면 우리와 같이 학교에 다닐 때 공부도 잘 했지. 그렇던 사람이 공연히 발락꾼이 되어서 돌아다니더니만 인제는 지쳤는 게야. 겨우 신문사에서 빌어먹는다지. 그 사람도 그짓만 안 했더면 지금쯤은 돈냥이나 착실히 밀렸을 터인데 기미년 이후에 금융조합 서기를 내놓았것다. 흥, 기금까지만 붙들고 있었더면 그 사람은 벌써 이사가 되었을걸."

"금융조합 이사가 그리 장한가요?"

갑준이는 부친의 말을 하찮게 받아챈다.

"흥! 이사면 고만이지. 실속은 ×××보다 낫단다. 돈을 만지거든! 그런데 그 사람은 공연히 난봉이 나가지고 성명까지 난봉이 나서 한 자를 떼내 버렸다나. 박일훈(朴一勳)이를 고만 일자를 빼고 박훈이라고 한다지? 그 착한 아내까지 이혼을 하고 연애인지 몽둥인지 하느라고."

"그게 난봉난 게유? 사회에 나서서 사업하는 게지요."

"사업이 무슨 사업이야. 수신제가 연후에 치국평천하인데 이건 제가는커녕 수신도 못 하는 위인들이 주제넘게 무슨 일이야. 일이! 우리 동리 희준이가 똑 그 사람을 닮어 가지…… 그 사람도 아직 이혼은 안 했지만 참 어째서 이혼을 안 했는지 몰라. 아이구, 그 동경, 대판이고 서양 갔다 온 놈들 툭하면 이혼하는 꼴이라니! 기급을 할 놈들!"

승학이가 희준이를 미워하는 까닭은 또 한 가지 이유가 있다. 갑숙이가 집에 와 있으니까 혹시 그와 어떤 밀접한 교제나 있지 않을까 해서 미리부터 방패막이를 하자는 심산이다. 갑숙이는 부친의 말이 듣기 싫어 연신 눈살을 찌푸리며 고개를 숙인다.(220~224쪽)

〈예문 17〉

마을 안의 젊은 패들이 두레를 내자고 조르는 바람에 희준이는 거기 따라서 차차 물론을 일으켜 보았다.

"상리에도 두레를 내고, 타 동리는 모두 두레를 내는데, 우리 동리에서도 한번 해봅시다 그려!"

…〈중략〉…

원터 사람들의 짓는 농사를 합치면 거의 십여 석지기나 되므로 타동 전장의 고지를 안 매더라도 풍물값을 제하고 몇십 원은 남을 수 있다. 한 마지기에 삼십 전씩만 치더라도 오륙십 원은 무려하기 때문이다.

"쇠뿔도 단김에 빼야 한다고 아주 지금 가서 의논을 해보고 오지요."

희준이는 벌떡 일어나서 그 길로 안승학을 찾아갔다.

…〈중략〉…

주인은 희준이가 찾아온 까닭을 눈으로 캐내려는 것처럼 말끄러미 쳐다본다.

"저 잠깐 의논드릴 말씀이 있어서 왔는데요."

하고 희준이는 우선 두레에 대한 의견을 꺼내 보았다. 잠자코 듣던 승학이는 우선 수판을 들고 나앉으며,

"두레를 내서 밑지든 않을까? 어디 좀 따져 보세."

"네, 따져 보세요. 그래 먼저 여쭈어 보려고."

안승학은 희준이가 추켜올리는 바람에 유쾌한 듯이,

"응, 잘 하면 산 사오십 원은 되겠네. 하여간 손해만 없겠거든 좋도록 해보게나그려."

하고 반승낙을 하였다.

"그럼 의논을 시작해 보겠어요. 무어 별반 이의는 없을 테니까요."

희준이는 마지막으로 또 한번을 다지고 자리를 일어섰다.

안승학은 희준이와 정면충돌하기가 싫어서 표면상으로는 선선히 승낙하는 체하였으나 내심으로는 두레를 내자는 데 그리 찬성하고 싶지는 않았다. 그것은 두레를 반대하거나 자기에게 손해가 돌아올까 해서 겁내는 것이 아니라 역시 희준이의 세력이 커질까 봐서 시기를 하기 때문이다. 그는 스스로도 너무 자겁함이나 아닌가 하고 은근히 자기를 꾸짖어 보기도 하였으나 어쩐지 마을 사람들이 희준이를 가까이하는 것 같은 생각은 자기의 지위가 흔들리는 것처럼 불안이 없지 않았다.

안승학은 그 뒤로 한참 동안 수판알을 굴리며 생각을 해보다가 갑성

이를 시켜서 학삼이를 불러 왔다. 학삼이는 그가 민판서 집 사음을 운동할 때부터 그에게는 다시없는 심복이었다.

그래서 무슨 일이든지 긴한 일이면 으레 학삼이와 상의하는 터이다.

…〈중략〉…

학삼이는 무슨 일인지 몰라서 눈을 둥그러니 뜨고 방으로 들어와 앉는다.

"자네도 들었나! 희준이한테."

"무엇 말씀인가요?"

"두레 말이야."

"네, 젊은애들이 지껄이는 말은 들었어요. 왜요?"

주인은 한걸음 다가앉으며 교활한 웃음을 가재수염 밑으로 머금으면서

"그럼, 잘되었네. 자네가 그것을 반대하게."

"내가 반대해요?"

"응 그래, 지금 곧 희준이가 왔다 갔는데 그런 말을 하기에 동중에 손해가 없거든 해보라고 했네마는 나중에 생각해 본즉 뒷일을 누가 아나ー 두레를 냈다가 공연히 부비만 나게 되면 가난한 사람들에게 힘이 넘치는 추렴새만 물리게 될 것 아닌가?"

"그야 그렇습지요? 여럿이 하는 일이란 일상 믿을 수 없는 게지요. 하지만 온 동리서 모두를 찬성한다면 저 혼자 반대적이라고 될 수 있을까요?"

"아따, 그러니까 정히 해볼 테면 하라구 하고서 만일 손해가 나는 날이면 어떻게 할 셈이냐? 무슨 일이고 간에 앞뒷일을 재어 보아야 한다고 미리 발을 빼놓으란 말이야."

"네, 그만하면 알겠소이다. 그럼 그렇게 합지요."(249~252쪽)

〈예문 18〉

안승학은 상리 사는 작인 춘학이를 그 뒤에 만나서 새로 들은 소문과 곽첨지의 말을 종합해 본 결과 경호는 분명히 권상철의 아들이 아니라는 의심은 물론이요, 바로 곽첨지의 아들이 아닌가 싶은 생각도 든다. 혹시는 곽첨지의 아들까지는 확실히 모른다 할지라도 상철의 아들이 아니라는 것은 벌써 틀림없는 사실 같다.

승학은 문득 한 꾀를 생각하고 읍내 사는 권상철을 그 길로 찾아갔다.

…〈중략〉…

"권상! 내가 요새 이상한 소문을 들었는데요."

안승학은 화두를 이렇게 꺼내 놓고 우선 권상철을 의미 있게 마주 쏘아보았다.

"네, 무슨 소문이어요."

"경호가 당신 아들이 아닙니다그려!"

승학은 아주 은근하고 다정하게 말하는데 이야말로 웃음 속에 칼을 품은 것이 아닌가.

"아니 그게 다 무슨 말씀인가요?"

…〈중략〉…

'이놈아, 얼른 항복해! 공연히 큰코 다치지 말고!'

승학은 속으로 약을 올리며 배를 퉁기고 있다가 마지막으로 한마디를 다져 놓았다.

"거짓말인지 아닌지는 권상이 잘 알 테니까 더 말할 나위 없겠지요. 나는 다만 권상을 위하야, 그런 소문을 들었기에 안심찮어서 물어 본 것뿐이지요. 그런데 나 듣기에는 증거가 다 있습니다. 그래서 자제가 우리 집에 기숙하고 있는 것으로 보든지 또 무엇으로 보든지 그대로 있기가 뭐하더군요. 거기 무슨 다른 의사가 있겠소. 언무족이 천리라고 그런 말이 사실이야 있고 없고 간에 직접 자제의 귀로 들어간다면 재미없는 일이 아니어요. …〈중략〉… 그러고 또 만일 그게 사실이라면 권상도 여북해서 그렇게까지 했겠소. 오십 춘추에 다시 자손을 두실 수 없는 형편인데 다 키워 논 자식을 잃는 게나 다름없은즉 이랬거나 저랬거나 권상에게는 불리한 소문이 아닌가요?"

안승학은 한 손으로 상철이의 넓적다리를 꾹 찌르며 이야기를 끊었다.

"네, 그렇게 말씀하시니 대단 고맙습니다. 지금은 좀 부산하니 그럼, 일간 한번 댁으로 가뵙지요."

…〈중략〉…

집으로 돌아오는 길에 안승학은 제 이단으로 이미 발목이 잡힌 상철이를 어떻게 하면 올가미를 잘 씌울까? 만단으로 궁리하였다.

며칠 뒤에 과연, 권상철은 넌지시 안승학을 방문하였다. 그는 일전에 안승학에게서 수상한 말을 들은 뒤로부터 아무리 생각해 보아도 그대로 있는 것이 불리한 것 같았다. 필연코 어디서 무슨 증거 있는 말을 들은 모양 같은데 만일 그런 소문이 돌아서 경호의 귀에까지 들어간다면 사실 여간 큰일이 아니었다.

상철은 신문지에 싸가지고 온 세모시 두 필을 주인 앞으로 내놓으며,

"이거 변변치 않소이다마는 주의 한 김 해입으시지요."

"원 천만에, 그건 무얼 …… 고만두셔요."

…〈중략〉…

안승학은 말로는 연해 도로 가져가라고 사양하였으나 속으로는 당길 심이 없지 않았다. 그러나 모시 두 필로 때우려 드는 저편의 심사를 엿보고,

'이놈아! 정은 무슨 썩어질 정이냐? 이까짓 것쯤으로는 어림도 없다.'

하고 발길로 차버리고 싶었으나 개감도 과실이라고 우선 받아 놓고 보자 하였다. (287~290쪽)

〈예문 19〉

안승학은 모녀간에 이러한 내막이 있는 줄은 모르고 호기만장해서 서울 길을 떠났다. 그는 차 안에서도 여러 가지 궁리를 해보았다.

만일 경호가 지체나 좀 높고 그런 자식이 아니었다면 사윗감으로 골랐을는지 모르나 그러나 지금은 그런 것이 문제가 안 된다. 사위보다도 더 유리한 조건이 붙기 때문이다.

그는 갑숙이를 이 가을에 혼례를 갖추고 나서 권상철의 고삐를 단단히 붙잡고 장사 밑천을 대게 할 작정인데 만일 그것을 불응하거든 당장에 문제를 일으켜서 경호의 실부모를 찾아 주자는 심산이었다.

…〈중략〉…

순경이는 한동안 묵묵히 앉았다가 마음을 도슬러 먹고 나서 설마 죽기밖에 더 하겠느냐는 결심으로 있는 용기를 다 꺼냈다. 그는 승학을 정면으로 쳐다보며,

"혼처는 그보다도 더 좋은 데가 있다우."

하고는 다시 고개를 돌리었다.

…〈중략〉…

"그럼 진작 그런 말을 하지, 더 좋은 곳이 어디야?"

"언제 그런 말을 하게 여유를 주었수."

"응, 여유를 주지 않아서 못했구먼! 그럼 지금부터 여유를 줄 터이니 말하라구."

…〈중략〉…

"우리집에 있는 학생……."

"집에 있는 학생?"

안승학의 눈은 빛난다.

"집에 있는 학생이 누구여?"

순경이는 기침을 하고 나서, 다리를 세웠다 놓았다 하며 목구멍 안으로 끄집어당기는 목소리로,

"권-경-호!"

승학이는 펄쩍 뛰었다. 순경은 더욱 간담이 서늘하여서,

"그래유."

"어! 정말이야?"

승학은 갑자기 기색이 새파랗게 죽는다.

"아니 왜 그라우?"

"대관절 경호가 어떤 사람인 줄 알고 그런 맘을 먹었어? 응!"

"무에 어떤 사람이유. 사람은 매한가지지."

"매한가지? 그건 이녁 생각인가, 기애도 그렇다는 겐가?"

안승학은 황소숨을 내쉰다.

…〈중략〉…

"아이구!"

안승학은 별안간 가슴을 꽝 치고는 뒤로 벌떡 나자빠지며 벽으로 머리를 부딪고 넘겨 박힌다.

"아이구! 인제 집안이 망했구나, 아이구!

…〈중략〉…

안승학은 여전히 몸부림을 치며 엉엉 울기만 한다.

"아이구! 아이구······!"

안승학은 그 뒤로 밤낮 사흘 동안을 침식을 전폐하고 머리를 싸매고 드러누웠다. 그는 벽을 안고 모로 누워서 끙끙 앓다가는 별안간 열병 환자처럼 벌떡 일어나서 가슴을 치고 몸부림을 하며 황소처럼 울었다. 그리고,

"우리 집안은 인제 망했다.!"

고 주먹으로 방바닥을 치며 이를 보득보득 가는 것이었다.(312~317쪽)

〈예문 20〉

안승학은 이번에는 숙자의 말대로 회유의 방책을 써서 순경이 모녀를 꾀어 보자는 심산이었다. 그래 그는 이런 생각이 들자, 그러지 않아도 한번 또 올라가서 화풀이를 하려던 차인데, 그렇다면 한시바삐 올라가 보는 것이 좋겠다고 오늘 저녁차에 올라갈 준비를 하고 있었는데, 낮 배달시간에 뜻밖에 갑숙이에게서 편지 한 장이 떨어진다.

승학은 무심히 피봉을 뜯어 보더니 별안간 두 눈을 흡뜨고 어 - 소리를 지른다.

"아! 왜 그러우?"

"그년이 달아났군! 응!"

"뭐? 갑숙이가······ 참, 묘하게 되는구려!"

승학이와 숙자는 어안이 벙벙해서 피차에 말이 없이 한동안 서로 쳐다볼 뿐이다.

안승학은 편지를 다시 보기 시작하였다.

···〈중략〉···

승학은 편지를 보던 목소리가 점점 가느다래졌다. 마침내 그는 눈물이

떨어져서 편지 글씨를 번지게 하였다.

"이게 어디 가서 죽었군, 응!"

"뭬 그렇게 만리장서유?"

"영원히 떠나겠다니 죽으러 간 게 아니여?"

"그러기에 내가 무에라구 했수. 공연히 야단만 치지 말고 달래랬지요."

"저게 죽었으면 어쩌나, 응!"

안승학은 손등으로 눈물을 이리 씻고 저리 씻고 한다.

"그래도 자식인데! 이놈의 새끼 경호인가. 그 망할 놈이 남의 집안을 이렇게 망쳐 놓는담! 그자식이 구장집 머슴 곽첨지의 의붓자식이래! 이놈의 자식을 저도 그 소문을 내서 알거지를 만들어 놓아야지! 아이구 ...."

"아니 경호가 바로 곽첨지 자식이야?"

"......"

안승학은 그 대답은 하지 않고 부랴부랴 그 길로 서울 길을 떠났다.(344~347쪽)

〈예문 21〉

안승학은 천만 의외에 갑숙이가 출가했다는 편지를 받고 그 즉시로 서울로 쫓아올라가 보았으나 집안 식구들도 그의 종적을 전혀 모른다니 어디 가서 찾아야 할까? 하긴 경찰서에 수색원을 제출하는 것이 좋을 상 싶었으되 그리하는 날에는 소문이 파다하게 나서 집안 망신을 더 시킬 것 같다.

또한 아들의 말마따나 그가 출가한 것은 자기가 심하게 군 까닭으로 벌써 굳은 결심 밑에서 달아난 모양인즉 설혹 찾아온다 해도 다시 또 무슨 일이 있을는지 모른다. 그렇다면 당분가 그대로 내버려두었다가 서서히 염탐해 보는 것이 좋겠는데 나간 뒤로 소식이 묘연한 그의 행방은 죽었는지 살았는지 몰라서 오직 그것이 염려될 뿐이다.

…〈중략〉…

그렇지만 일껏 물샐틈없이 꾸며 놓은 계획이 갑숙이로 말미암아 일조에 수포로 돌아갔을 뿐 아니라 가문을 더럽히게까지 한 상처는, 그로 하여금 좀처럼 원기를 회복하게 하지는 못하였다.

그래 그는 전과 같이 의기양양해 보이지 않고 일상 침울한 기분으로 집 안에만 들어앉았다. 그는 야릇한 심사를 걷잡지 못해서 어떤 때는 혼자 술을 마시기도 하였다. 숙자는 승학의 이런 꼴을 보고 전보다도 비위를 잘 맞추는 동시에 애틋한 정을 담뿍 쏟아부었다. 그래도 안승학은 우울한 심정을 풀지 못하는 모양 같다.

…〈중략〉…

그는 갑숙이의 걱정도 걱정이려니와 권상철의 부자에게 어떻게 했으면 복수를 톡톡히 해볼까 하는 것이 주사야탁으로 머리를 떠나지 않게 한다.

…〈중략〉…

그래서 안승학은 그와 같이 불리한 복수책은 그만두고 다른 유리한 복수책을 강구하기에 오랫동안 시일을 허비해 보았던 것이다.

그는 갑숙이를 먼저 다른 데로 결혼을 시키려 한 것이 실패의 원인으로 알았다. 만일 그렇게만 안 했어도 갑숙이가 달아날 까닭이 없지 않은가? 갑숙이를 그대로 두어야만 권상철에게 조건을 붙이기도 유리할 것 아니냐? 안승학의 이런 생각은 숙자를 원망하기까지 하였다. 그때 만일 숙자가 갑숙이의 혼사를 서둘지 않았다면 자기도 그와 같이 바쁘게 정혼

하려고는 않았을 것이다. 그래 안승학은 이번에는 숙자에게도 아무 눈치를 뵈지 않고 자기 혼자만 궁리해 보고 있었다.

마침내 그는 권상철을 찾아가서 직접 담판하는 외에는 별수가 없다고 생각하였다. 그것은 만일 그의 요구를 거절하는 때는 법적 수속을 밟아서라도 위자료를 청구하자는 것이었다.

위자료 오천 원! 오천 원의 금액은 금시로 그의 눈앞을 빛나게 하였다. (374~376쪽)

〈예문 22〉

안승학은 여러 날 만에 외출을 하였다. 다리가 허전허전한 것이 마치 병상에서 가까스로 일어난 사람 같다. 거울 속으로 나타난 그의 얼굴은 광대뼈가 두드러지도록 야위고 홀쭉하였다. 숙자는 저런 몰골을 해가지고 어디를 나가느냐고 붙드는 것을, 그는 읍내로 약 지으러 간다고 속이고 나섰다.

권상철은 오래간만에 찾아온 안승학을 반가이 안방으로 맞아들였다. 그는 상리 사람들의 입을 틀어막기 위해서 그 동안에 수백 원의 금전을 안승학에게 전했었다. 그는 승학이가 그 돈을 전수이 그들에게 주지 않고 절반 이상을 떼먹었을 줄도 알지마는 약점을 잡힌 자기로서는 울며 겨자 씹기로 어찌할 수 없는 사정이었다. 그래 그는 또 무슨 핑계로 돈을 달라러 오지 않았나 싶어서 은근히 불안을 느끼었다.

"아니 신색이 전만 못하시니 어디 편치 않으십니까?"

"네, 서체로 좀 앓았어요……."

안승학은 기운 없는 목소리로 대답하고 나서 별안간 기색을 고치며,

"그런데 이 일을 어째야 옳소?"

하고 중대한 전제를 꺼내며 강경한 태도로 주인을 노려본다.

"무슨 일이어요?"

"경호란 놈이 내 집을 망쳤구려! 응…….."

"네, 그게 무슨 말씀이셔요?"

권상철은 어인 영문을 몰라서 죄불안석하였다.

…〈중략〉…

"그놈이 딸애를 유인해 가지고 필경…… 그…… 그랬구려, 아이구……!"

"아니 경호가? 그…… 그럴 리가 있나요…….."

"그럴 리가 있다니? 만일 그랬으면 어쩔 테야!"

…〈중략〉…

안승학은 그제야 비로소 순경이에게 들은 말에다 좀더 보태 가지고 토파하였다.

경호가 갑숙이를 꾀어 내서 마침내 정조를 유린했다는 말과, 그런데 자기는 그런 일이 있는 줄은 전혀 모르고 혼처를 정하러 올라갔다가 그런 사실을 처음 알고 온통 집안이 난가가 나서 아내는 자살미수로 병신이 되고 딸은어디로 행위불명이 되었다는 말을 비장하게 허풍을 쳐가며 설화하였다.

…〈중략〉…

"네, 나도 그런 줄은 아주 몰랐습니다. 그런 죽일놈이 있나요…….."

주인은 민망한 듯이 다시 사과하였다.

그러나 속으로는 남의 불행을 이용해서 제 욕심을 채우려던 끝에 그런 일이 있다는 것은 한편으로는 고소하기도 하였다. 더구나 그 비극이 자기를 곯려먹자는 경호로 인해서 생겼다는 것은 얼마나 기이한 대조인가 싶다.

"내 집은 인제 아무 망하고 말았소. 거기에 대해서 권상은 어떻게 하실 테요? 남의 집을 망해 놓았으면 그만한 책임을 져야지요!"

…〈중략〉…

"네, 그런데 어떻게 했으면 좋을까요?"

"그건 요량해서 해요. 당신 때문에 나는 집안을 망치고 자식까지 버렸으니 …… 그만한 대가를 지불해야 하지 않소. 하기야, 그까짓 금전으로는 어떻게 그만한 손해를 배상하겠소마는 …… 헴!"

권상철은 머리를 숙이고 앉았다가,

"그럼 얼마쯤 했으면 좋겠습니까?"

"헴! 그건 적어도 위자료로, 오천 원은 내야지 ……."

"아니 얼마요? 오천 원이요!"

권상철은 별안간 입을 딱 벌리 채 퉁방울처럼 두 눈을 흡뜨고 쳐다본다.

…〈중략〉…

권상철은 어떻게 했으면 둘 사이를 어상반하게 발라맞출까 생각해 보았다. 그는 경호의 내력이 그렇지만 않았어도 맘대로 하라고 배짱을 내밀었을 터인데 워낙 고삐를 몹시 잡힌 까닭에 어찌할 수가 없었다. 그래 그는 승학의 눈치만 슬슬 살피다가,

…〈중략〉…

"호 – 혼인을 합시다."

"……"

안승학은 혼인을 하잔 말에 다시없는 모욕을 느끼었다. 그는 무섭게 두 눈을 노리고는 잠자코 주인을 쳐다본다.

"왜 그러서요! 혼인하실 의향은 없으신가요?"

기색이 좋지 못한 안승학을 보고 권상철은 무렴한 듯이 다시 물어 보았다.

"이놈아, 뭣이 어째!"

별안간 안승학은 주먹을 부르쥐고 달려들어서 권상철의 아래턱을 치받았다. 아래윗니가 마주 부딪치는 바람에 탁 소리가 난다.(374~381쪽)

〈예문 23〉

"그렇지 않아도 그 때문에 뵈러 왔는데요, 거기에 대해서는 향자에 안주사가 요구하신 대로 드리지요."

권상철이가 이렇게 서슴지 않고 자기의 요구를 수용해 주겠다는 말에 안승학은 귀가 번쩍 뜨이는 동시에 반신반의한 생각이 나서 당황히 물어 보았다.

"요구한 대로 그럼 오천 원을 주시겠다는 말씀인가요."

"네!"

안승학은 이 순간에 승리의 기쁨을 느끼었다.

"아, 권상이 그처럼 생각하셨다는 것은 하여간 고맙소이다."

"뭐, 천만에, 그런데 거기에 대해서는 한가지 청이 있습니다."

"녜, 무슨?"

안승학이는 다시 불안을 느끼고 반문하였다. 그는 무슨 딴청을 쓰느라고 짐짓 이런 패를 붙이는가 싶어서,

"안상 요구대로 오천 원을 드릴 테니 그 대신 혼인은 혼인대로 하시는 것이 어떻겠습니까. 댁에서도 돈으로만 상지가 아닌 바에 그렇게 하는 것이 두 집안의 체면을 세울 수가 있지 않습니까?"

급소를 찔린 안승학은 잠깐 당황한 기색을 나타냈다. 그는 그전처럼

혼인 말은 내박차고 싶었으나 이번에는 오천 원을 주겠다는 바람에 눈이 어두워지지 않을 수 없었다.

…〈중략〉…

"그럼 그 돈은 따님이 나온 뒤에 드리지요. 성례를 갖추자면 자연 혼인비용을 쓰셔야 될 것인즉 그 안에라도 쓰실 일이 있다면 다소간은 드리겠습니다마는……."

권상철은 안승학의 환심을 사기 위해서 이런 말을 선선하게 꺼냈다.

그러나 그는 어떻게든지 약혼을 먼저 해서 그 돈을 다 안 쓸 작정이다.

한편으로 안승학은 장사치의 영리한 심층을 엿보고 있는만큼 그는 약혼을 하기 전에 그 돈을 다 받아 보려는 꾀를 썼다.

그렇게 하자면 우선 갑숙이를 찾아다 놓고 권상철을 꼬일 수밖에 없다. 그래서 그는 한 발을 양보하고 피차에 상약을 한 후에 비밀히 갑숙의 행방을 사방으로 수소문해 보았다.(388~389쪽)

〈예문 24〉

이날 안승학은 식전부터 분주하였다. 서울에서 내려온 타작관은 촌으로 나갔다. 그는 타작마당으로 돌아다니며 일일이 감독하지 않으면 안 되었다.

하긴 하루에 한 집씩 타작을 시켜야만 가장 잘 밝힐 것같이 생각되었으나 하루를 다투는 가을일을 꼭 그렇게 이상적으로만 할 수 없었다. 그래서 오늘도 할 수 없이 서너 집을 시킨 것인데 그러자니 이집 저집으로 돌아다니면서 벼를 잘 털라고 잔소리를 하고 그래도 못 믿어서 털어 놓은 짚단을 헤쳐 보다가 만일 벼알이 더러 붙었으면 눈을 부라리고 호령을 하는 것이었다.

그래서 그는 정작 타작관보다도 작인들에게 더욱 심하게 굴었다. 그는 이렇게 지주에게 충성을 다해야 '마름'의 성적을 올릴 수 있다고 생각하기 때문이다.

"이게 자리개질을 한 겐가 무엔가? 어서 다시 털라구."

안승학은 김선달 집 마당에서 쇠득이가 지금 털어 던진 짚단을 펴보더니만 눈을 곱지 않게 뜨고 다시 털라고 호령을 한다.

쇠득이는 할 수 없이 그놈을 집어다가 너댓 번 다시 후려쳤다. 안승학은 그제야 마음이 놓였던지 한동안 우두커니 서서 보다가 수동이 집 마당으로 뒷짐을 지고 슬슬 올라간다.

"흥! 참 너무 그라지 말라구! 제 - 길할것."

쇠득이는 참았던 분을 쏟아 놓는다. (408~409쪽)

〈예문 25〉

남은 이렇게 경황이 없는 한편에 안승학은 경호가 출가했다는 소문을 듣고 소스라쳐 놀랐다. 그것은 자기 딸을 팔아서 전화위복으로 일확천금을 할 수 있던 것이, 그만 또 경호의 뜻밖의 출가로 허사가 된 때문에.

"이런 경칠놈의 일이 있나. 아니 그 자식은 나하고 도대체 무슨 업원이야. 작년 가을만 해도 다 된 일을 그 자식이 그런 일을 저질러서 죽도 밥도 안 되고 남의 집안만 망쳐 놓더니만 또 이번에도 다 된 일을 훼방치고 말게 하니 …… 세상에 이런 기급을 할 일이 있나 원!"

승학은 한참 동안 무엇을 생각하다가 한 꾀를 생각하고 희색이 만면해서 그 길로 제사회사로 경호를 찾아갔다. 그는 경호를 끼고 다시 무슨 계책을 꾸며 보자는 심산이었다.

수위에게 명함을 들여보내고 얼마 동안 기다리려니까 경호가 마주 나오며,

"아니 웬일이십니까?"

하고 양복을 입은 몸을 굽혀 인사를 한다.

"응! 잘 있었나. 자네 좀 보러 왔어!"

…〈중략〉…

"저, 다른 말이 아닐세. 자네가 권씨 집에서 나왔다는 말은 들었네. 그러면 기위 나올 바에야 생활 보장으로 생활비를 얻을 수 있는데 그런 말 해봤나?"

"아니오."

"왜 안 한단 말인가. 자네에게는 아무 과실이 있는 게 아닌즉 저편에서 그것을 거절하지 못할 텐데."

…〈중략〉…

"저를 여적 길러 준 공로도 감사한데 그 위에 또 생활비를 달라면 제가 염치없는 사람이 되지 않겠어요."

…〈중략〉…

"그 사람! 원 별소리를 다 하네. 인제는 남 됐으니까 말일세마는 권상철이가 자네를 위해서 길러 준 줄 아나?"

"어떻든지 길러 낸 것만은 사실이 아닙니까."

안승학은 예측했던 바와는 아주 실망이란 표정을 지으며,

"그래 정말 생각 없나?"

"녜, 없어요."

"예끼, 이 사람! 그건 무슨 손복할 심사란 말인가…… 그럼 내 딸 찾어 놓게. 자네 때문에 내 집이 망한 줄 모르나?"

"죄송합니다."

"죄송하다면 무슨 일이 되는 줄 아나? 글쎄 무슨 심사로 자네에게 이로운 일까지 않는단 말인가. 자네가 청구하기 무엇하면 내가 대신해서라도 찾어 줄 생각으로…… 이를테면 자네를 동정해서 하는 말인데 그런 것도 못 듣겠다니 내가 말한 본정이 어디 있나. 권상철이는 제 자식 삼을 욕심으로 백주에 남의 자식을 데려다가 속여서 기른 것인데!"

경호는 비로소 안승학의 심중을 엿보았다. 그도 권상철만 못지않게 잇속에 밝은 위인인데 결코 자기를 위해서 그런 짓을 하려는 것은 아닐 것이다. 한 말로 말하자면 자기를 볼모로 내세워 가지고 무슨 음험한 계책을 또 꾸며서 이 기회에 돈을 좀 먹자는 수작이 아닌가?(468~470쪽)

〈예문 26〉

S청년회에서는 구호반을 조직해 가지고 부근 각 동리와 읍내로 출동하였다. 희준이는 원터에 사는 까닭으로 자기 동리를 맡아 보았다.

그는 마을 사람들과 상의한 후 두레 먹을 돈으로 이번에 수해를 많이 입은 사람에게 분배해 주기를 제의하였다. 그래서 우선 집이 무너져서 거처할 수가 없는 사람에게 집을 짓도록 조력하였다.

날이 번쩍 들자 큰물이 지나간 벌판은 황량한 폐허와 같이 살풍경을 이루었다. 물에 나간 논은 말할 것도 없거니와 그렇지 않은 것도 마치 우박 맞은 김장밭같이 지딱여졌다. 농사는 큰 흉년이다.

…〈중략〉…

며칠 뒤에 그들은 동회를 부치고 토의한 결과 조첨지, 김선달, 원칠이, 덕칠이 등 노축들이 우선 안승학을 찾아보고 올 같은 해는 소작료를 면제해 달라고 교섭해 보기로 하였다. 그들이 작년과 같이 소작료를 치른다면 도조논을 부치는 사람들은 그것도 모자랄 것이요, 타작논을 부치는 사람들은 도무지 수확이 없을 모양이다.

그들은 학삼이보고도 같이 가자 하였으나 그는 좌청우탁하고 동행하기를 거절하였다.

평소에 찾아오지 않던 작인들이 별안간 떼로 몰려오는 것을 보고 안승학은 심중으로 불안을 느끼었다. 그는 강잉히 웃음을 지으며 그들을 맞았다.

"웬일들이요. 이렇게 한꺼번에?"

"녜, 안주사 어른께 좀 간청할 말씀이 있어서 ······."

김선달이 자리를 고쳐 앉으면 먼저 말문을 열었다.

"아, 무슨 말?"

"참, 이번 수해는 누구나 대동지환이지마는 우리네 같은 작인의 처지는 더 말할 나위가 없지 않습니까?"

다른 사람들이 김선달의 말끝이 떨어질 때마다 '하-' 소리를 연신 질렀다.

"그야 그렇지 ······"

대답하는 말과는 딴판으로 주인의 기색은 냉정하기 짝이 없다. '소용없는데-' '어떨까? 들어줄는지?' '설마 아주 틀릴까?' 그들은 제각기 주인의 눈치를 보아 가며 이렇게 속생각을 하고 있었다.

"그러니 안주사어른께서도 어련히 생각하실 바는 아니시겠지만 우리 작인들은 다른 누구를 바라겠습니까. 마름댁과 지주댁을 바라고 사는 목숨들이오니 민대감께 잘 사정 말씀을 하셔서 어떻게 소작료를 탕감해 주시도록 해줍시오. 그래야 작인들이 목숨을 부지하고 이해 겨울을 부지하겠습니다."

…〈중략〉…

"탕감을 하다니? 소작료를 아주 면제해 달란 말이야?"

안승학은 별안간 두 눈이 휘둥그래지며 목소리에 힘을 주어서 부르짖는다.

"그렇습죠. 올 같은 연사에 그것을 얼마나 감하겠습니까? 아주 탕감을 한대도 남을 것이 없을 터인데요."

"허허 참, 그런 흉년이라니……."

덕칠이는 김선달의 말을 거들며 기막힌 웃을 터친다.

"그래도 소출이 아주 없지는 않을 터인즉 다만 얼마씩이라도 소작료를 문대야 옳지, 남의 땅을 거저 지어 먹는대서야 되나."

"아니 수확이 없는 땅은 지세도 면제해 주지 않습니까?"

"지세는 나라에서 받는 것이지만 소작료는 개인의 사유가 아닌가베."

"그러니까 나라에서도 지세를 면제해 주시는 터인즉 나라의 정사를 받는 백성도 그 본을 받는 것이 옳지 않겠습니까."

"아니 글쎄, 나라니 백성이니 할 것 없이 남의 땅을 거저 지어 먹으랴는 심사가 어디 있느냐 말이야? 혹시 몇 할을 감해 달라면 모르되 아주 감해 달라는 것은 심사가 틀리는 말인걸."

"그렇게 역정을 내실 것이 아니라 그럼, 지금이라도 간평을 해보시면 알 것이 아닙니까. 일년내 품밥 들여서 농사지은 것이 죄다 물에 씻기고 말았으니 그 손해는 차치하고라도 장차 이해 겨울을 어떻게 살며 내년 농사를 어떻게 짓겠느냐 말입죠. 그래 호소하는 말씀이 아닙니까?"

"그건 자인들만 손핸가요. 지주도 손해지…… 금쪽같은 돈 주고 산 땅에서 소작료도 못 받는다면 어떤 놈이 땅 살 시러베아들놈이 있담."

안승학은 은연중에 비양거리는 태도가 보인다. 김선달은 슬그머니 부아통이 끓어올랐다.

"그럼 얼마나 감해 주시렵니까? 아모케나 공평하게만 해줍시요 그려!"

"그게야 지주댁과 상의해서 타작관이 내려와 봐야지."

…〈중략〉…

안승학은 차일피일하고 미뤄 내려오다가 거의 한 달이나 가까울 무렵에야 비로소 회답이 왔다고 작인들에게 전하는 말은 이러하였다.

—타작이란 원체 그 논에서 나오는 소출을 가지고 절반씩 나누는 것인즉 그것은 감할 필요가 없고 다만 도조논만 도조 거리도 못 될 만치 소출이 부족할는지도 모르니 그것은 간평을 해서 적당하게 감해 준다는 것이다.

작인들은 이 말을 듣고 낙망하였다. 그러나 안승학은 그 가운데 약은 꾀를 쓴 것이다. 원터 앞들을 대개가 타작이요, 도조논은 얼마 안 되기 때문에 그는 이렇게 해서 아무런 불평을 말할 구실을 못 붙이게 하자는 것이었다. 그런데 공교히 도조논을 짓는 사람들은 마을 중에서 그중 세력이 있는 집들이다.(486~489쪽)

〈예문 27〉

옥희는 가만히 앉아서 듣고 있다가 옷깃을 바로 여미며,

"우리 아버지란 양반은 족히 그럴 것이어요. 그는 이욕이나 지위나 자기 명예를 위해서는 처자도 모르고 친구간의 의리도 모르는 이여요. 돈을 위하여서는 무슨 짓이라도 하는 비열한 성격을 가졌어요 …… 그러기에 저도 이렇게 집을 나온 것이 아니어요."

옥희는 다시금 코가 메고 눈물이 괴었다.

그는 온몸이 부들부들 떨리었다. 마치 그것은 부친의 죄악을 자기가

대신 심판을 받는 것과 같은 쓰라린 가책을 느끼게 하였다.(572쪽)

〈예문 28〉

안승학! 그것은 얼마나 증오에 가득 찬 이름이냐? 그는 아귀었다.

그 한 사람으로 말미암아 원터 일경과 상리 부근의 백여 호 작인의 수백 명 식솔들이 지금 생사지경에서 방황하고 있지 않으냐?

상담에 때리는 시어미보다도 말리는 시뉘가 더 밉다는 격으로 안승학은 지주보다도 더 미웠다.(574쪽)

〈예문 29〉

"아니올시다. 우리는 반드시 정당한 방법을 가지고 나아갈 힘을 길러야 합니다. 그런데 지금은 아직 그런 힘이 없으니까 불가불 다소 비열한 수단을 쓸 뿐이지요. 잘못하다가 시일을 앞으로 더 오래 끈다면 도리어 우리들의 일(단결 - 연재본)이 와해되어서 우리의 약점이 공개되고 말겠으니 먼저 이것을 방비해야 하지 않겠어요?"

"그렇지!"

세 사람은 그제야 희준이의 말이 옳은 줄 알았다.

'정당하게 싸움하는 것이 좋지. 그런데 희준이는 무슨 사실을 가지고 안승학이를 굽힐 작정인가?

그들이 이렇게 속으로 생각하고 있을 때,

"자아, 그러면 일찍이들 찾아가 봅시다."

하고 희준이가 먼저 일어났다.

…〈중략〉…

안승학이는 사랑방에서 혼자 앉아서 금테안경을 콧잔등에 걸고는 문

서질을 하다가 인동이를 앞세우고 김선달, 조첨지, 수동 아버지, 희준이 이렇게 다섯 사람이 일시에 달려드는 것을 보고 적이 마음에 불안을 느끼었다.

그래 그는 붓을 놓고서 마당을 내려다보며,

"무슨 일들인가? 식전 댓바람에 내 집에를 이렇게 찾어오거든 문간에서 주인을 찾고 들어와야지."

매우 위엄스럽게 하는 말이었다.

…〈중략〉…

"저희들이 이렇게 댁을 찾어왔을 때는 무슨 별다른 소관사가 있겠습니까…… 지난번에도 왔다가 코만 떼우고 갔습니다만 대관절 어떻게 저희들의 요구조건을 들어주시겠습니까?"

희준이가 정식으로 말을 꺼냈다.

"그 따위 이야기를 할 작정으로 이렇게들 식전 아침에 왔어? 못 들어주겠네! 벌써 여러 번째 요구조건은 들을 수 없다고 말했는데, 자꾸 조르기만 하면 될 줄 아는가? 어림없지…… 괜히 그러지들 말고 일찍이 나락을 베는 것이 당신들에게 유익할 것이야……."

안승학이는 긴 장죽에 담배를 한 대 담아 가지고 불을 붙이기 위해서 성냥을 세 개비나 허비했건만 잘 붙디 아니하므로 그래 네 번째 불을 당기어서는 쉴새없이 **빠끔빠끔** 빨다가 그만 입귀로 붉은 침을 주루루 흘리고서는 제풀에 화가 나서 담뱃대를 탁 밀어 내던진다.

"괜스리 시간만 낭비하고 피차의 물질상 손해만 더 나게 하지 말고 어서 돌아가서 잘들 의논해서 오늘부터라도 일을 시작하란 말이야! 나도 아침부터 바쁜 일이 있으니 어서들 가소."

…〈중략〉…

"깊이 생각해 보시오."

희준이는 이렇게 말을 꺼내 가지고 계속하였다.

"올 같은 수해이기에 도지를 탕감하야 달라는 것인데 서울 있는 지주 영감은 반대하지도 않는 것을 사음 보시는 어르신네가(당신이 자기 - 연재본) 맘대로 지주보다도 더 욕심꾸러기짓을 하려고 하니 말이 됩니까 …… 일찍이 문제를 해결해 주지 않는다면 댁에서는 아무리 이 동네서 행세를 하고 싶어도 딸을 팔어 가지고 위자료 오천 원을 받어 먹으려 하다가 코가 납작히지구, 게다가 그 딸의 정조를 유린한 청년이라는 것이 중놈에게 끌리어다니던 여자의 몸에서 애비가 누군지도 잘 알 수 없게 생겨난 사람이라면! …… 만일 이 사실을 동네 사람들이 안다면 얼마나 조롱거리가 되겠습니까 …… 그뿐인가요. 지금 ……."

희준이가 이렇게 말을 마치기 전에 안승학은,

"가만있게! 그게 다 모두 누가 지어낸 이야긴가. 원 당치도 않은 ……."

이같이 가로막았다. 이런 창피할 데가 있나! 이런 생각 때문에 그의 얼굴은 조금 붉어진 듯싶다.

"지어내다니요. 누가 없는 사실을 지어낼 사람이 있어요? 지금도 따님이 경호와 죽자사자하는 판이니까 우리가 알고 있지요 …… 댁은 이 동네에서 부자요 행세하는 양반인지 모르나 따님은 공장의 여직공으로 경호하고 좋아지내니 당신도 결국은 우리와 마찬가지 미천한 사람이 아니겠습니까!"

희준이는 더 보잘것없다는 듯이 거림낌없이 말했다.

안승학이는 그만 당장에 얼굴이 푸르락붉으락하고 코를 벌름벌름하기 시작한다.

… ⟨중략⟩ …

"양반의 집 가문이 어떠니어떠니 하더니 그 꼴 참 잘됐다!"

김선달은 비꼬는 듯이 딴전을 보면서 이런 말을 내뱉었다.

"그러기에 자랑 끝에 불붙는다지 않나베!"

조첨지가 맞장구를 쳤다.

"조용히들 해. 누가 당신들에게 떠들어도 좋다고 했나?"

안승학은 홧김에 만만한 조첨지와 수동 아버지만 쳐다보고 눈을 부릅뜬다.

"얼른 우리들 요구를 들어주시기만 하면 더 앉아 있으라고 하신대도 곧 가겠습니다."

조첨지는 지지 않고 말대답을 한다.

"그렇습니다. 마름댁의 명예를 생각하시거든 일을 속히 조처하십시오. 우리는 오늘 마지막으로 담판을 하러 온 것입니다. 지주영감도 반대하지 아니하는 우리의 요구를 중간에서 이렇게 심하게 굴 게 무엇입니까…… 만일 기어코 못 들어주신다면 마름댁의 추태를 세상에 폭로하고 또 지주가 반대하지 않는 소작인의 요구를 억압하는 사음의 사회적 죄악을 철저하게 규탄하고 응징할 결심이니 그런 줄 아십시오."

"자…… 자…… 잠깐 기다리게!"

안승학은 황당하게 희준이의 말이 끝나기를 재촉하고 나서, 일단 얕은 음성으로,

"이 사람! 자네 나하고 무슨 원수졌나? 말이면 함부로 무슨 말이나 다 하는 것인가……."

나무라듯이 이렇게 말한다. 그들은 오오, 인제는 고개가 좀 수그러졌구나 하였다.

"그러면 어떻게 하시랍니까? 저 역시 구태여 댁 따님의 이야기를 가지

고 다니고 싶어서 하는 말은 아니올시다. 우리들의 요구만 들어주신다면 그야 ……."

"흥 …… 가만있게. 좀 기다리게."

…〈중략〉…

"오늘 밤에 대답하지. 돌아서가들 기다리면 사람을 보내겠네. 자네한 테로 ……."

"그러면 오늘 밤 안으로 해결지어 주시지 않는다면 내일부터 최후행동 을 취합니다."

안승학은 말없이 모가지로 승낙하는 의사를 보이었다.

…〈중략〉…

"하여간 안승학 씨가 무어라고 우리들한테 가서 말을 하라고 합데까?"

희준이는 학삼이 곁으로 다가섰다.

"이번에는 소작인들이 요구하는 대로 다 듣겠대유. 그 대신에 여기다 가 도장들을 찍어 달래유."

학삼이는 손에 들고 있던 종잇조각을 희준이의 턱밑으로 들이민다.

…〈중략〉…

그러자 김첨지가 성냥불을 득 긋더니 손가락만한 양초에다가 불을 당 겼다. 희준이는 불 밑으로 지금 받은 종이를 펴들고서 처음부터 찬찬히 읽어 내려갔다.

차입서

금번 본인 등이 귀하에게 요구하는 조건 등을 귀하께서 애호하시는 마음으로 승인하여 주심에 당하여는 충심으로 본인 등이 감사하는 바이 올시다.

그 점에 대하여는 귀하의 신상과 가문에 대해서 불명예로운 무근지설이 전파되는 것을 본인 등이 극력 방지하겠사오니 하량하심을 바라나이다.

　년　월　일

　…〈중략〉…

"그런 것쯤은 도장을 찍어 주기로 대수 있나, 나는 도장을 찍어 주어도 상관없다고 생각합니다."

"그렇습니다. 내 생각에도 이런 것쯤은 열댓 장 써준대도 이쪽에 손해될 것은 없으리라고 생각합니다."

희준이도 즉시 김선달에게 찬성하였다.

　…〈중략〉…

"그러면 당신은 먼저 돌아기시우. 이 서류는 내가 맡았다가 내일 가지고 가든지 인동이 시켜서 보내든지 할게."

희준이는 종잇조각을 접어서 조끼주머니에 집어넣으면서 학삼이의 얼굴을 바라본다

　…〈중략〉…

"하여간 우리들의 요구가 관철된 것을 기뻐한다고 안승학 씨에게 말해주, 또 만납시다."

벌써 언덕을 내려가는 중에 있는 학삼이의 뒤통수에다 대고 희준이가 이렇게 말하였다.(602~614쪽)

● 안갑숙(공장에 들어가며 나옥희(羅玉姬)이라고 이름을 바꿈)

성 별   여자
나이(추정포함)   인순이 보다 두세 살이 많은, 20대 초중반으로 추정
               함.
출생지 및 거주지, 활동 공간
          ① 원터에서 자라서 보통학교를 졸업함.
          ② 서울의 여자고보 4학년에 재학 중 이었으나 학업을 마
             치지 못함.
          ③ 시내의 제사공장 여직공이 됨.
직 업   제사공장 여직공
출신계층   마름의 딸
교육정도   여자고보 4학년에 재학 중이었으나 졸업은 못함.
가족관계   아버지 안승학과 어머니 순경, 배다른 동생들 갑성이, 갑
            준이, 숙자의 아들 갑출이 등이 있음.
인물관계   ① 부친 안승학과 대립하여 자신과 소작인, 당면 현실의
               문제를 자각하고 해결하기 위해 적극적으로 실천함.
            ② 인순이와는 같은 동네에 살며 보통학교 시절 친구이며
               제사공장에서 만나 서로 위로하고 위해 줌.
            ③ 김희준과는 어렸을 적 소꿉친구였고 그에게서 여전히
               연정을 느끼지만, 김희준의 결혼으로 사상적 동반자
               관계로 전화함.
            ④ 권상철의 의붓아들 경호와 갈등 끝에 사상적 동반자
               로서 약혼함.
인물의 존재방식(사회계층)
            마름의 딸로 부유한 가정에서 걱정 없이 공부할 수 있는
            처지임에도 불구하고 제사공장 여직공이 되어 자신이 처
            지와 소작인, 당대 사회의 문제를 자각하고 사회주의 이
            론을 깨우쳐 그를 통해 당면 문제를 해결하고자 실천하
            는 인물
성 격   마름의 딸이나 인정이 많고 사리를 분별하는 안목이 있

으며 아버지의 탐욕에 저항함. 희준과 소작농들의 뜻에 공감하고 그들을 도움. 제사공장 여직공이 되어 그곳에서 사회주의 이론을 깨칠 정도로 재질이 있음.

성격 지표 및 인물의 제시방식

〈예문 1〉

양조소 앞의 군중들도 하나둘씩 뿔뿔이 헤쳐 갔다. 박성녀와 업동이네는 인성이를 앞세우고 오던 길을 돌아섰다. 어느덧 앞내 다리를 당도한즉 냇둑에 선 버드나무 고목 밑에 웬 남녀학생이 가방을 내려놓고 다리를 쉬고 있었다. 여학생은 검정 치마에 윗도리를 희게 한 양복을 입고 하얀 파라솔을 한 손에 들었다. 그들은 이런 시골에서 보기 드문 남녀학생인만큼 박성녀와 업동이네는 유심히 쳐다보았다.

"갑성이군."

인성이가 자세히 보더니만 이렇게 부르짖는다.

…〈중략〉…

남학생이 마주 쳐다보고 이편으로 걸어나오는데 그들은 과연 갑숙이남매다.

박성녀와 업동이네는 머리에 였던 것을 빨리 내려놓고 갑숙이한테로 쫓아갔다.

"아이구, 아가씨 언제 내려왔수? 난 누구라구."

"아가씨, 지금 내려오시는 길이유?"

그들은 반가운 인사를 하였다.

"인순 어머니! 아! 잘들 있었나요?"

"잘 있었지라우. 벌써 방학 때가 돼서 오셨나베. 마님 제절도 안녕하

안갑숙(공장에 들어가며 나옥희(羅玉姬)라고 이름을 바꿈) **77**

신가유? 왜 함께 내려오시지 않구."

"아니, 다니러! 집이 벼서 오실 수가 있나, 호호호."

갑숙이도 상냥한 표정으로 그들에게 웃는 낯을 보인다. 갑숙이는 신경쇠약이 들려서 삼 주일간 휴가를 얻어 가지고 시골로 정양을 하러 오는 길인데 갑성이는 누이를 따라서 함께 오는 차이었다. 갑숙이는 양산을 펼쳐서 머리 위로 내리쪼이는 태양을 가리고 서면서,

"인순이도 잘 있지요?"

"잘 있지유. 기애는 공장에 들어갔다우."

"공장? 어떤 공장에!"

갑숙이는 가슴츠레한 눈을 뜨고 약간 놀라는 표정을 짓는다. 이마에 구슬땀이 송글송글 솟았다. 업동이네는 은근히 갑숙이의 몰골이 달라진 데 놀랐다. 이 년 전만 해도 털이 안 벗은 복숭아처럼 까슬까슬하고 솜털이 돋아서 앙상하던 얼굴이 희어지고 땟물이 홀딱 벗은 것을 보니 과연 서울물이 좋다 하였다.(70~71쪽)

〈예문 2〉

"참 여기도 제사공장이 앉었다지. 그럼 집에서 다니나요?"

"아니라우. 기숙사라나 어디 들어갔다는데 내일 집에 다니러 온다나유."

하고 박성녀는 씩 웃는다. 말니 같은 뻐드렁니가 드러났다.

"내일이 노는 공일인가. 그럼 나도 만나보겠군."

갑숙이는 인순이가 내일 온다는 말을 듣자 별안간 반가운 생각이 난다. 그는 인순이와 같이 보통학교를 다닐 때에 누구보다도 친한 사이였다. 자기는 지금 여자고보 사학년을 다니지만 한 학급이 아랫니던 이순이는 그러께 봄에 졸업을 하고 나서 다시는 상급학교에 다닐 수가 없기

때문에 할 수 없이 제사공장에 들어갔다는 것을 그는 비로소 알게 되었다.

…〈중략〉…

"인성아, 이것 좀 이어 다우."

박성녀는 엉거주춤하고 서서 인성이ㄱ 이어 주는 함지박을 받아 인다.

"그게 무에야? 웬 술지게미를 받아 온대여."

갑숙이는 업동이네가 머리에 이는 광주리 속도 들여다보다가,

"아니 웬 술지게미…… 돼지 먹이들을 받아 가나?"

박성녀와 업동이네는 별안간 면구한 생각이 나서 얼굴을 붉히고 서글픈 웃음만 마주 웃고 있었다.

"돼지 죽이 아니라 사람 죽이라우."

지금까지 혼자 서서 손장난만 하고 있던 갑성이는 누이에게로 고개를 돌이키며 그들의 대화 속에 뛰어들었다.

"하하하 정말 참 사람 죽이지."

"사람이 그걸 어떻게 먹어?"

갑숙이는 곧이 안 들리는 것처럼 양미간을 찡그리고 웃는다.(72쪽)

〈예문 3〉

"어멈, 일꾼밥은 어떻게 되었어? 어서 내가야 하지 않어."

"얼추 해가유. 아씨."

길동 어멈은 부엌에서 설거지를 하며 입술을 삐쭉 내밀었다. 떠드는 소리에 갑숙이는 곤하혜 자던 식전잠을 깨었다. 그는 어제 차멀미로 피곤했을 뿐 아니라, 간밤에 늦도록 이야기를 하느라고 늦게 잤기 때문에 수면부족을 느끼었다. 그는 숙자의 떠드는 소리에 잠을 더 잘 수 없었다.

'악착도 부린다.'

갑숙이는 하품을 하며 게슴츠레한 눈을 부비고 일어났다. 경대 속으로 들여다보니 눈알이 시뻘겋다. 그는 신경질이 발작되며 별안간 불쾌한 생각이 치밀어올랐다.

…〈중략〉…

"꼬-끼-요! 골……."

울타리에는 호박꽃이 노랗게 피었다.

갑숙이는 닭의 울음 소리를 듣고 자기도 모르게 기쁨이 샘솟아 올랐다. 그는 그대로 앉아 있을 수 없는 어떤 감흥에 이끌려서 마루 아래로 뛰어내렸다. 그는 금시로 희망에 불타는 처녀의 열정에 가슴을 뛰면서-

"왜 더 자지 않고 어느새 일어났어?"

숙자는 무엇을 그러는지 여전히 잔소리를 하며 방으로 마루로 들랑거리다가 갑숙이를 보고 이런 말을 한다. 갑숙이는 한동안 숙자의 얼굴을 맥없이 쳐다보았다.

그의 말은 지팡이를 내다 주며 더 묵어 가라는 사람 같지 않은가?

'저런 인물이 기생질을 어떻게 했을까? 사내들 눈이란 참으로 알 수 없지.'

갑숙이의 이런 생각은 자기 부친도 이 여자에게 반했다는 것이 속으로 웃음이 나왔다.

그 동안 오입을 수없이 하고 첩을 대여섯 번 갈아들인 이가 종말에는 이런 여자와 맞붙어서 아주 그 손아귀에 쥐여서 상투끝까지 빠졌다는 것이 우습지 않은가?(76~77쪽)

〈예문 4〉

어젯밤의 평화한 꿈을 깬 대자연은 다시 이날의 태양을 맞이하여 하루 동안의 긴장한 생활을 준비하고 있다. 그리하여 그들은 성숙의 가을을 앞두고 부쩍부쩍 자라나는 가지를 내뻗친다. 그런데 자기는 왜 홀로 이 속에서 슬퍼하지 않으면 안 되는가? 갑숙이는 처량한 생각이 난다.

…〈중략〉…

갑성이는 울 밖으로 나가서 무슨 유행가 같은 노래를 신명나게 부른다. 그의 목소리가 점점 멀리 들리는 것을 보면 그는 모심는 앞들로 나가는 모양이다.

'저애는 무엇이 저렇게 좋을까? 아직 철이 안 나서 그런가? 그렇지 않으면 사내는 둔감해서 그런가?'

하긴 자기도 몇 해 전까지는 갑성이만 못하지 않게 유쾌한 생활을 살아왔다. 도무지 불행을 모르고 지내지 않았던가. 그렇다면 지금까지 불행이라는 것을 모르고 산 셈이 아닌가!

그는 자기의 신경쇠약을 가진 병적 성미가 발작적으로 이따금 흥분되고 센티멘탈해짐이 아닌가도 싶었다. 그래서 그는 이런 쓸데없는 생각은 끊어 버리자고 결심하였다.

지금도 그는 공상을 끊으려고 얼른 마루로 올라왔다. 그 동안에 갑출이는 깨어서 덕례 등에 업히었다.

"갑출이 잘 잤니? 자! 뽀뽀, 뽀뽀 좀 할까?"

갑숙이가 자기 아들을 얼러 주는 것을 좋아서 쳐다보는 숙자는 별안간 호호호 웃으면서,

"어린애들처럼 웬 감꽃을 주웠니? 서울은 감나무 귀하지?"

별안간 갑숙이는 귀밑이 새빨개지며 자지 손을 들여다보니, 과연 그는

어느 틈에 새로 떨어진 감꽃을 서너 개 주워 든 것을 비로소 알게 되었다.

"호호, 감꽃도 오래간만에 보니까 퍽 이쁘겠지. 아나, 갑출이 줄까?"

"아서, 먹으라구."

"먹으면 어떠우. 난 어려서 감꽃을 퍽 먹었는데."

갑숙이는 일부러 소꿉질했다는 말은 하지 않았다. 그런 말을 했다가 속을 뽑힐까 무서워서, 다섯 살인가 여섯 살 무렵에 갑숙이는 한 동리에 사는 희준이와 같이 울밑으로 돌아다니며 감꽃을 주웠다.

그런데 한번은 부친에게 들켜서 야단을 맞았다.

"계집애년이 계집애끼리 놀지 않고 왜 커다란 사내녀석하고 노니? 이년, 냉큼 들어가! 다시 또 그럴 테냐?"

이렇게 호령을 하는 바람에 그만 질색을 하고 쫓겨 들어갔다. 그 뒤로 갑숙이는 희준이와 놀지 않았다.

갑숙이가 여덟 살 되던 해 봄에 읍내 있는 보통학교를 들어간 뒤로부터 그는 다시 희준이와 함께 한 학교를 다니게 되었다. 희준이는 그때 벌써 삼학년이나 되었다. 그들은 물로 가정이 엄격할 뿐 아니라 서로 동무지어 다닐 기회도 없었지만 길거리에서 간혹 오다가다 서로 만나는 때가 있었다. 그런 때는 희준이가 먼저 쳐다보며 웃었다.

그러면 갑숙이는 고개를 숙이고 달음박질을 쳐 갔다.

어쩐지 희준이는 갑숙이를 만날 때마다 놀려 주고 자꾸만 농담을 하고 싶었다.

어느 때 한번은 서로 마주쳤을 때 희준이는 씽긋 웃으며,

"갑숙아, 너 소꿉질하던 생각 안 나니. 그런데 뭐 달아나긴……."

갑숙이는 그때 어쩔 줄을 몰랐다.

그는 분한 생각이 나서 그 길로 집에 가는 길로 부모에게 고자질을 하고 싶었다. 그러나 한편으로는 그가 자기에게 친하게 구는 것이 어쩐지 솔곳한 생각도 들어 갔다.

갑숙이는 지금도 이런 생각이 들자 다시금 얼굴이 붉어졌다.

'그는 벌써 장가를 갔다지. 아니 첫애를 낳았는지도 모르지!'

갑숙이는 뒤미처 자기를 꾸짖었다.

'내가 미쳤나, 실성을 했나! 남의 사내야 장가를 들었든 말았든 무슨 상관이야.'

하고 그는 먼저 생각을 취소하고 싶었으나 그것은 마치 딱딱한 연필로 쓴 글씨를 고무로 지울 때처럼 잘 지워지지 않았다.

숙자는 그런 부산통에 세수를 하고 나자 경대 앞에 앉아서 머리를 한나절씩 빗고 화장을 했다. 갑숙이는 그것이 꼴보기 싫었다.(78~81쪽)

〈예문 5〉

"덕례야-"

"예-"

"가서 누구 좀 불러온! 업동이네나 돌쇠네나. 댁에서 큰일을 할 때는 부르지 않아도 좀 와보지 않고 그래두 논은 남보다 많이 달라지. 사람들이 왜들 그래! 염체가 좀 있어야지."

마치 땅을 거저나 주는 것처럼 야단을 치며 숙자는 애매한 그들에게 생트집을 잡는다.

길동 어멈은 부엌에서 그 말을 듣고 입을 비쭉 내밀었다.

'밥 한 그릇 주기가 아까워서 누구 오는 것을 긴치 않게 알면서도 무얼 안 온다고 능청스럽게 저럴까!'

갑숙이는 마루에 앉아서 숙자의 하는 꼴을 보고 속으로 웃었다. 그는 어멈이 부엌에서 허둥지둥하는 것을 차마 보지 못해서 치마를 걷어 치고 부엌으로 들어갔다.

"아이구 아가씨 고만두서유 재티에 옷 버려유."

"더러우면 빨아 입지 걱정인가."

갑숙이는 어멈을 마주보고 웃으며 냄비 앞에 앉아서 불을 집어 넣었다.

어멈은 갑숙이의 인정이 고마워서 속으로 중얼 거렸다.

'학교 공부한 이는 참 다르군!'(81~82쪽)

〈예문 6〉

갑숙이는 자기보다 손아래인 인순이가 남녀관계에 대한 말을 거침없이 대꾸하는 데 은근히 놀랐다. 이런 생각은 그의 중심을 떠보고 싶어서,

"너 다니는 공장에도 남직공이 있지!"

"그럼!"

"그들이 상스럽게 굴지 않니?"

"왜 안 그래."

"그럼 어떻게 지내니?"

갑숙이는 눈썹을 찡그리며 무참한 웃음을 머금는다.

"그게야 피차 일반이지. 남자만 그런 줄 아니. 계집애 중에도 별별 애가 다 있단다."

"그도 그렇겠지. 수백 명이 한곳에 모였으니까……."

"그럼, 남자고 여자고 별사람이 다 있지 않구."

"애, 그렇지만 잡된 사내가 옆에서 지분거리면 난 못 배길 것 같다."

갑숙이는 해죽이 웃으며 인순이를 쳐다본다. 사실 그는 이 다음에 공장에를 들어간다면 그런 성화를 어떻게 받을는지 몰랐다. 그게 겁이 났다.

갑숙이는 앞으로 자기의 신상을 생각하니 별안간 우울한 기분이 떠올랐다.

그는 참으로 자기의 전정이 어떻게 되는지 몰라서 은근히 상심되었다. 지금도 그는 시름없이 마음속에 동요를 안고 있는데 별안간 어디서,

"누님—"

하고 부르는 소리가 들린다. 둘레둘레 보니 저기서 갑성이가 두 팔을 젓고 뛰어온다.(93~94쪽)

⟨예문 7⟩

갑숙이가 파라솔을 들고 앞서 나서며,

"우리 공장 구경하고 갈까?"

"싫여 난…… 문지기가 볼까 봐."

"그럼 뒤로만 보지."

"그래도 난 누구를 만날는지도 모르니까."

"만나면 좀 어떠냐?"

"일껀 집에 보내노니까 놀러다닌다고 이 다음 노는 날에는 외출을 안 시킨단다."

"뭐? 아니! 정말 그래여?"

"그럼! 저 건너 동리에 사는 애도 한번 읍내로 놀러왔다가 들킨 뒤로 부터는 다시 저의 집에 못 가게 되었단다."

갑숙이는 이 말을 듣고 은근히 놀랐다.

'공장이란 그렇게 자유가 없는 곳인가?'

그는 속으로 생각하고 다시금 놀랐다.

…〈중략〉…

그들이 막 철둑을 건너갈 무렵에 저편에서 마주 오는 사람은 희준이었다. 갑숙이는 희준의 시선과 마주치자 양산으로 얼굴을 반쯤 가리고 옆으로 비켜섰다.

"오빠!"

모시 홑단 두루마기에 새까만 중절모자를 쓴 희준이는 고개를 들이키며 우뚝 선다.

"왜 못 본 척하고 지나가우?"

…〈중략〉…

"난 누라고…… 인순이냐?"

희준이는 갑숙이의 양산 밑에 가리니 인순이를 미처 보지 못하고 그대로 지나쳤던 것이다.

…〈중략〉…

희준이는 다시 한번 고개를 돌이켜서 부탁을 하고는 담배 연기를 뒤로 남기고 뚜벅뚜벅 걸어간다. 그들의 이야기를 듣고 섰는 동안에 갑숙이는 말뚝같이 그 자리에 붙어 섰었다. 그는 마치 현미경으로 자기의 오장을 들여다보는 것 같아서 어떻게 처신을 가져야 할는지 몰랐다. 그래서 그는 이런 때에 여자로서 가장 얌전히 가져야 할 태도를 여러 가지로 생각해 보았다.

앞으로 가자니 걸음걸이가 흠잡힐는지 모른다. 그대로 섰자니 무료하기 짝이 없다. 그래서 그는 풀잎을 뜯어 들고 입으로 물어뜯었다. 가슴은 공연히 뛰었다.

그는 인순이를 보는 척하고 양산 밑으로 사내의 뒷모양을 보았다.

희준이는 어려서보다도 기골이 준수해졌다. 그는 감꽃을 같이 줍던 생각을 하고 남몰래 얼굴을 붉히었다.

"저이가 희준 씨지. 지금 뭐 한다니?"

"청년회 일을 한 대."

"늬 집하고 어떻게 되니?"

"아 – 니."

"그럼 웬 오빠야?"

"그 집하고 의형제 했대."

"의오빠야?"

"그래!"

원칠이는 희준이와 동성동본이라고 해서 그는 희준의 모친을 보고 누님이라 한다.

갑숙이는 비록 의오빠일망정 그런 오빠를 가진 인순이를 부러워했다.(108~111쪽)

<예문 8>

만일 갑숙이도 희준이가 전연 모르는 사람이라면 그렇게까지 충동을 받지 않았을는지 모른다. 어려서 어깨동무로 커나던 사람 - 함께 소꿉질하고 신랑각시놀음을 하던 사람이 그와 같이 장성한 것을 볼 때, 그는 남다른 정분을 그에게서 느낄 수 있었다. 그것을 무슨 연모의 정이라기는 속단일는지 모르나, 또한 그렇다고 평범한 우정도 아닌 것 같다. 그러면 그것이 무엇일까?

이런 생각을 되풀이하는 갑숙이는 부지중 얼굴이 붉어짐을 깨달았다.

'그이는 벌써 아들까지 두었다지. 그리고 나도 처녀가……'

두 사내의 얼굴이 필름같이 돌아간다. 경호의 얼굴과 희준의 얼굴이.

그는 그만 울고 싶다. 지금 어둔 밤을 터벅터벅 걸어가는 것가 같이 자기의 앞길은 암흑에 둘러싸인 것 같다. 오! 어느덧 달은 벌써 넘어갔다. 들 안에는 적적한 어둠이 안겼는데, 다만 오열한 냇물 소리만 창자를 끊고 목막혀 흐를 뿐! 무심히 등뒤를 돌아보니 정거장 구내에 매달린 전등불이 크낙한 어둠 속에 떨고 있다.

'그렇다! 나의 광명은 벌써 등뒤로 지나갔다.'

갑숙이는 다시 명상에 잠기었다.

'나도 아버지의 유전을 받아서 음란한 여자로 태어났나? 왜 그때 순진한 우정으로 못 사귀었던가…….(120쪽)

〈예문 9〉

그의 마음속에는 별안간 회오리바람이 일어났다. 한 점의 매지구름이 마음 하늘에 둥둥 떠돌자 근심의 소낙비는 폭우로 쏟아진다.

…〈중략〉…

마음속에서는 여전히 폭풍우가 설레발을 친다. 그러나 다시금 생각하면 이제 새삼스레 조바심할 것도 아니었다. 그것은 어느 때 발각되든지 조만간에 탄로나고 말 것이다. 자기도 벌써 이와 같은 앞일을 염려하기 때문에 저번에 인순이에게 여직공을 부탁해 두지 않았던가?

'그렇다, 걱정할 것 없다. 그 밖에 더 못 될 것이 무엇이냐!'

그는 이 이상 더 다른 고장만 생기지 않기를 바랄 뿐이었다. 그는 오히려 그때에 임신이 안 된 것을 천행으로 여겼다.

이렇게 마음을 도슬러먹고 나니 적이 가슴속이 후련하다. 비 뒤에 갠 하늘처럼 눈물이 어린 두 눈은 태양과 같이 반짝인다. 그는 다시 알 수 없는 희망과 인생의 광명을 동경하기 마지않았다.(206쪽)

〈예문 10〉

그는 다시 무심히 갑준이가 한 편지를 새로 뜯어 보고 별안간 얼굴에 다홍물을 끼었었다. 그는 우선 누가 보지 않는가 해서 주위를 한번 둘러 보았다. 가슴은 별안간 두방망이질을 한다.

그 편지 속에는 또 한 봉투가 들었는데 그것은 경호의 글씨였다. 그는 보고도 싶고 말고도 싶은 그의 편지를 한동안 주물럭거리다가 뜯어 보았다.

그것은 먼저 편지와 같이 사랑을 하소연한 말이었다. 당신을 떠나서는 살 수가 없다는 둥 자기는 변치 않는 사랑을 가지고 있다는 둥 그런데 당신은 왜 얼음덩이 같으냐고?

…〈중략〉…

마치 시속에 연애 서간집을 뒤져서 미사여구를 일부러 골라 쓴 것 같은 노골적으로 야비한 말을 늘어놓은 것이 눈썹을 찡그리게 한다. 그리고 글씨도 일부러 곱게 쓰려고 노력을 한 것이라든지 심지어 편지봉투까지라도 자기의 환심을 사려고 애를 쓴 흔적이 나타ㄴ 보여서 어쩐지 사내답지 않은 얄미운 생각이 난다.

편지를 다 보고 난 갑숙이는 오히려 그의 입술 위로 조소를 머금었다. 그는 겉봉을 다시 자세히 살펴보니 그것은 갑준의 글씨를 모방해 쓴 것이었다.

별안간 부아가 끓어오르자 그는 경호의 편지를 발기발기 찢어서 입

안에 넣고 한동안 그것을 잘강잘강 씹고 있었다.

갑숙이가 희준이를 보기 전까지는 경호를 그렇게 생각하지 않았다. 자기보다 뛰어난 인물을 보지 못한 여자는 자기를 미인이라고 생각할 수 있는 것처럼 지금까지 접촉한 미혼 남자 중에서는 경호만한 사람도 별로 없다고 보았을 때 그는 은연중 경호를 사모하는 마음이 있었으나 그러나 한번 희준이를 만나본 뒤로부터는 차차 경호에게 부족을 느끼기 시작했다.

잔잔한 바다에 난데없는 풍랑이 일듯이 갑숙이의 마음속은 그때부터 요동했다.

그는 지금 경호의 편지를 솜이 피도록 씹고 있었다. 씹다가는 생각하고 생각하다가는 씹고 편지가 솜이 피듯이 생각도 솜 피우듯 일어난다. 입 안에서는 종이 향기와 잉크 냄새가 섞여 난다. 그는 침을 뱉어 보았다. 침은 잉크물이 들어서 새파랗게 배어 나왔다.

갑숙이는 입 안에 든 종이솜을 꺼내서 다시 손톱으로 찢었다. 벌써 글씨는 시늉도 없이 없어졌다. 비로소 그는 그것을 수채에 내던지고 공상을 중지하였다.(207~209쪽)

〈예문 11〉

갑숙이는 경호의 얼굴을 한참 동안 정색하고 쳐다보는데 그의 입술은 가늘게 떨리었다.

"그럼 옷고름에 꿰어찰라우? 당신이 만일 나를 사랑할진대 당신은 앞으로 훌륭한 인물이 되도록 공부에 힘을 쓰셔요. 그렇기 않고 다만 가정의 행복을 바라시거든 진작 다른 데로 구혼을 하시든지!"

…〈중략〉…

"당신이 아까 하신 말씀은 잘 알겠는데요, 별안간 그건 왜 그런……?"

하고 갑숙이의 마음속을 읽어 보려는 듯이 시선을 쏜다. 갑숙이는 잠깐 당황한 기색을 정돈하면서,

"말은 별안간 나왔어도 생각만은 그전부터 있었어요! 우리는 아직 이십 안팎의 소년으로 몸을 학창에 두지 않았습니까?"

갑숙이는 기침 한번을 하고 상기된 얼굴을 쳐들며 하던 말을 잇대인다.

"그러면 우리는 앞으로 배울 것도 많고 할 일도 많은데 단순하게 연애에만 열중하고 있을 처지도 못 되지 않어요. 그런데 더구나……."

갑숙의 말에 경호는 불순한 생각이 사라지고 문득 옷깃을 바로잡지 않을 수 없었다.

"녜, 그게야 그렇지만 우리는 벌써 인연을 맺지 않었나요. 기왕 그렇게 된 바에는 끝까지……."

"그래도 그게 용이치 못하고 또한 그로 말미암아서 공부도 못 하고 아무 일도 할 수 없다면 우리의 장래가 어찌 될는지 모르지 않어요. 그러다가 타락이 되든지 하면…… 그래 나는 이대로 있다가는 자진해 죽을 것 같애서……."

그는 치마끈으로 눈물을 씻는다. 경호는 열이 오른다.

"그럼 당신은 어떻게 했으면 좋겠습니까?"

"녜! 경호 씨는 우선 우리집에서 하숙을 옮겨 주실 수 없을까요?"

"내가 당신 눈에 그렇게 보기 싫게 되었나요?"

경호는 목소리가 떨리며 두 주먹이 부르르 쥐어진다.

"당신은 또 오해하셔요? 나는 당신이 옆에 있으면 점점 번민만 더해지니까 하는 말이지요."

"번민?"

"그것은 잘 생각해 보시면 아시겠지요. 피차에 신세를 망칠 것이 아니라 후일을 기다리는 편이 나을 것 같으니까. 하긴 또 그 동안에 어떻게 될는지는 모르지만도!"

…〈중략〉…

"만일 그때 당신 집에서 풍파가 날 때는 어떻게 하렵니까?"

"네! 그런 때는 가장 옳은 일이라고 생각하는 앞길을 취할 수밖에 없지요?"

"옳은 길이요?"

"그렇지요. 나는 당신도 그때에는 옳은 길을 찾아서 새로운 생활과 싸우는 용사가 되시기를 바랄 뿐이어요."

갑숙이의 눈은 눈물이 반짝이었으나 그의 말 속에는 단단한 결심이 포함된 것 같다. 경호는 나직이 한숨을 짓는다.

"그건 너무 관념적이 아닐까요?"

"아니지요. 우리는 이론과 실천이 합치돼야 할 시대를 타고났어요."

갑숙의 말은 정중하고 그의 기색은 시퍼렇다.(274~277쪽)

〈예문 12〉

희준이의 모친도 권하는 바람에 인순이는 갑숙이의 소매를 끌고 나갔다.

"마름집 딸이 얌전한데, 아마 외탁을 한 게지."

"그래유, 그 아버지처럼 되바라지지 않아요."

"인순이 덕에 내가 참 잘 먹었군. 어짜면 딸을 그렇게 잘 두었어."

인순이를 따라가는 갑숙이는 걸음이 잘 내키지 않는다. 그는 어쩐지 부끄러운 생각이 자꾸 나서 주저하기를 마지않았다. 갑숙이는 희준의 집에를 여적 가본 일이 없었다. 그는 마치 알지 못하는 집을 처음 찾아가는 것 같아서 어색하기가 짝이 없다.. 그러나 그의 마음속 한편으로는 한번 가보고 싶기도 하다. 희준이의 부인이 어떻게 생기고 그들의 가정 생활이 얼마나 재미있어 보이는지 그런 것도 넌지시 엿보고 싶은 호기심이 난다.

"들어와 애, 괜찮다."

인순이가 앞에 서서 희준의 집 뒷문 안을 들어서니까,

"아이그, 참 오래간만에 집에 왔군. 어서 들어와."

…〈중략〉…

"응! 저 색시는 마름댁 색시 아니야?"

희준이의 부인은 부끄러운 듯이 치맛자락으로 아랫도리를 휩싸서 맨발을 가린다.

갑순이는 고개를 숙여서 인사를 하고 마루에 걸터앉으며 우선 눈을 들어서 집 안을 살펴보았다.

갑숙이는 희준의 집을 처음 와보고 놀랐다. 그전부터 희준이도 가난하단 말은 들었으나, 그래도 전자에 어렵지 않게 살던 집안이라더니만큼 불섬 모양으로 살 줄은 몰랐다.

그런데 생각던 바와는 딴판으로 토막 같은 초가집에 벽에는 도배도 변변치 못 하고 삐뚤어진 방구석에는 해어진 왕골자리를 깔아 놓았다.

그 다음으로 놀란 것은 그의 아내였다. 그는 희준이보다 몇 살 더 먹어 보이는데 이마에는 주름살이 잡히고 강심살이에 고생을 많이 해서 그런지 얼굴에는 지심이가 끼고 살결은 검누렇게 푸석돌같이 푸수수해 보인다.

더구나 옷주제까지 초라하고 보니 얼굴 바탕을 차치하고 촌티가 지르르 흐른다.

'그래도 그이는 가정에 재미가 있는 게지. 재미가 있다면 아내를 왜 저 모양으로 옷도 좀 못 해입혔을까?'(301~303쪽)

〈예문 13〉

그러나 누구나 눈을 똑바로 뜨고 쳐다볼 때 이 세상에서 진실한 자유를 가진 자가 누구더냐? 어느 곳에 진실한 자유가 있더냐? 참으로 어디에 인간의 남녀가 참마음으로써 결합할 자유가 있던가. 이것은 비단 가난한 사람들의 남녀에게만 한정한 말이 아니다.

비록 누거만의 부자라 할지라도 그들은 돈을 쓰는 자유는 있을는지 모르나 진정한 자유는 없다. 다만 그들은 금전으로 속 빈 자유를 사는 것뿐이 아닌가?

우선 갑숙이 자신을 두고 보더라도 그는 물질적 생활에는 그다지 부자유가 없는 이상 남 보기에는 자유롭고 행복할 것 같지만 실상은 그렇지 못하다.

그는 처녀의 순진한 마음으로 무지개와 같은 고운 행복을 손짓해 불러보았다. 그러나 그에게 부딪친 현실은 봉건적 사상과 낡은 습관과 타락한 금수 철학이 그의 몸을 싸늘하게 결박하고 있지 않은가?

그렇다면 이 시대는 자유를 누리려 할 것이 아니라 먼저 부자유와 싸워야 할 것이다. 그렇다면 연애니 가정이니 하는 것은 도무지 문제 이외가 아닌가?

갑숙이가 이렇게 생각하니 비로소 희준이의 마음을 짐작할 수 있었다. 그렇다면 그는 누가 설사 연애를 걸더라도 한 말로 거절하고 말 것이다.

그의 이런 생각은 지금까지 자기의 먹고 있던 마음이 얼마나 어리석었음을 깨닫는 동시에 스스로 얼굴을 붉히지 않을 수 없었다.

갑숙이는 이윽고 자기의 부랑한 생각을 꾸짖기 마지않았다.(303~304쪽)

〈예문 14〉

갑숙이는 자는지 잃는지 아무 기척이 없다. 경호는 간신히 목소리를 꺼내서 모기장을 떠들고 가만히 불러 보았다.

"갑숙씨!"

"누구여?"

자다가 깜짝 놀라 깬 갑숙이는 벌떡 고개를 쳐들고 묻는다.

"경호요. 잠깐 물어 볼 말이 있어서요. 실례지만……."

"네? 참, 오셨다는 말씀도 들었으나 몸이 아파서……."

…〈중략〉…

갑숙이는 시르죽어 가는 목소리로 대답하고는 모기장 밖으로 고개를 내밀고 앉는다.

"이리로 들어오시지요."

"아니 여기도 좋아요. 편치 않으신데 미안합니다."

…〈중략〉…

"참, 이번에는 나 때문에 그런 풍파가 없었다지요? 그러나 그렇게까지 하실 줄은 몰랐습니다."

"글쎄요……."

"그래도 그렇게까지 하신 것은 반드시 내게 대한 무슨 불만이 있는 줄 아는데요. 그렇다면……."

"불만은 무슨 불만이어요. 아버지께서 너무 완고하신 탓이지요."

…〈중략〉…

천만 뜻밖에 경호의 내력이 미천한 중의 자식인 줄을 안 갑숙이는 오히려 그런 줄을 모를 때보다도 동정하는 마음이 앞을 선다. 웬일인지 그런 생각은 경호를 할 수 있는 데까지 위로해 주고 싶었다.

그래 그는 경호가 자기를 의심하는데도 불구하고 차마 경호의 비밀을 폭로해 주지 못했다. 그는 모친에게도 경호에게 그 말은 말라고 당부하기까지 하였던 것이다.

…〈중략〉…

갑숙이는 눈물 고인 눈으로 경호를 원망스런 듯이 쳐다보았다. 제발 그런 말은 묻지 말아 달라는 표정이다.

마침내 그는 그 말을 해줄까말까 하는 딜레마에 빠졌다. 그러나 그는 암만해도 경호가 모르는 비밀을 그 당자 앞에서 폭로해 줄 수는 없었다.

경호가 만일 자기의 미천한 내력을 듣고서도 그의 장래에 아무 영향이 없다면-지금까지 친부모로 믿고 살던 권상철이가 실상은 빨간 남인 줄을 알더라도 그가 아무런 실망을 갖지 않는다면-그래 그 집에서 나오더라도 빈주먹 하나를 가지고 천하를 대적해서 싸워가며 도리어 진실한 인간의 생활을 뚫고 나갈 용기를 낼 수가 있다면 그는 물론 다행으로 알고, 지금 이 자리에서 거침없이 말해도 좋겠다.

그러나 그는 아무리 생각한대야 경호가 그렇게까지 꿋꿋하지는 못 할 것 같다. 그는 우선 권씨 집에서 나오는 날-그날 즉시로 혈혈단신의 고아가 되지 않을까? 그래 공부도 못 하고 사고무친한 외로운 몸이 정처없이 방황하지 않을가? 그렇지 않으면 그에게는 오직 번뇌와 고통과 타락과 암흑이 그를 절망의 심연으로 떨어지게 하지 않을까?

이런 생각은 갑숙이로 하여금, 좀처럼 그 말을 꺼내지 못하게 하였던

것이다. (328~331쪽)

〈예문 15〉

옥희라는 처녀는 인순이보다 두세 살을 더 먹은 듯, 키가 자칫 큰데 얼굴이 해말갛고 몸집이 날씬하였다.

그는 태생이 그런지 모르나 어디로 보든지 교양 있는 집 처녀같이 몸가지는 것이 상스럽지 않았다.

…〈중략〉…

"퍽 고되지!"

인순이는 처음 들어온 옥희를 가엾은 듯이 쳐다보며 동정하는 표정을 보인다.

"그래도 차차 지나가니까 처음 올 때보다는 견딜 만하다."

옥희는 수건으로 손을 씻으며 인순이를 보고 해죽이 웃는다.

…〈중략〉…

옥희는 이날도 골치가 몹시 아팠다. 그는 허리도 몹시 아프지만 골머리가 노상 아파서 정신이 흐릿하였다. 그것은 구름 낀 날같이 언제나 기분이 불쾌하다.

처음에는 변두통같이 욱신욱신하던 것이 인제는 기둥에 부딪힌 것처럼 띵-하고 있다. 그는 이틀이 모두 솟아올랐다. 어깨가 결리고 손등이 터지고 종일 뜨거운 물에 담그고 있던 손은 빨갛게 익어 부풀었다. 그는 지금도 손등에 크림을 발랐다.

밤을 자고 나면 손등은 제법 부드러운 것 같다. 그러나 그날 종일 또, 물에다 휘젓고 나면 손은 어제와 같이 뻣뻣하고 거세어졌다.

옥희가 처음 들어왔을 때는 손이 분결같이 희고 윤택하였다.

그는 집에서도 구정물을 다루지 않았다. 그렇던 손이 지금은 두꺼비 잔등같이 흉해진 것을 볼 때 그는 미상불 애달픈 생각이 없지 않았다.

그러나 한번 결심한 이상에 그까짓 손이 다 무엇이냐? …〈중략〉…

그는 어려서 너무 호강으로 커난 앙화를 받는 것이 당연하다 하였다. 오히려 자기보다 몇 살을 덜 먹은 인순이는 꿋꿋하게 배겨 내지 않는가? 그는 몇 해를 먼저 들어와서 신체가 단련되기도 하였지만 그보다도 어려서 노동의 체험이 있기 때문이다. 나이는 더 먹어 가지고 그들이 하는 일을 감내치 못하는 것이 그는 여간 부끄럽지 않았다.(416~420쪽)

〈예문 16〉

옥희는 제사공의 견습을 몇 달 하지 않아서 방직공으로 옮기었다.

그는 청하지도 않았는데 왜 그렇게 쉽게 전공(轉工)을 시켰는지 모른다. 다른 애들은 몇 해씩 그대로 있는 사람이 있는데 옥희는 불과 몇 달에 상급 여공으로 올라갔다고, 그래 그를 시기하는 어떤 애들은 그에게 좋지 못한 억측까지 하였다.

…〈중략〉…

어느 날 저녁에 옥희가 사무실 앞을 혼자 지나려니까 감독이 은근히 손짓을 하여 부른다. 사무실에는 난로가 지글지글 끓는데 웬일인지 감독 이외에 아무도 없다. 그는 두 다리를 쭉 뻗고 불을 쬐고 앉아서 무료히 담배만 피운다.

…〈중략〉…

"실을 켜기보다 길쌈하는 것이 어때?"

"좋아요……."

옥희는 고개를 숙이었다. 왜 별안간 그런 말을 묻는가?

감독은 일부러 점잔을 피워서 자세를 고치며,

"바른대로 말해. 이건 농담으로 묻는 것이 아니라…… 당자의 실제 감상을 들어서 회사에 보고하는 격식이야. 누구든지 전공을 할 때에는 그래서…… 음!"

사실 그때는 옥희가 방직실로 옮겨간 지가 몇 날 되지 않았을 무렵이었다.

"예! 정말로 좋아요."

"정말 좋지! 진종일 물에 손을 잠그고 있는 이보다는…… 옥희는 다른 사람과 달라서 그런 일은 하기 싫을 게야…… 저렇게 고운 손이 모두 터진 것을 보니까 아깝단 말이야…… 그래서…… 에헴! 에 – 웬 재채기가 이리 남담! 고뿔이 오나, 누가 내 말을 하나……."

…〈중략〉…

"그렇게 염려해 주시니 대단히 고마워요."

하고 늙은 감독의 눈치를 보았다. 감독은 그 말을 듣더니 신이 난 모양 같다. 대머리보다는 수염이 많이 난 아랫수염을 연신 쓰다듬으며,

"응! 그렇지! 그럼 이담에도 그렇게 알아야 해! 응?"

"녜……."

옥희는 공손히 예를 하고 그 자리를 물러나왔다. 어쩐지 모욕을 당한 것 같은 느낌이 났다. 그러나 그는 모든 것을 참아 가며 뒤끝을 보기로 결심하였다.

누가 이용을 당하는가 두고 보자고…….

옥희는 겨울 동안에 여러 아이들과 친하였다.

처음에 그들은 인텔리라고 저희들 그룹에서 베돌게 하였으나 옥희는 의식적으로 그들을 사귀려 들었다. 또한 그들과 함께 생활한 뒤로부터

노동자의 의식과 감정이 그들과 동화해 갈 수 있음을 깨달았다.

그들의 쓸데없는 잡담과 절망적인 탄식 속에도 때로는 불과 같은 맹렬한 열정과 동무를 사랑하는 믿음, 불의를 미워하는 정의감이 번득인다. 또한 독립 자주적 정신으로 자기의 힘을 믿으려는 마음이 많은 듯하다.

과연 그들은 자기 이외에 믿을 이가 누구냐?

옥희는 그들에게 한마디라도 유익한 말을 들려주고 싶은 동시에, 또한 그들에게는 이와 같은 담대한 성미를 배우고 싶었다. 그럴수록 그는 자기 자신의 나약한 신체를 한탄하기도 하였다.(421~423쪽)

〈예문 17〉

그러나 다시 한편으로 그 이면을 들여다볼 때, 원료는 누가 공급하는 것이며 상품은 누가 만드는 것이며 그 상품이 시장으로 굴러 나와서 금전으로 교환이 될 때 자본은 어떠한 유통과정을 밟아 가지고 다시 공장주의 품속으로 들어가는가?

노동자와 농민은 결국 그들의 이윤을 불리기 위하여 원료를 공급하고 상품을 생산하고 다시 소비계급으로서 자기 자신이 만든 상품을 헐한 품삯을 받은 임금으로 사먹어야만 되는 것 아닌가?

옥희는 온 겨울 동안을 두고 이런 생각에 마음을 붙여 지냈다.

그의 생각은 새 생활을 파고들었다.

한번 그런 생각이 들자 그는 지나간 날의 일신에 대한 불행과 비관을 털어 버리고 앞날의 원대한 포부를 가지게 되었다.

…〈중략〉…

사람은 참으로 왜 사는가? 무엇 하러 사는 것인가? 자고로 성현군자가 동서양에 적지 않았다고 역사는 말하지 않았는가? 그러나 그들은 인간의 역사가 몇천만 년이 되어 오도록 오늘날까지 그들이 이상하던 낙원을 한 번도 만들지 못하지 않았던가?

그러면 그것이 무슨 까닭이냐? 사람은 자연의 법칙을 따라서 물질을 토대삼아 살아왔고 정신은 그것을 뿌리삼고 난만한 꽃을 피우지 않았는가?

사람은 자연을 극복하여 물질을 풍부히 함으로써만 그들의 생활을 향상하고 인간의 문화를 고상하게 발전할 수 있지 않느냐?

그것은 물질을 토대하고 물질을 해방하는 오직 단순한 이 한 점에서 출발점을 찾을 것이다. 여기에 물질의 위대한 힘이 있다. 물질을 생산하는 노동의 위대한 힘이 있다.

옥희는 이렇게 혼자 생각하던 것을 차차 동무들에게 나누어 보기를 시작하였다. 그는 마치 맛난 음식을 얻었을 때 사랑하는 가족에게 그것을 나누어 먹이고 싶듯이, 그래서 나누어 먹듯이……

그래서 지리한 시간도 괴로운 노동도 여기에 위안을 얻었다. 인순이 점순이 그 외의 여러 애들도 차차 옥희의 말에 동감해 가는 눈치가 보였다.

옥희는 무엇보다도 그것이 반가웠다.(424~425쪽)

〈예문 18〉

경호는 그 동안의 자기의 지나온 소경력을 하나도 **빼지** 않고 말한 뒤에 그전에 오해하고 있던 심중을 거짓 없이 고백하였다. 그러고 나서 그는 다시 갑숙이를 쳐다보며,

"인제는 다 지나간 일이나 모든 책임은 내가 지겠어요, 그러나 당신이 그런 결심을 하실 때에 왜 나한테는 한마디 말이 없었나요?"

"그럼 또 무슨 말을 해요?"

갑숙이는 얼없는 웃음을 웃었다.

그는 경호를 경원(敬遠)할 수밖에 없었다. 전자에는 다 같은 학생의 처지였으나 지금은 경우가 다르다. 그는 감독자의 지위에 속하고 자기는 직공이다.

그래서 경호가 그 동안의 경과를 세세히 이야기하고 자기에게 속임 없는 고백을 하는데도 그는 다만 듣기만 할 뿐이었지 그 이상을 더 나가지 않았다.

자기가 공장에 들어온 경로를 말할 때도 그저 인순이의 반연으로 채용되었다는 말을 간단하게 할 뿐이었다. 만일 잘못하다가 그의 사촉으로 공장에서 쫓겨난다면 큰일이라 싶어서 - 경호는 지나간 이야기를 그치고 장래일을 다시 묻기 시작하였다.

…〈중략〉…

그에게는 벌써 소녀의 천진난만한 숫티가 없어진 것 같다. 그 동안에 고해의 풍파를 많이 겪는 사람처럼 이지적인 날카로운 칼날을 눈 속에 번득이면서, 그리고 상대자의 동작을 간단없이 주의하는 것 같다. 여차 직하면 심장을 푹 찌를 듯이 …… 그런가 하면 그는 또 피로를 쉬지 못한 몸이 몹시도 수척해 보이는데다가 야윈 두 뺨 위로는 광채나는 두 눈만 커다랗게 빛난다.

그는 손등이 검어지고 터지고 해서 그전에 비단결처럼 곱던 자태가 어디로 사라졌다. (440~442쪽)

〈예문 19〉

"이리 앉으시지요!"

경호는 화로 앞으로 방석을 갖다 놓고 옥희를 권한다. 옥희는 목례를 하고 경호와 마주 앉았다. 그는 우선 눈을 들어서 방 안을 둘러 보았다.

자기가 거처하는 기숙사보다는 모든 것이 청결하고 설비가 놀라웠다. 그들은 하룻밤씩 자는 데도 이렇게 위생을 하고 있는데, 자기들이 밤낮 없이 거처하는 기숙사는 왜 누추하기가 짝이 없이 하엿을까? 한 집 속에 있는 사람으로 이와 같이 너무도 현격한 생활을 목도할 때 그는 새삼스럽게 놀랐다.

옥희는 경호도 이런 곳에서 거처하는 것을 보고 자기의 생활과 그것이 동안 뜬 만큼 서로 간격이 있게 한다. 일찍이 학생시대에는 다 같은 동료라는 점에서 피차에 거리낌없이 사귀어서 연애의 정점에까지도 올라 갔었으나 지금은 환경이 서로 판이해서 그런지 그는 어떤 계급적 심리를 느끼었다.

지금 자기는 노동자의 생활을 하고 있다. 경호는 과연 자기의 지금 생활을 이해할 수 있을 것인가? 그는 지금의 자기 생활을 만족하고 있지 않은가? 이와 같은 소부르주아의 생활을 그는 만족하게 생각하지 않은 가? 만일 그렇다면 그에게 크게 기대하고 있는 것이 결국 허사가 되지 않을 것인가?

"편히 앉어서요, 기숙사 방이 몹시 춥지요?"

"아니요, 괜찮아요."

옥희는 자리를 고쳐 앉으며 경호의 지금 한 말의 의미를 읽어 보려는 것처럼 쳐다보았다. 그는 참으로 자기를 동정해서 하는 말인가? 그렇지 않으면 입에 발린 소리로 남자들이 항다반 여자 앞에서 말하는 그따위 사교적 행투인가?

그러나 경호는 옥희를 진심으로 동정하였다. 악마디가 진 손과, 햇빛을 쏘이지 못한 얼굴과 으스스해 보이는 새파란 입술이 그것은 그전 학생시대의, 야들야들하던 살결과 능수버들처럼 나긋나긋하던 자태와는 마치 딴사람같이 보여진다.

그는 용모뿐 아니라 성격에도 그전처럼 온화한 맛이 없고 어디인지 억세고 맺히고 날카롭고 굳세인 틀이 잡혀진 것 같다. 꼭 다물어진 입이, 열기 있는 눈이 그렇다.(513~515쪽)

〈예문 20〉

옥희는 나직이 기침을 하고 나서 마치 자모가 어린애를 품에 안고 어루만지며, 그를 들여다볼 때와 같이 애정이 가득 괸 눈으로 경호를 내려다보며,

"당신은 이 세상에서 행복을 누릴 수 있는 줄 아셔요?"

"어는 정도까지 있지 않은가요!"

옥희는 고개를 흔들었다.

"그런 막연한 말은 말고!"

…〈중략〉…

"그럼 옥희 씨는 행복이란 어떻게 생각하십니까?"

"나는요, 행복이란 것을 부정하고 싶어요. 그러나 굳이 있다고 한다면 그것은 자기의 몸을 즐겁게 희생하는 것이라고나 할는지요."

"자기 몸을 요로콘데(기꺼이) 희생하는 것 말이지요."

"그렇지요! 원래 인간에는 완전한 행복이란 것은 없는 줄 알어요. 먼 장래 과학이 발달되고 물자가 풍부하여서 사람들도 생리적으로 별반 다

름이 없이, 모든 사람이 살 수 있을 때에는 그것이 있다고 보겠지만, 그 것도 종국적으로 완전한 것을 찾는다면 인류의 종말을 의미하니까요. 왜 그러냐 하면 완전에는 발전이 없으니까요."

"그러나 사람에게는 고통이 있는 반면에 기쁨이란 것이 있지 않습니까?"

"그러기에 그 기쁨이란 것은 생각하기에 달렸다고 볼 수 있지 않아요. 당신은 아까 당신 맘속에 두 가지 생각이 있어서 그놈이 늘 서로 충돌된다 하셨지요? 그것은 누구에게나 다 있는, 하나는 금수같이 야비한 마음과 또 하나는 거룩한 인간성이라 할는지요. 사람은 누구나 다 한 머릿속에 악마와 천사를 거느리고 있습니다. 다만 그 사람의 자제(自制)하는 힘의 여하로 그의 행동은 천사로도 나타날 수 있고 악마로도 나타날 수 있는 것 아니겠어요? …… 그렇다면 지금 경호 씨도 얼마든지 고통을 극복할 수 있지 않으셔요."

"감정이 이지(理智)를 씹어먹는 것을 어짜구요? 이성(理性)은 듣지마는 본능(本能)이 안 듣는 것은 어짜구요."

"그러나 사람은 본능만으로만 살어서는 안 되니까요."

"그렇다고 이성으롤만 살 수도 없지 않습니까? 사람은 누구나 먹지 않고는 못 사니까요."

"그러니까 먹는 것 이외에 너무 호강스런 생각은 단념하란 말이지요! 단념할 수도 있단 말이지요."

"아! 그것은 너무 잔혹하지 않습니까? 너무 쓸쓸하지 않습니까?"

"아니지요. 조금도 …… 당신을 쓸쓸하지 않습니까. 당신은 결코 한 몸 뚱이가 아니올시다. 당신의 거룩한 아버지를 대신해서 내가 선언하겠어요! 당신은 아까 내 한몸을 위해서 사는 것은 하잘것없는 고통이라고 하시지 않았나요? 그럼 당신 아버지를 위해서 살아 주셔요! 당신 아버지와 같은 모든 농민과 노동자를 위해서…… 참으로 로빈슨 크루소와 같은 열정으로 미개한 인간을 개척해 주셔요…… 그래도 당신은 외롭다 하시겠습니까? 그때는 당신은 외롭지도 않고 또한 그것을 행복으로 느낄 수도 있지 않을까요? 아, 당신이 만일 그렇다면…… 지금 이 자리에서 굳게 약속해 주신다면 나도 당신에게 제일 가까운 동무가 되고 싶어요 ……."(534~536쪽)

〈예문 21〉

모든 초점은 한곳으로 몰리었다. 그렇다면 그 한곳의 초점을 노리자.

그래서 옥희는 경호에게 약혼을 허락하고 장래 생활에 있어서 할 수만 있는 사정이라면 그의 시아버지가 될 곽첨지를 모시고 경호의 떳떳한 아내로서 한 가정을 이뤄도 좋겠다는 맹서를 하였음에도 불구하고 당분간 정조만은 굳게 지키기로 결심한 것이었다.

그러면 그는 왜 독신생활을 못 하느냐 하겠지만 그것은 지금 생활에 있어서 경호를 동무로 사귀고 싶을 뿐 아니라 경호와는 벌써 그전부터 육체적 관계가 있는만큼 그를 남편으로 구하는 것은 결코 새삼스런 짓이 아니겠고 또한 경호의 아버지가 농부라는 데 호기심이 끌려서 이래저래 경호와 다시 손을 맞잡는 것이 좋겠다고 그렇게 생각한 것이다. (538~539쪽)

〈예문 22〉

옥희는 희준이의 기색을 살피자, 깡똥하니 몸을 도사리고 앉으며 당돌하게 열싼 목소리로,

"뭐, 아버지께 당한 일이라고 조금도 구애하지 말어 주셔요! 저는 아버

지와는 의절하다시피 되었으니까…… 그런 부모는 남보다도 더 미워요! 선생님은 조금도 주저하지 마시고 그에게 관한 자세한 이야기를 들려주셔요! 사실대로 들려주셔요!"

하는 옥희의 눈에는 어느덧 눈물이 글성글성하였다.

그는 부친에 대한 반감이 부지중 북받쳐 올라서 흥분된 얼굴이 더 한층 새빨갛게 되었다.

희준이는 옥희가 진정으로 묻는 것 같은 태도를 보고 나서 비로소 이야기를 시작하였다.

…〈중략〉…

그리고 다시, 희준이는 흥분이 되어서 긴장한 목소리로,

"그러나 나쁜 전례를 짓는다니 그렇기로 말하면 피차 일반이 아닌가요? 올과 같은 흉년에 소작료를 감해 주지 않는다면 올보다 더한 흉년이 들어도 감해 주지는 못하겠다는 전례를 짓자는 말이 아닌가요. 우리는 조금도 무리한 청구를 하지 않는데도 아버님께서는, 너무 심하신 것 같애요! 참 뭐한 말로 보는 데가 없이 다른 사람이 그런 짓을 한다면 내일은 어찌 되었든지 간에 열나는 대로 닥뜨려 보았겠어요."

희준이는 공분이 끓어올라서 숨을 몰아쉬었다.

옥희는 가만히 앉아서 듣고 있다가 옷깃을 바로 여미며,

"우리 아버지란 양반은 족히 그럴 것이어요. 그는 이욕이나 지위나 자기 명예를 위해서는 처자도 모르고 친구간의 의리도 모르는 이여요. 돈을 위하여서는 무슨 짓이라도 하는 비열한 성격을 가졌어요…… 그러기에 저도 이렇게 집을 나온 것이 아니어요."

옥희는 다시금 코가 메고 눈물이 괴었다.

그는 온몸이 부들부들 떨리었다. 마치 그것은 부친의 죄악을 자기가

대신 심판을 받는 것과 같은 쓰라린 가책을 느끼게 하였다.(571~572쪽)

〈예문 23〉

"그렇습니다! 그렇습니다!"

하고 옥희도 감격한 듯이 부르짖었다. 그러나 그의 목소리는 울음이 섞이었다.

그의 울음 소리에는 여러 가지 애달픈 사정이 복잡하게 얽히었다.

그것은 현실의 쓰라린 고통과 또한 경호와 다시 인연을 맺게 된 얄궂은 결연과 희준이를 사랑하지 못하는 슬픔과 아우러 사랑하는 어머니와 동생들을 버리고 외로이 와 있는, 집을 떠난 설움까지 한데 뭉친 것이었다.

그는 자기의 그 모든 불행과 집안의 불평을 오직 부친의 탓으로 돌리었다.

시대를 거스르는 자가, 자기 자신만의 죄얼을 받는 것이 아니라 그 자손에게까지 벌을 입히는 것이라 하였다.

옥희는 지금도 희준이를 사랑한다. 만일 그에게 아내가 없다면 그는 벌써 희준이에게 그것을 하소연하였을는지 모른다. (그것은 희준이가 먼저 했을는지도 모르지만.)

그러나 그는 차마 아내 있는 희준이를 빼앗을 수는 없었다.

다만 나 좋자고 남을 해롭게 하는 것은 죄악이다. 그것은 어떠한 경우라도 그렇다. 그는 그것을 인도주의적이라고는 생각하지 않았다.

그것은 정당한 윤리관념에서 나온 도덕이 아니면 안 된다.

그래 그는 마지못해 경호와 약혼한 것이다.(581~582쪽)

〈예문 24〉

옥희는 아까부터 희준이가 하는 말과 소작인들이 지껄이는 소리를 듣는 대로 한편으로는 기쁘면서 한편으로는 부끄럽기도 하였다.

모두 다 자기 아버지 때문에 이런 야단이 생기지 아니하였던가 하매, 다시금 아버지에 대한 반항심은 불붙는 것같이 일어났다.

그래 그는 두어 걸음 뒤로 물러서서 늙은 소나무 등걸에, 홀로 몸을 기대고 있었다. 그리고 희준이가 얼른 이야기를 끝내고 자기에게 와주기를 기다리었다.

옥희의 가슴은 지금 참새새끼처럼 그것과 같이 팔딱팔딱 뛴다.

웬일일까? 가을의 새벽하늘에서 내려오는 싸늘한 바람이, 소매 속으로 앞가슴으로 거침없이 들어오건만 그는 그것을 봄바람같이 가볍게 느꼈다.

희망과 정열과 동경…… 이런 긴장된 감정이 그의 마음을 대장부와 같이 씩씩하게 만든 것 같다.

…〈중략〉…

"선생님이셔요?"

"녜, 공장에서 늦게 나오셨던가요?"

희준이는 옥희의 곁에 정답게 가까이 서서 옥희와 나란히 하늘을 쳐다보고 말했다.

"그러믄요, 퍽 늦게 나왔어요. 열시가 지나서…… 그런데 이야기는 다 끝내셨어요?"

"녜!"

"어떻게 하기로 하구, 문제가 해결되었어요? '무조건 요구승인'입니까?"

"옥희 씨 부친이, 그렇게 선선하게 아무 조건도 없이 우리들의 요구조

안갑숙(공장에 들어가며 나옥희(羅玉姬)라고 이름을 바꿈) **109**

건을 들어줄 리가 있어요?"

희준이는 이렇게 말하고서 조금 전에 학삼이가 가지고 온 '각서'의 내용을 이야기했다.

"저의 아버지라는 양반이 그렇게 영악한 체하면서도 어리석기란 짝이 없지요! 요구조건을 승인하면 했지 무슨 다짐을 받아요? 아무러면 살어 있는 딸의 이야기를 세상 사람이 영영 모를라고! 어떻게 소문이 나든지 소문이 날 걸 가지고 …… 그런 것을 소문나지 않도록 해달라구 한다니 어리석지 않어요?"

옥희는 자기 아버지가 소작인들에게 도장을 찍으라고 했다는 사실을 듣고서, 이렇게 비난하였다.

"동무는 동무의 아버지보다 훨씬 총명합니다. 그러기에 우리는 그런 종잇 조각에 도장 찍는 것쯤은 상관없다고 결의했답니다.(616~618쪽)

● 김인동

성 별	남자
나이(추정포함)	20대 초중반으로 추정함.
출생지 및 거주지, 활동 공간	① 원터에서 태어남.
	② 농사를 지으며 원터에서 살고 있음.
직 업	농민
출신계층	가난한 농부의 아들로 아버지와 함께 농사를 짓는 가난한 농민 하류계층
교육정도	보통학교 2학년 중퇴 후에 부인 음전의 권유로 야학에서 조금이나마 더 공부를 함.
가족관계	아버지 김원칠과 어머니 박성녀, 아내 음전, 동생 인성, 인

인물관계	순, 인학, 그리고 술장사를 하는 장모 등이 있음.
	① 방개와 가깝게 지냈지만 음전이와 결혼함.
	② 희준과 의형제로 지내며 그가 여는 야학에서 공부하여 의식을 깨치고 청년회에 열정을 보임.
	③ 막동이와는 방개를 사이에 두고 대립하기도 함.

인물의 존재방식(사회계층)

가난한 소작농의 아들로 그 역시 궁핍한 생활을 면하지 못하지만 희준이의 야학에 다니면서 농민들의 주체적 역할과 생활방식을 깨치고 그것을 실천해 가는 전형적 인물

성 격	① 우직하고 정의감이 넘치고 열정적임.
	② 김희준의 영향으로 투사적인 면모를 보임.
	③ 사익에 연연하지 않고 공동체의 이익을 우선시하는 대장부적 성격을 보여줌.
	④ 이해하고 배려하는 마음이 넓고 깊음.

성격 지표 및 인물의 제시방식

〈예문 1〉

'또 한번 물쌈을 해보지. 그 자식한테 내가 질까?'

인동이는 막동이와 일전에 큰내에서 물싸움을 하던 생각이 나서 코를 풀었다.

'내가, 내년만 되어 보지. 그까짓 자식 판판이 집어치고 말지!'

그러나 인동이로 하여금 그보다도 더 분하게 한 것은 제사공장으로 하루는 품팔이를 갔더니 아이들이라고 삯전을 어른의 반액을 주는 것이었다. 상리(上里)에서 왔다는 상투쟁이보다 일을 못 하지 않았는데 이십 전을 주는 것이 열이 나서 뒤로는 다시 가지 않았다. 여울목에서는 물고기가 띈다.

인동이는 장심에 침을 뱉어서 낫자루를 새로 쥐고는 다시 엎드려서 진풀을 척척 후렸다.

…〈중략〉…

'저 자식이 또 저기 가 있구나…… 날마다 공장일 품팔아서 그 계집애한테 올리는 모양이야!'

인동이는 그게 막동이의 목소리인 줄을 알아듣자 허리를 펴고 그편을 바라보았다. 막동이는 세 살이나 더 먹기는 했지만 걸대가 커서 공장에 가면 온 삯전을 받았다. 인동이는 방개의 궁둥이를 쫓아다니는 것보다도 그래서 더욱 막동이를 미워했다.

"야, 인동아! 거기 지금 물귀신 나온다! 상리 박서방 죽은 귀신 너 모르니…….”

막동이는 원두막에서 인동이가 서서 둘레둘레 보는 것을 쳐다보고 이렇게 고함을 치며 너털웃음을 웃는다.

"저 자식이 음! 어디 보자. 간나새끼!"

인동이는 그들이 자기를 조롱하는 줄을 알자 얼굴이 새빨개졌다. 그는 이를 악물고 얼른 엎드려서 다시 진풀을 후리었다. 그는 분해서 견딜 수 없었다.

"이 자식아, 넌 방개한테 혼이 빠진 줄 모르니?"

그는 이렇게 마주 외치고 고개를 숙였다. 그러나 저편에서 아무 대꾸가 없는 것을 보면 못 알아들은 것 같다. 무슨 짓들을 하는지 재깔대는 소리와 방개의 콕 찌르는 소리만 동안 뜨게 들렸다.(17~18쪽)

〈예문 2〉

인동이는 희준이한테서 동경 대판 등지에 있는 큰 공장 이야기를 듣고 자기도 그런 데를 들어가 보고 싶었다. 그는 저녁을 푹푹 퍼먹고는 물도 안 마시고 밖으로 휭 나갔다.

인동이는, 자기는 머슴 부려먹듯 하면서도 아무렇게나 알면서 인순이는 잘 가 있는 것까지 공연히 조바심을 하는 모친이 꼴보기 싫었다. (44쪽)

〈예문 3〉

인동이는 작년처럼 막동이를 무서워하지 않았다. 그는 작년보다 완력이 세어진 것을 스스로도 느낄 수 있었다. 남들이 말하기는 키가 한 치나 더 컸다 한다. 이런 자신은,

'자, 인젠 누구든지 오너라. 한번 해보자!'

할 만큼 그는 힘이 뻗쳤다. 물오르는 봄나무처럼 뼈가 굵었다. 그래 막동이가 장난을 청할 때도 그는 마주 대들었다. 막동이는 그가 자기에게 대하는 태도가 전보다 달라진 데 은근히 자겁이 났다.

'그애가 작년보다 기운이 세졌는가?'

하는 생각은 어쩐지 막보지 못할 것같이 용기가 줄어든다. 만일 그전처럼 마구 다루다가 넘겨박히는 지경이면 그런 망신이 어디 있느냐고…….

이런 기미를 알아챈 인동이는 막동이를 대할 때마다 당돌한 태도를 보이었다. 인제 그는 한 손을 잡힐 생각은 꿈에도 없이 그를 제또래로밖에는 알지 않았다. 막동이는 이 눈치를 채자 어디 두고 보자고 별렀으나 저편이 너무 강경하게 서두는 품에 그는 차차 여기가 질리고 말았다. 자라 모가지가 들어가듯.

인동이의 자부심은 방개를 대하는 태도도 전과 같이 어린아이 같지는 않았다. 그는 방개를 만날 때마다 공연히 조롱하고 싶었다.

"너 참 요새 좋고나."

"무에 좋아?"

"막동이와 좋단 말이야."

"남이야 좋든 말든 네가 무슨 상관이야!"

그럴 때마다 방개는 이렇게 느물거리고 눈도 거들떠보지 않았다. 인동이는 그가 오히려 자기를 어린아이로 돌리려 드는 것이 분하다. 그는 지금 아침을 먹고 나서 먼산 나무를 가는 길에 동구 앞에서 우연히 방개를 만났다. 방개는 어디를 갔다 오는지 읍내서 오는 길을 걷고 있다.

나들이옷을 쏙 빼고 분홍 고무신을 새참하게 신었다. 서로 마주치자 인동이는 싱글싱글 웃으며 작대기로 길을 가로막았다.

"이애가 왜 이래?"

방개는 쌍큼하니 눈썹을 거슬리고 대번에 골을 낸다.

"너 요새 이뻐졌구나. 골내면 누구를 어쩔 테야!"

방개는 인동이가 아주 어른 같은 소리를 하는 꼴이 같잖아 보였다.

…〈중략〉…

인동이는 방개가 푸르락붉으락하며 방정을 떠는 꼴을 볼수록 재미가 난다. 기름을 발라서 곱게 빗은 머리가 햇볕에 지르르 흐다. 그는 분홍색 저고리에 메린스 남치마를 입었다. 젖가슴이 산날망이같이 도도록한 게 떠들어 보고 싶을 만큼 시선을 끄는데 그 밑으로는 날날이 허리에 엉덩이가 호마 궁둥이처럼 펑퍼짐하다.

방개는 쌍꺼풀진 눈을 살차게 뜨고 놀란 새처럼 가슴을 발딱거린다.

"아, 안 비킬 테냐?"

그는 악이 받쳐서 모질음을 쓰며 두 발을 구르고 궁둥이를 흔들었다.

인동이는 별안간 그를 번쩍 안고 보리밭 고랑으로 들어가고 싶은 충동이 났다. 그는 여전히 두 팔을 벌리고 섰다. 어쩔까? …〈후략〉…

…〈중략〉…

"안 비킬 테냐! 망할놈의 새끼."

방개는 별안간 큰 소리로 악을 썼다. 어른의 목소리같이 질그릇 깨지는 소리를 한다.

"오-너 욕했지."

방개는 더 참을 수가 없어서 막 풀밭으로 빠져 나가려 하던 차에 마을 안에서 별안간 고함치는 소리가 들린다.

"인동아, 나무 안 가고 거기서 뭐 하니?"

박성녀가 싸리문 밖에서 내다보며 악을 쓴다. 난데없는 모친의 목소리에 놀란 인동이가 뒤를 돌아다보는 틈을 타서 방개는 마치 개구멍으로 빠지는 강아지처럼 몸을 빼쳐 달아났다. 그는 저만치 가다가 돌아서더니,

"망할놈의 새끼!"

하고 발을 구른다. …〈후략〉…

…〈중략〉…

"이년아, 막동이는 은테를 둘렀데? 금테를 둘렀데?"

인동이는 지게를 지고 뒷걸음질을 치면서 생각나는 대로 욕을 퍼부었다. 그는 지금 마지막으로 던지 욕이 제일 유쾌해서 제풀에 하하 웃었다.(47~50쪽)

〈예문 4〉

원칠이는 십여 년 전만 해도 논섬지기나 농사를 짓고 큰 소를 먹이기까지 했는데 어느 해 흉년이 든데다가 그해 겨울에 친상을 당하게 되자 상채를 몇십 원 지기도 했지마는 그 뒤로 웬일인지 형세가 차차 줄기 시작하더니 어느 틈에 지금과 같이 가난뱅이로 떨어지고 말았다.

집안이 치패해 가는 꼴을 본 인동이는 보통학교 이학년을 중도에 퇴학하고 부친과 힘을 합하여 농사를 악발리 지었다. 그래도 집안 형편은 갈수록 가난을 파고 들 뿐이었다.(75쪽)

〈예문 5〉

야학을 파하고 나자 인동이는 비로소 졸음을 깨고 일어섰다. 그는 굴레 벗은 말같이 시원하였다. 웬일인지 오늘 밤에는 원터에서는 방개와 인동이밖에 다른 이는 아무도 안 왔다.

음전이는 눈이 부시는 모시치마 뒷자락을 산들산들 바람에 나부끼며 여왕과 같이 그들의 총중에 싸여 간다.

"성님, 안 가시유?"

인동이는 희준이를 쳐다보며 묻는다.

"난 천천히 가겠다."

…〈중략〉…

큰길 거리를 나서서 단둘이 된 인동이는 방개에게 은근히,

"늬 오빠는 왜 안 왔니?"

"오빠 말이야, 몸살이 났어."

"응, 그거 안됐구나. 막동이는?"

"그애는! 내가 아니!"

방개는 잠깐 무색한 웃음을 띠우며 목소리에 노염을 붙여 꺼낸다. 인동이는 방개의 심중을 엿보고 속으로 간지러운 웃음을 웃었다.

…〈중략〉…

그들은 어느덧 철도 둑을 넘어섰다. 그는 앞서가는 방개의 머리채에서 상긋한 동백기름내를 맡았다.

- 함함한 머리채! 달빛에 얼비치는 하늘하늘한 인조견치마 속으로 굼실거리른 엉덩이 그리고 통통한 두 팔목 잘룩한 허리! 인동이의 시선은 마치 불똥 튀듯 방개의 몸뚱이의 군데군데로 튀어 박혔다.

그는 몸을 떨었다. 가슴이 널뛰듯 한다. 그러나 그 순간 막동이의 형상이 나타나자 그는 그만 찬물을 끼얹는 것 같은 소름이 쪽 끼친다.

'그 자식이 주무르던 머리채! 팔뚝! 허리! 그리고 또……'

그의 이런 생각은 금시로 방개가 제 계집이나 된 것같이 그들에게 무서운 질투를 느끼었다.

'내가 지금만 같애도 그 자식에게 선손을 못 걸게 했을걸!'

인동이는 한숨을 내쉬었다.

"너 골련 있니!"

"희연밖에 없다."

…〈중략〉…

"담배 먹고 싶다. 얘, 그게라도 한 대 피우고 가자!"

"길거리에서?"

"저 - 기 철로 다리 옆 모래밭으로 가서."

…〈중략〉…

방개는 복잡한 표정으로 눈을 흘기었다. 인동이는 시선을 마주 쏘며 음흉한 웃음을 뱉었다.

…〈중략〉…

인동이는 물쭈리와 대꼬바리가 맞붙은 곰방대를 꺼내서 종이봉지에 싼 담배 부스러기를 담아 물고 성냥을 그어 대었다.

연기가 풀썩 나며 담뱃진내가 독하게 난다.

"나 좀!"

방개는 인동이 입에서 물쭈리를 뺏어다 물며,

"넌 막동이가 샘나니?"

"그 자식 수틀리면 패줄란다. 간나새끼."

"네가 기애를 이겨?"

"그까짓 자식을 못 이기고 살어서 무엇 하게."

"정말?"

"그럼!"

방개는 생글생글 웃으며 연기 나는 물쭈리를 그대로 인동이 입에 넣어 주었다.

인동이는 별안간 정신이 얼떨떨해졌다.

그는 담뱃불을 끄고 나서 그만 그 자리에 방개를 껴안고 쓰러졌다.

"아이, 놔 애! 가만있어 좀…… 참 달두 무척 밝지!"(143~145쪽)

〈예문 6〉

수동이네 아시논을 매고 온 인동이는 저녁을 먹고 나자 냇물에서 미역을 감고 나서는 달을 따라서 물 아래로 내려갔다.

그는 그대로 자기가 심심해서 백룡이네 원두막으로 슬슬 가보았다. 마침 원두막에는 방개가 혼자 앉았다. 방개와 대거리로 그의 모친은 저녁을 먹으로 들어가서 나오지 않았다.

"너 혼자 있니?"

"응?"

인동이는 원두막 위로 성큼 올라서는 길로 방개를 품안으로 끌어 안았다. 여자의 눈이 달빛에 반짝인다.

"웬일이우?"

"임자 보고 싶어서!"

…〈중략〉…

"흐! 참 그런데 저, 막동이 봤어?"

…〈중략〉…

"저, 접때 기애를 만났는데 나를 마구 때리려 들겠지. 그래 왜 때리느냐고 했더니 늬들 어디 보자고 벼르겠지. 그게 한번 해보겠다는 수작이 아닌가볘!"

"해보라지. 제까짓 자식 겁날 것 없어."

방개는 잇속을 드러내고 방긋 웃으며 해사한 얼굴을 쳐들고 눈초리를 꼬부장한다.

…〈중략〉…

그들은 이렇게 재미있게 이야기를 하며 지금 막 참외를 벗겨 먹는데 별안간 인기척이 나며 사람의 그림자가 달빛에 비쳐 온다. 방개는 어떤 예감에 찔리어서 가슴이 펄쩍 뛴다. 그는 원두막 아래를 내려다 보다가 가만히 부르짖었다.

"아이그, 저걸 어쩌! 막동이가 와……."

…〈중략〉…

막동이가 기침을 하고 원두막 위를 쳐다본다.

"누구여?"

인동이가 일부러 목소리를 크게 내서 물어 보았다.

"내다, 막동이야, 인동이냐?"

"그래, 저녁 먹었나?"

막동이는 원두막 위로 올라와서 인동이와 단둘이 있는 방개를 발견하더니, 눈이 간좌곤향으로 틀어지며 두 주먹을 불끈 쥔다.

"인제도 거짓말이냐, 이년의 계집애!"

…〈중략〉…

막동이는 방개의 **뺨**을 치며 다시 머리채를 잡으려고 들이덤빈다. 방개는 **뺨**을 만지고 울며 대든다.

…〈중략〉…

인동이는 그들의 틈으로 들어가서 얼른 막동이의 두 팔을 붙들었다.

"너, 왜 붙드니?"

"말로 하라구. 때리지 않고는 말로 못 하겠니?"

…〈중략〉…

"아니 이거 못 놔?"

"못 놓겠다. 너 쌈하러 왔거든 나하고 싸우자꾸나."

"정말이냐?"

…〈중략〉…

"그래 가자!"

막동이는 인동이의 꽁무니를 잡아끌며 원두막 아래로 내려간다.

"놓고 가자. 누가 달어날 줄 아니."

인동이도 따라 내려가며 긴장한 목소리로 부르짖었다.

…〈중략〉…

막동이는 약이 올랐다. 별안간 앵 하고 이를 악물더니 비호같이 달려들어 인동이의 앙가슴을 대가리로 콱 받았다. 그 바람에 인동이는 뒷걸음질을 서너 발자국 치다가, 궁둥방아를 찧고 주저앉는다.

…〈중략〉…

인동이는 궁둥이를 털고 일어섰다. 가슴이 얼쩍지근하다. 그는 허리끈을 졸라매고 나서 "악!" 소리를 치며 마주 달라붙었다.(234~237쪽)

〈예문 7〉

원터에는 팔월 추석의 한가위를 앞두고 총각과 처녀가 남모르게 가슴속으로 부러워할 만한 아리따운 소문 한 쌍이 마을 안으로 떠돌았다.

그것은 인동이가 읍내에서 크게 음식점을 하는 과부 술장삿집의 막내딸 음전이와 약혼을 했다는 것과, 또 하나는 방개가 장터 사는 최접장의 손자, 역부를 다니는 기철이와 면약을 했다는 것이다. …〈후략〉…

초로가 내려서 달빛에 반짝인다. 정강이까지 걷어붙인 인동이의 아랫도리는 이슬에 젖는 대로 선뜩선뜩하였다.

"아이, 이슬밭을 어디로 자꾸 가?"

방개는 눈을 할기죽하며 가만히 부르짖는다.

"저 소나무 밑 바위 위로 가자꾸나. 누가 보지 않게."

그들도 서로 약혼한 소문을 듣고 있었다. 그런 소문을 들은 그들은 각기 중심에 기약지 않은, 한번 서로 만나보고 싶은 호기심을 가지고 있었다. 방개도 그런 생각이 있기 때문에 잡담 제하고 잡아끄는 대로 인동이 뒤를 따라갔다.

…〈중략〉…

인동이는 방개의 손목을 덥석 잡았다. 그리고 방개를 넋놓고 보았다.

…〈중략〉…

방개는 손등으로 입을 씻었다. 그리고 상기가 된 목소리로,

"임자는 좋겠구려."

"뭐 좋아?"

"장가드니까."

"너도 시집가지 않니."

…〈중략〉…

"참 너하고 이렇게 만나기도 오늘 밤이 마지막일는지 모르지 않니, 난 너한테 할 말이 있어서 불렀다."

"무슨 말?"

"넌, 시집간 뒤에 그 남자와 잘 살겠지?"

"왜! 건 왜 물어?"

방개는 입을 비쭉 내민다.

…〈중략〉…

"하긴 난 너한테만 장가를 들고 싶었는데 늬 어너니가 우리집은 가난하다고 마다니까…….."

"가짓부리! 정말 그런 맘이 임자에게 있었군?"

"정말이야. 늬 어머니더러 물어 보렴!"

별안간 방개는 한 손으로 인동의 입을 틀어막고 그의 가슴에 쓰러진다.

"그런 말 말라구. 넌 이담에 길가에서 만나두 못 본 척하고 지나갈 걸! 뭐…….."

"설마 그럴 리야 있겠니…….."

방개가 어깨를 달싹이며 우는 것을 인동이는 한숨을 쉬며 그를 붙들어 일으켰다. 달은 말없이 그들의 얼굴을 은근히 내려다보고 있다.(356~359쪽)

〈예문 8〉

그러자 그날 그믐께는 방개의 혼인이었다. 방개는 기철이와 예를 갖추게 되었다. 그들은 구식으로 거행을 하기 때문에 신랑은 가마를 타고 사모관대를 하였다.

방개는 큰 낭자를 틀고 연지곤지에 족두리를 쓰고 초례청으로 걸어나 왔다.

…〈중략〉…

사흘 뒤에 가마를 타고 가는 방개의 가느다랗게, 가마 속으로 흘러나 오는 울음 소리를 인동이는 자기 집 문 앞에서 듣도 있었다.

인동이는 백중날 밤에 방개와 마지막으로 만나보던 근경을 그려보고 몸을 떨었다. 여자로서 매력 있는 그의 성격을 잊을 수 없었다. 그의 독 사와 같은 살찬 눈! 날씬한 스타일! 꼭 맺힌 입 모습! 암생쟁이! 말괄량 이! 그는 창부의 타입이나 결코 맛없는 여자는 아니었다.

그러나 인동이는 단념할 수밖에 없었다. 그래 그는 방개가 시집가서 끝까지 잘 살기를 빌었다. 만일 그가 차후에도 행실이 부정하다면 그것 이 자기에게도 그 책임이 있을 것 같기 때문에 -(364쪽)

〈예문 9〉

남편은 들에 나갈 준비로 해어진 등거리 잠방이를 갈아입는다. 음전이 는 그의 접저고리를 찾아 들고 사내 앞으로 가서 다정한 목소리를 꺼내 었다.

"치운데 이거 입으셔요 ……."

인동이는 아내의 다정한 목소리를 듣자 미소를 띄우고 그를 마주 쳐 다보았다. 그는 아내의 앞에서는 자기를 억제할 힘이 없어졌다.

'계집이란 이렇게 사내를 결박하는 것인가?'

인동이는 속으로 이런 생각을 하면서,

"들에 거름을 쳐낼 텐데, 그건 입어 뭐 해!"

"그래도 …… 춥지 않우?"

…〈중략〉…

인동이는 왕얽어 짚신을 신고 나서더니 괭이로 거름을 파서 바수거리
에 짊는다. 퇴비 속에서는 김이 무럭무럭 떠오른다.

…〈중략〉…

인동이가 거름을 짊어지고 나가자 모친이 이번에는 며느리에게 아들
의 말을 자세히 이야기해 들려주었다.

그것은 벌써 여러 번째 들은 말이다. 음전이는 시어머니의 말을 잠자
코 들을 뿐이었다. 그는 행여나 자기 아들이 우락부락하고 잔재미가 없
는 까닭으로 그들의 금실이 좋지 못할까 보아서 그 점을 잘 이해하고 지
내라는 부탁이다. 그의 노파심은 참으로 그런 염려가 없지도 않다.

그러나 음전이는 인동이의 그런 점을 도리어 좋아하는 편이었다. 그가
생각하는 이상적 사내라는 것은 결코 잔재미가 있다는 데 있지 않다. 선
이 굵고 사내답고 인금 있고 여자에게 위엄을 보일 수 있는 남자를 그는
사모하였던 것이다.

인동이가 그런 점에는 거의 자기의 뜻과 걸맞았다. 단지, 그가 인동이
에게 부족을 느끼는 것은 그에게 글이 없다는 것이었다. 그는 상일하는
사내를 싫어하였다. 자기도 까막눈이가 된 것이 원한이 되는데, 더구나
남편까지 그런 사람을 만들고 싶지는 않기 때문이다.

인동이는 다행히 보통학교 이학년까지 다녔으므로 그가 아주 문맹은
아니었다. 국문은 잘 알고 한문 글자도 제법 아는 모양이었다. 만일 그
가, 그야말로 낫 놓고 기역자도 모르는 사람이라면 그는 한사코 모친의
명령을 거절하였을지도 모른다.

…〈중략〉…

어쩌다가 읍내로 장보러 간다고 할 때에도 갑갑하다고 버선도 안 신

고 동저고리 바람으로 밀대벙거지를 뒤집어쓰고 나선다. 그래 그는 시어
머니를 졸라서,

"얘야! 인제 어른이 되었으니 의관을 하고 다녀라!"

할라치면 그는 한 말로 이렇게 차내던졌다.

"농군이 아무렇게나 하고 다니면 어떠우? 어머니는 별참견을 다 하우!"

음전이는 골이 나도 어쩔 수가 없었다. 그는 할 수 없이 남편에게 글
배우기를 권하였다.

인동이도 야학은 반대하지 않았다. 그래 음전이는 저녁마다 열심히, 그
를 야학에로 끌고 다녔다. 야학에는 남녀반이 따로 있었다. (396~398쪽)

〈예문 10〉

이제까지 캄캄한 그믐밤중 같은 속에서 속절없이 헤매던 그들에게 한
줄기의 광명이 비쳐 온다 할까? 혹은 앞 못 보는 장님이 오직 지팡이 끝
으로 길을 찾고 방향을 더듬듯이 세상을 암중모색(暗中摸索)하던 그들의
눈이 별안간 떠졌다고 볼 것인가? 한자 두자를 깨칠수록 글자 세계의 신
비한 문이 열리고 한마디 두마디를 귀에 담는 그 가운데 이 세상의 꼬투
리를 엿볼 수 있었다.

…〈중략〉…

야학에서는 국어, 산술, 조선어, 습자 등을 배웠다.

인동이가 야학에서 돌아올 때는 밤이 열시가 지났었다.

아내는 깜박깜박하는 석유 등잔불 밑에서 마치 자기를 기다리는 것처
럼 바느질을 하고 앉았다. 그가 방으로 들어가니 음전이는 사뿐 일어나서
책보를 받아 놓고 바느질 그릇을 한옆으로 밀어 놓는다.

"그게 뭐야?"

인동이는 아내에게 물었다.

"저고리!"

"누구, 내 게야?"

"녜……."

…〈중략〉…

"난 이런 옷 입기 싫대두 그래! 임자는 나를 글방 서방을 만들고 싶은 가?"

하고 조금 볼먹은 소리를 지른다.

"누가 참…… 그럼 비단옷은 비단 게라고 안 입고 옥양목은 옥양목이 라고 안 입으면 무엇을 입을라우."

아내는 별안간 뾰로통해서 고개를 숙인다. 인동이는 아내가 성내는 것 이 애석한 생각이 나서 빙그레 웃는 낮을 지으며,

"그런 건 당신이나 입고 나는 튼튼한 광목옷을 해주어! 방귀만 힘껏 뀌어도 찍찍 나갈 것을 어떻게 입으래!"

"누가 일할 때 입으시라우, 놀 때 입으시지……."

"놀 때도 싫어…… 놀고 호사하는 자식이나 입을 입성을 우리 같은 농군이 입으면 남이 흉보지 않는가!"

"그래도 입는 게야!"

음전이는 고개를 숙인 채 나직이 부르짖다가 목멘 소리로 말끝을 흐 린다. 인동이는 아내의 심중을 엿보고 속으로 민망히 생각하였다.

'이 가시내가 즉 어머니를 닮아서 오입쟁이 사내를 좋아하는 모양이지. 그럼 너도 시집을 잘못 왔다.'

인동이는 한 손으로 여자의 머리를 쳐들며,

"그럼 이번만 입을 테니 다시는 하지 말라구. 임자도 그까짓 입성 같

은 것에 어린애처럼 굴지 말고 공부나 잘하라구······ 참으로 지금 우리
는 배우는 것이 목적이야, 오늘은 무얼 배웠수?"

"언문······."

인동이는 책보를 펴놓고 독본을 읽기 시작하였다. 음전이도 골이 풀려
서 그 옆에서 들여다보고 앉았다.(399~401쪽)

〈예문 11〉

인동이네 타작날에는 김선달네 수동이네 서너 집도 마당질을 하였다.

인동이는 새벽부터 벼를 실어 나르고 김첨지는 집에서 마당질할 차비
를 차리고 있었다.

···〈중략〉···

넓은 들판에 깔아 놓은 볏단은 마치 산병진을 친 군사처럼 논둑에 벌
여 있다. 이 광경을 참으로 무엇이라 할까? 생산의 위대한 힘! 그것은
과연 장엄하지 않은가? 엊그제까지 온 들 안이 황금색으로 가득 찼던 벼
를 일제히 베어서 단을 묶어 놓았다.

그것을 인제는 다시 거둬들인다. 그러나 며칠 안 있으면 들 안에 벼라
고는 씨도 없이 빈 들만 남을 것이 아닌가!

그리고 내년에는 다시 모를 심어서 이 들 안을 온통 푸르게 꽉 채웠
다가, 가을에는 황금 같은 곡식 바다를 만들어 놓을 것 아닌가.

인동이는 새삼스레 이런 생각이 났다. 이것은 해마다 하는 일이요,(노
동은-연재본) 무시로 하는 것인데 왜 그전에는 그런 생각이 안 났던가?
지금은 도리어 그것이 이상하다 할 만치 절실히 느껴진다.

'우리들은 지금까지 자고 있었다. 그리고 밤새도록 가위를 눌렀다. 별
안간 악몽을 깨나 보니 세상은 딴세상이 된 것 같다!'

인동이는 자기의 변해진 마음(의식 - 연재본)을 이렇게 생각하였다. 그리고 자기의 깊이 든 잠을 깨워 준 사람이 누구던가? 어쩐지 그는 이상스런 느낌이 났다.(노동자도 농민도 아닌 - 연재본) 그가 어떻게 그런 생각을 가질 수 있었던가!

그러나 그는 확실히 자기보다 눈을 먼저 떴다. 그는 개명한 글을 배워서 남 먼저 눈을 떴다. 그런데 우리들은 하찮은 것에 …(원문 탈락 - 연재본)… 눈이 가려서 오래도록 늦잠을 자지 않았던가!

그렇다! 우리들은 하찮은 일에 …(원문 탈락 - 연재본)… 사욕에 눈이 어두웠다. 한조각 땅덩이에 목을 매고 죽여라 살려라 하고 있다. 그러나 그것이 무슨 소용이 있던가? 땅은 암만 파도 그 턱이다.

농사를 잘못 지어서 가난하더냐? 사람이 오직 땅만을 믿고 산다는 것이 틀렸다… 그러면 누구를 믿고 살 것이냐? 그러나 흘러가는 냇물은 (누구나 따먹을 수 있듯이 물은 - 연재본) 목마른 사람에게 더욱 필요하지 않은가? 그렇다. 부지런한 사람은 남 먼저 물을 먹을 수도 있다. (그들에게 우선 그 속을 알려야 하나다 - 연재본)

한데 그들은 그저 자고 있지 않은가! 모두 손톱만한 제 욕심에 눈이 어두워서 …… 막동이 그 자식은 계집한테 눈이 어둡고, 학삼이 그 자식은 막걸리에 눈이 어둡고, 쇠득이 못난이는 엿방망이(투전)에 눈이 어둡고 …… 놈들을 어떻게 하면, 정신이 펄쩍 나게 깨워 놓을 수 있을까?

인동이는 이런 갈피 없는 생각에 홀로 헤매며 길이 차는 볏단을 들어서 쇠발구지에 짊었다. 짐승은 아까 먹은 여물을 입아귀를 새기며 느침을 흘리고 섰다. 겉으로 드러난 볏짚에는 된서리가 하얗게 앉았다.

수수이삭같이 탐스러운 벼이삭이 척척 늘어진 볏모개미는 알알이 통통 여물어서 올차게 되었다. 한 단을 들기가 무겁도록 벼는 잘되지 않았는가!

인동이는 볏단을 보니 저절로 배가 부른 것 같다. 그러나 이 벼를 오늘 타작해서 자기 집 차지가 몇 섬이나 될까? 또는 그 벼의 나머지를 장으로 가져다가 팔면 몇 푼을 받을 것인가?

부친이 밤새도록 잠을 못 자며 상심을 하는 까닭과 모친이 살림걱정에 밤낮없이 안달을 하며 잔소리를 퍼붓던 심중을 그는 비로소 동정할 수 있다. 그들은 그렇게 한평생을 살아왔다. 그리고 올에나 내년이나 하고 턱없는 소망을 붙여 가며 늙어 왔다. 그러나 그 결과가 어찌 되었던가!

동천의 햇발이 넓어질수록 어둠은 차차 물러가고 넓은 들 위로는 푸른 하늘이 높이 개었다. 인동이는 벼를 한 바리 가득 싣고 냇둑길로 소를 몰고 오며 새날의 광명한 천지를 둘러보았다. 그의 마음속도 마치 명랑한 일기와 같이 탁 트인 것 같았다.

"이러 – 쩌쩌쩌쩌 – 낭이다……."

방개 집 원두막 자리를 지나며 그는 속으로 중얼거렸다.

'그때는 고약한 짓도 했거든! 지금 같으면 안 그랬을걸.'

마을 안에서는 마당질하는 소리가 툭탁툭탁 들린다.(406~408쪽)

〈예문 12〉

이날 인동이는 뒷산에서 갈퀴나무로 솔가루와 낙엽을 긁고 있었다. 울섶감이 되는 소나무가 마치 콩나무 시루와 같이 산 속에 꽉 들어섰다.

그는 지금 나무를 하면서, 작년 이맘때와 지금의 자기를 비교해 보았다. 지나간 일이 꿈결 같다.

'방개는 지금 어떻게 하고 사는가? 그 계집에도 인제는 어른이 되었다

고 얌전을 빼고 들어앉었나? 그렇지 않으면 또……'

인동이는 하던 생각을 중동지었다. 그는 몸을 떨었다. 그리고 목안이 뿌듯하게 무엇인지 치미는 것을 도로 꿀꺽 삼켰다.

'그 가시내가 그저 있었더면…… 계집이란 모두 그런가?…… 암탉이 알을 안 낳는다는 둥, 가새가 무디어서 잘 안 든다는 둥, 누구는 살림살이를 알뜰히 한다는 둥, 밤낮 그런 걱정만 하구 있으니. 울타리 속에서만 사는 그들이라, 생각도 울타리 밖은 넘지 못하기 때문일까?…… 참으로 사람들은 왜, 울타리를 터놓고 서로 못 사는지? 어떤 놈이 들여다볼까 봐? 들여다보면 어떤가. 훔쳐 갈까 봐! 그는 왜, 훔쳐가지 않고는 못 사는가?'

인동이는 이런 생각이 나매 문득 자기와 같은 마을 사람들의 사는 꼬락서니가 생각할수록 난중해서 못 견디겠다. 그것은 마치 걸인이 남루한 누더기로 살을 가리려듯이 울타리로 그들의 초라한 생활을 감추려는 것 같다.

인동이는 갈퀴를 놓고 앉아서 한동안 생각에 골똘하였다. 그는 음전이와 방개를 비교해 보았다. 방개는 성긴 울타리 속에서 커났다. 그렇다면 음전이는 높은 돌담 안에서 커난 것 같다. 별안간 그 생각은 인동이로 하여금 우울증을 내게 했다.

…〈중략〉…

인동이의 아내는 그전과 다름없이 외양은 이쁘다. 그러나 웬일인지. 인동이는 살아갈수록 그 아내에게 덤덤한 정을 느끼게 한다. 그는 날이 갈수록 도리어 거무스름한 그전의 방개가 그립다. 음전이를 분에 심은 화초라면 방개는 벌판에서 자라난 찔레나무라 할까? 그는 그늘 속에서 피어난 생기 없는 꽃보다도 천연하게 야생으로 커나는 찔레꽃이 더 좋았다. 찔레꽃은 보람은 그리 없어도 향기가 있다. 그리고 날카로운 가시가 돋치지 않았는가? 그런 가시에 찔리고 싶었다.

'그렇다! 그는 돌담 안에서 살아왔다. 음전이는 지금도 그 속에서 산다 ······.'

인동이는 자꾸 이런 생각이 치밀었다.(432~433쪽)

〈예문 13〉

농사치에는 별 변동이 없이 모두 작년에 짓던 대로 소작을 하는데 작년 같은 풍년에는 근년 처음으로 모두 농사를 잘 지었으나 가을 곡가의 여지없는 폭락으로 그들은 묵은해 빚도 청장 못 한 이가 태반이었다.

인동이네는 인순이가 월급을 타는 대로 다소간 살림을 보태 주는 때문에 비교적 나은 편이었으나 그 대신 혼인빚을 가외로 무리꾸럭했을뿐더러, 식구 하나가 더 늘었는데다가 음전이는 그 동안에 태기가 있어서 남 보기에도 차차 배가 불러 왔다.

···〈중략〉···

그러나 인동이는 다시 무거운 짐을 지는 것 같은 것이 목뒤를 내리눌렀다. 그는 어느 때 음전이가 배에서 태아가 꼼지락거리는 것을 만져 볼 때 기이한 생각이 들어 갔다.

···〈중략〉···

그는 자기 부친에게서 자기를 발견할 수 있었다. 부친의 과거를 미루어서 자기의 장래를 점칠 수 있었다. 그것은 비단 자기나 자기 부친의 생활이 그럴 뿐 아니라 가난한 이 마을 사람들의 생활은 모두 한 대중으로 판에 박은 듯한 똑같은 생활을 되풀이하면서 빈궁의 막다른 골목으로 비비고 들어갔다.(478~479쪽)

〈예문 14〉

캄캄칠야! 비는 놋날드리듯 하고 이따금 강풍이 천지를 뒤흔드는 듯한 속으로 논두렁길을 더듬어 가는 인동이는 여간 정신을 차리지 않고서는 길을 찾을 수가 없었다.

사나운 풍세는 몸을 가눌 수가 없이 전후좌우로 들이친다. 인동이는 종가래에다 몸을 버티고 한 걸음 두 걸음 앞길을 더듬어 나갔다.

…〈중략〉…

인동이는 밑에 논에서부터 모조리 물꼬를 파놓고 올라갔다.

그가 맨 윗논으로 올라가서 마지막으로 논꼬(논물꼬)를 파고 있자니까 바람이 잠잠한 틈을 타서 무슨 소리인지 저편 공동묘지로 올라가는 골짜기 가시덤불 속 ─ 고총이 듬성듬성 있는 ─ 불과 몇십 간 되지 않는 거리에서 마치 바가지를 긁는 소리 같은,

"닥 ─ 닥 ─ 닥 ─ 닥 ─"

하는 소리가 들리었다.

…〈중략〉…

별안간 번개가 번쩍! 하는 바람에 소리나는 편을 바라보니 덤불 속에서 무슨 짐승 같은 것이 무엇을 그렇게 긁는데 거기에는 난데없는 아래원터 곽첨지가 쭈그리고 앉았다.

인동이는 그 순간 정신이 아찔했다. 그는 다시 정신을 차려서 똑똑히 보았다. 그러나 미구에 곽첨지는 없어지고 또다시 닥 ─ 닥 ─ 소리가 들린다.

인동이는 비로소 담력을 내서 살곰살곰 가까이 가자, 그놈이 곽첨지로 도섭을 할 때에, 그만 그의 정수리를 향해서 종가랫날로 내리쳤다! 탁!

"캥!"

소리를 지르고 짐승이 뛰어가는데 종가랫날 밑에 부서진 것은 과연 해골바가지였다.

"망할놈의 짐승 누구를 홀리려 드니."

인동이가 장력이 세다고 소문난 것은 바로 이 일이 있은 뒤부터였다. (482~483쪽)

〈예문 15〉

날이 번쩍 들자 큰물이 지나간 벌판은 황량한 폐허와 같이 살풍경을 이루었다. 물에 나간 논은 말할 것도 없거니와 그렇지 않은 것도 마치 우박 맞은 김장밭같이 지딱여졌다. 농사는 큰 흉년이다.

원터 사람들은 하늘을 우러러 탄식하였다. 마을에서는 뚝딱뚝딱 재목을 다듬는 소리가 들린다.

원칠이 집 마당에는 김선달, 덕칠이, 백룡이, 쇠득이, 누구누구가 모여 앉았다. 원칠이는 재목을 다듬고 있었다. 남의 빚은 더 지더라도 며느리가 다치기까지 하게 방이 무너진 것을 그대로 둘 수 없어서 재목을 사왔다.

그래서 인동이는 동중에서 두레돈 나눠 준 것을 도로 퇴하였다. 박성녀는 그 말을 듣고 아들을 책하였다.

"애야, 한푼이 새로운데 왜 그랬니? 우리집도 무너져서 주는 것을 왜 안 받는단 말이냐…… 네가 받기 싫으면 내가 받으마."

"그만둬요. 우리는 그 돈 아니라도 집을 고치지 않수."

"그건 그게고 이건 이게지."

"우리보다 더 어려운 사람에게 주면 그도 좋은 일 아니겠수."

"아따, 그애는 별말을 다 하네. 누가 남 위해 산다더냐."

인동이는 욕심내는 모친의 꼴이 보기 싫다. 그는 여태까지 늙어 가도록 그렇게 욕심을 피워서 무엇을 모았던가? 가난뱅이의 욕심채기란 가난을 저축하는 것밖에 안 된다. 그는 만일 음전이가 그런 말을 한다면 당장에 볼치를 우리고 싶었다.(486~487쪽)

〈예문 16〉

남의 집 울 안에 열린 탐스러운 실과를 쳐다보고 침을 삼키듯이, 그는 인동이를 볼 때마다 지나간 시절의 미련이 남아 있다. 그때는 임자 없는 과실이 아니었던가!

인동이도 방개의 심중을 엿보았다. 그는 자기가 건드리기를 기다리는 것 같다. 건드리기만 하면 그의 온 몸뚱어리를 금방이라도 맡길 것 같다.

인동이는 그런 생각을 하니 몸이 떨린다. 그는 자기도 모르게 나직이 한숨을 쉬었다.

그는 낫공생이로 잔디밭을 두드렸다. 가슴속에서 폭풍우가 이는 것을 그는 진정할 수 없는 모양이었다.

이런 기미를 저편에서도 알았던지 별안간 방개도 나직이 한숨을 짓는다. 그는 인동이를 할끗 쳐다보며 사내의 얼굴빛을 살피었다. 그 순간 귀밑이 빨개지며 겉으로는 천연한 척하고 시름없이 먼산을 쳐다보았다.

…〈중략〉…

인동이는 그늘에 있는 화초처럼 날로 시들어 가는 음전이의 애처로운 모양을 보다가 금방 뽑은 푸성귀같이 생생한 방개를 대하니 통으로 삼키고 싶은 본능의 욕망(慾望)을 느끼게 한다.

음전이의 옆에서는 찬바람이 휘돌던 감정이 지금 방개의 앞에서는 화약 같은 정열이 타올랐다.

그는 음전이의 옆에서 자기가 싫어서 간밤에도 마실을 나갔다. 그럴수록 그들의 사이는 점점 벌어졌다.

인동이는 별안간 얼굴이 울그락붉으락해지며 입술에 경련을 일으켰다. 그는 무서운 눈을 지르뜨고 한참 동안 방개를 노려보다가 한번 진저리를 치고는 낫자루에 침을 탁 뱉어서 힘껏 쥐고 잔대미를 북북 뜯기 시작하며,

"고만 가라구! 임자 볼일 보러."

하고 볼먹은 소리를 내질렀다. 뜻밖에 덜미를 잡혀서 내쫓기는 것 같은 모욕을 느낀 방개는 얼굴이 다홍빛이 되며,

"저이가 미쳤나. 왜 빨끈 성을 내고 그래! 가라면 누가 겁날까 봐서……."

하고 보구니를 들고 일어선다.

"늬가 옆에 있으면 깨물어 먹고 싶게 이가 갈린다. 다시는 내 앞에 뵈지 말라구."

인동이는 여전히 흥분되어서 부르짖는다. 방개는 인동이의 심중을 엿보았다. 그는 도로 그 자리에 털썩 주저앉으며 정열에 띤 목소리로,

"안 보면 보고 싶고 보면 이가 갈린단 말이지? 나두 그런데 뭐……."

"그런 허튼 수작은 말라구!"

"임자야말로 너무 그라지 말라구!"

"그런 소리 말고 임자는 인순이와 잘 지내라구. 그것이 당신에게는……."

"그건 나두 잘 알어, 그만두라구! 고만두라구!"

방개는 발딱 일어서서 암상스런 눈으로 인동이를 흘겨보다가 별안간

부리나케 달아난다.

인동이는 그가 가는 뒷모양을 한동안 우두커니 쏘아보고 있었다.(509~511쪽)

〈예문 17〉

밖에 섰던 사람들은 다시 또 지껄이기 시작하는데 김선달은 희준이가 세어 준 돈을 다시 세어 보면서 원출이를 쳐다보고는,

"늬 집 다섯 식구지?"

하고 묻는다.

"녜!"

하고 원출이가 돈을 막 받으려 하는데,

"어째 늬 집이 다섯 식구냐? 네 식구지."

하는 난데없는 목소리가 들리며 군중 틈에는 수동이의 눈이 번득거린다.

원출이는 이 바람에 주춤해서 뒤를 돌아보며 지금 말한 수동이를 눈으로 찾자, 주먹을 쥐고 이빨을 응등그려 물고 달려든다.

…〈중략〉…

바깥 군중은 또 난데없는 풍파로 말미암아 예서 불끈 제서 불끈 하고 야단이다.

"원 이런 기급을 할 놈의 일이 있단 말인가."

하고 김선달은 돈 세던 것을 내던지고 화를 낸다. 이때 인동이가 별안간 내달아서 싸우는 두 사람을 쩍 갈라놓으며,

"얘들아, 고만두어라, 어린애들이 어느새부터 그렇게 인색해서 어디다 쓰니. 원출이 늬 아주머니 몫은 우리집 몫에서 한몫 빼줄 테니, 그렇게

하면 수동이 너도 아무 시비 없겠지! 큰일을 하는 데는 조그만 것은 탐내지 말아야 한 대도 그러는구나."

인동이의 말에 장내는 조용해지고 두 아이는 아무 말 없이 서로 쳐다보고 픽 웃고는 제자리로 물러선다.

"그렇지. 인동이 말 잘했다. 큰일을 하는 데는 조그만 일은 희생해야 되느니라!"

김선달 말에,

"그렇소. 자, 어서 노나 줍시다."

장내가 정돈되자 희준이와 김선달은 분배를 시작하여 해가 저물 때까지, 그 뒤로는 풍파없이 끝을 마쳤다.(593~595쪽)

● 김인순

성   별   여자
나이(추정포함)   갑숙이보다 두세 살 어린 이십대 초반으로 추정함.
출생지 및 거주지, 활동 공간
          ① 원터에서 태어남.
          ② 원터 읍내의 보통학교를 졸업함.
          ③ 시내 제사공장에 취직한 후 공장 기숙사에서 생활함.
직   업   제사공장의 여직공
출신계층   가난한 소작농민 계층의 딸
교육정도   보통학교 졸업
가족관계   아버지 원칠과 어머니 박성녀, 오빠 인동과 동생 인성,
          인학 등이 있음.
인물관계   김희준과 의형제격으로 지내며, 보통학교 시절 절친했던
          안갑숙과 긴밀하게 지냄.
인물의 존재방식(사회계층)

	노동자 계층으로서 노동자와 농민의 곤궁한 실상에 눈을 뜨고 왜 가난해야 되고 그 이유가 무엇인지를 천착하고 그것을 해결하기 위해 실천하며, 물질에 얽매이지 않고 자기 자신을 사회의 일분자로서 주체적으로 인식하는 인 물
성 격	① 가족을 소중하게 여기고, 부모에 대한 효심이 지극함. ② 가족을 위한 책임감과 친구에 대한 의리가 있음. ③ 힘든 공장생활에서도 근성이 있게 견딤.

성격 지표 및 인물의 제시방식

〈예문 1〉

작년 봄에 보통학교를 졸업한 인순이는 그만 앞길이 콱 막히고 말았다. 부모가 시집 보낼 걱정을 하며 수군거리는 것이 은근히 무서웠다. 그는 그들을 떠나서는 도무지 살 수 없을 것 같았다.

'아, 나는 어떻게 하나……?'

그는 지향없는 앞길을 놓고 자기의 조그만 가슴을 태웠다. 그는 자나 깨나 무시로 만단 궁리를 해보아도 도무지 이렇다할 묘책은 나서지 않았다. 그것은 마치 캄캄한 어둔 밤중에 명멸하는 등불을 켜들고 외로이 산골길을 헤매는 사람처럼 밤새도록 그 생각을 되풀이할 뿐이었다. 그의 인생이 조그만 등불은 아직 '광명'을 비추기는 너무도 희미하였다. 그보다도 그의 주위에는 야차(夜叉)와 같은 '암흑'이 둘러쌌다.

…〈중략〉…

인순이는 진땀이 송골송골 나서 이마털이 함함한 것을 손바닥으로 씻어 넘기며 그의 쌍꺼풀진 눈을 흘끗 흘겼다. 속눈썹이 기다란 눈은 호숫물같이 그윽이 빛난다. 하긴 그도 햇보리 곱삶이에 배탈을 앓고 난 지가 얼마 안 된다.

…〈중략〉…

머리 꼬리를 앞으로 제친 것이 치렁치렁하며 발등에 차인다. 동무 아이들이 그의 머리채가 좋은 것을 샘내는 만큼 그는 자기의 머리에 홀리었다.(11~13쪽)

〈예문 2〉

그러나 인순이는 마치 부잣집으로 시집간 딸이 오래간만에 가난한 친정에 온 것처럼 모든 것이 서글퍼 보였다. 여직공으로 있는 자기도 결코 호강을 하는 바는 아니었으나 그래도 기와집 속에서 거처는 깨끗하고 아직까지 재강죽은 먹지 않았다.

그런데 대관절 이게 사람이 거처하는 집인가? 게딱지만한 초막이 게다가 고옥이 되어서 올 여름 장마에는 기어이 쓰러질 것 같다. 인순이도 한동안 우두커니 앉아서 집 안을 둘레둘레 보았다.

마치 자기도 언제 이 속에서 살았던가 하는 것처럼 -

"벌써 점심을 지어요? 그럴 것 없이 우리집으로 가자!"

인순이가 실심한 태도를 보이자 갑숙이는 그를 자기 집으로 가자고 꾀었다.

"난 싫여 ……."

"왜 ……?"

인순이는 갑숙이가 친절히 구는데도 불구하고 어쩐지 서름서름한 생각이 나서 한 말로 거절해 버렸다. 그는 오래간만에 갑숙이를 만난 것이 반갑기도 하면서도 서로 환경이 다른 만큼 어렸을 때처럼 정답지가 않았다. 그것은 우선 갑숙이가 입은 비단옷과 자기가 입은 무명옷이 서로 구별되는 것처럼. 인순이는 갑숙이가 그런 옷을 입은 것이 얄미워 보였다. 비단옷이 부러워서 그렇다는 것은 아니다. 지금 인순이의 감정은 단순히 그런 것도 아니다. 만일 갑숙이가 다른 옷을 입었다면 그런 생각이 안 났을는지도 모른다. 그는 갑숙이가 자기들이 짜기 시작한 인조견 교직 숙수로 치마적삼을 해입은 것이 – 정작 그것을 짜는 자기는 못 해입는데 갑숙이 같은, 방적공장이 어떻게 생겼는지도 모르는 사람은 그것을 해입 었다는 것이 – 어쩐지 야릇한 생각을 먹게 하였다.

"왜 가면 어때서 그러니?"

"그래도 난 싫여!"

인순이는 가벼이 대답한다. (83~84쪽)

〈예문 3〉

"왜 그냥 먹는 것도 있지라우. 찹쌀 막걸리나 약주 술지게미 같은 것은 쌀이 많이 들고 누룩도 좋기 때문에 지게미도 곱지라우. 그런 건 그 대로 끓여 먹어도 좋고 생으로 먹어도 좋지만 어디 그런 건 비싸서 사먹을 수가 있나유."

하고 박성녀는 이를 헤 벌리며 웃는다. 불암소 꼬리 같은 노란 머리를 간신히 정수리에 감아 얹고 눈곱이 낀 때꾼한 두 눈을 헤멀거니 뜨고 섰는 모친의 경상을 쳐다볼수록 인순이는 가슴이 뭉클하였다. 그것이 갑숙이의 애젊은 고운 살결과 또는 맵시 있는 비단옷과 서로 좋은 대조가 되었다. 인순이는 아까 생각이 문득 났다.

자기가 짜는 비단을 남은 저렇게 잘 해입는데 정작 자기는 입을 수가 없는 것처럼 해마다 쌀농사를 짓는 부모는 쌀은 다 어쩌고 재강죽으로 연명을 하는가?

그렇다면 자기나 자기 부모는 똑같은 처지에 사는 사람들이 아닌가! 자기는 아까 그래도 공장에서는 기와집에서 거처하는 깨끗하고 아직 개강죽은 먹지 않는다고 - 농촌보다는 탁탁한 것처럼 말하였다. 그러나 거기에는 하루에 십여 시간씩 일하는 붙박이 노동이 있지 않은가. 그만해도 인제는 숙련이 되어서 그대로 감내할 수 있지마는 공장에를 처음 들어갔을 때, 아침부터 저녁까지 하루 종일 꼬부리고 앉아서 실을 켜기란 참으로 사람이 죽을 지경이었다. 전기 자새는 번개같이 돌아가는데 끓는 물에서 고치를 건져내서 실 끝을 찾으려면 여간 힘드는 것이 아니다. 자칫하면 끊어지고 그것을 서툰 솜씨로 다시 잇기란 진땀이 바작바작 나곤 하였다. 그래도 그는 남한테 질까 무서워서 마음을 졸이고 초조했다. 남보다 성적이 나쁘면 월급을 적게 부친다는 바람에 -

이렇게 하루를 시달리고 나면 두 손이 홍당무처럼 익고 눈은 아물아물하고 귀에서는 전봇대 우는 소리가 나고 목에는 침이 마르고 등허리는 부러지는 것같이 아프다. 수족은 장작같이 뻣뻣해서 도무지 자유를 듣지 않았다. 손등은 마른 논 터지듯 터졌다.

이것은 참으로 노동××이 아닌가! 농촌에는 이와 같은 노동이 없는 대신에 거기는 기아가 대신하고 있다. 노동과 기아! …… (원문탈락 - 〈조선일보〉 연재본, 이하 연재본으로 표기함) …… 그 어느 편을 낫다 할 것이냐? 아니 그들(노동자 - 연재본)에게도 농민만 못지않은 기아가 있고 농민에게도 그들(노동자 - 연재본)만 못지않은 노동이 있다. 결국 그 두가지는 그들에게 공통된 운명이 아닐까?

지금 인순이는 막연하나마 이런 생각을 하고 속으로 이상히 생각했다.

'그들(노동자와 농민 - 연재본)은 왜 굶주리고 헐벗지 않으면 안 되는가?'(86쪽)

〈예문 4〉

한데 예배당에서 설교를 하기를, 육신의 양식을 위한 세상일만 하고 하느님을 공경하는 안식일(주일)을 범하는 것은 하느님 앞에 용서치 못할 가장 큰 죄인이라고 하다가도 그들 앞에 가서는,

"하느님께서는 언제든지 일하는 사람을 상주십니다. 노동은 신성하기 때문이외다. 사회를 위해서 땀을 흘리는 노동! 그 위에 더 신성한 것이 다시없는 즉 여러분은 이 천직을 다하기 위하야 근면하고 모든 규칙을 복종하지 않으면 안 됩니다."

요술쟁이와 같이 그는 한 교리에서 두 진리를 발견하는 기적을 하고 있었다.

그러나 어떻게 들었는지 모르나 그 뒤로는 어린 양의 가슴에도 의심스런 점이 없지 않았다.

인순이도 목사의 얼굴이 다시 쳐다보인다.

그러나 목사는 여전히 거룩한 설교를 반복한다. 그는 사건이 돌발하던 이튿날 오후에 와서는 이상히도 흥분된 얼굴을 쳐들고 술 먹는 사람을 지독하게 공격하는 설교를 열렬히 떠들고 있다.

'목사의 말이 정말인가! …… 어느 말이 옳은 말인가?'

인순이는 한가한 틈을 탈 때면 고개를 숙이고 앉아서 생각의 실마리를 이리저리 풀어 보았다. 세상은 호두 속같이 도무지 갈피를 잡을 수 없을 만큼 복잡다단하다.

희미한 인생의 등불을 켜든 인순이는 오히려 가시덤불을 헤매고 있었다.(122~123쪽)

〈예문 5〉

인순이는 공장에 들어간 지 여러 달 만에 비로소 십여 원의 품삯을 받게 되었다. 그는 다음날 휴일을 기다려서 오래간만에 집에를 다니러 나왔다.

비록 그 동안에 뼈가 아프게 일을 하고 불결한 공장 속에서 고생살이를 해가며 번 돈이, 인제 겨우 그밖에 안 되는가 생각하면 시쁘기도 하였지만, 그러나 부모의 품 밖을 벗어난 후 처음으로 자기의 뼈품을 들여 번 돈이란 것을 다시 생각해 보면 또한 남모르는 기쁨을 느낄 수도 있는 것 같다. 자기의 어린 삭신과 여자의 연약한 몸으로 번 돈! 그것은 많거나 적거나 문제가 아니다. 돈은 남자들만 벌 줄 알던 세상! 그래서 여자는 남자에게 얻어먹고 살 줄만 알던 처지에서 자기도 남자들 틈에서 어깨를 맞겯고 그들처럼 품팔아 번 돈이 아닌가?

생전 처음으로 내가 번 돈을 가지고 나를 길러 낸 부모와 사랑하는 형제간에 다만 고기 한칼이라도 사다가 같이 먹을 생각을 하니 그것은 고생살이를 한 것보다도 기쁜 마음이 앞을 서서, 그는 며칠 전부터 노는 날이 돌아오기를 손꼽아 기다리고 있었다.

기다리던 날은 왔다. 문 밖을 나서 보니 얼마나 넓은 천지냐? 그는 자기에게도 이런 자유가 있던가 싶었다.

인순이는 장터로 나오는 길에 청인 송방으로 들어가서 국수를 사고 어머니가 그전부터 먹고 싶어하던 돼지고기 한 근을 샀다. 과자 한 봉지는 인학이를 주려고 사들었다. 그리고 한달음에 뛰어갔다.(293쪽)

〈예문 6〉

박성녀가 딸자랑을 하고 싶은 것은 그의 인물보다는 속사람이 커진 것처럼 보이는 까닭이었다. 집에 있을 때는 아주 어린아이같이 약하디약해 뵈던 아이가 공장에를 들어가더니 차차 튼튼한 사람이 되어간다. 하기는 놀아서 곱던 손이 거칠게 악마디가 지고 볕내를 쐬지 못한 얼굴이 창백해진 꼴을 보면 한편 가여운 생각도 없지 않으나 그것은 몸이 약해서 그런 것이 아니라 지나친 노동에 피곤하고 불결한 공기 속에서 일광을 못 보기 때문에 그런 것 같다. 이 동리에는 들어앉은 계집아이도 없지마는 마름집 딸 갑숙이는 제멋대로 쏘다니며 노는데도 얼굴이 노랗지 않은가? 그런데 인순이는 뼈마디가 굵어지고 살이 억센데다가 말소리까지 힘이 있어서 사내같이 튼튼한 기상이 보인다.

어린것이 부모를 떠났다가 오래간만에 집이라고 찾아왔으니 저간 고생스런 하소연과 집을 그리는 애달픔이 있으련만 그는 조금도 그런 눈치를 보이기커녕 도리어 집안 사람들을 위로한다. 상글상글 웃는 표정이 천하만사를 낙관하는 것 같은데 그것은 쓸데없는 비관을 단념한 까닭인지 또는 저의 앞길을 환하게 내다보는 굳은 신념이 있어 그럼인지? 입은 꼭 맺히고 눈은 매섭게 날카로웠다.(295~296쪽)

〈예문 7〉

어느 날 점심시간에 그는 인순이와 만나서 변소를 함께 가며 잠시 동안 짧은 대화를 할 수 있었다.

이 즈음은 낮일이 지리한 대신에 차차 추위가 물러가는 것이 그들에게는 다시없는 행복이다.

…〈중략〉…

"봄이 다 됐구나. 저 나무싹 좀 보아!"

인순이는 공장 담 안으로 심은 나무에 새순이 나오는 것을 보고 신기

한 듯이 부르짖는다.

"글쎄 어느 틈에 저렇게 나왔는지 모르겠다. 내가 공장에 들어온 제도 벌써 이태가 지났구나."

"벌써 그렇게 되었니?"

"그럼 재작년 가을에 들어왔으니 그렇지 않어."

"그래도 넌 몸이 튼튼해서 좋다!"

옥희는 부러운 듯이 인순이를 쳐다보니 눈초리가 꼬부장하게 웃는다. 농민의 씨를 받은 인순이는 배추 줄거리 같은 옥희보다 건강하였다.

…〈중략〉…

"참 늬 방에도 아까 구경꾼이 들어갔지?"

"응, 그게 누구라니?"

…〈중략〉…

"그렇단다. 읍내 사는 누구라던지…… 큰 장사 하는 부잣집 아들이 래."

"부잣집 아들? 그런 이가 이런 데를 뭐 하러 들어와."

"누가 안다니. 너와 같은 작은아씨도 들어왔을라구."

"이애, 놀리지 마라!"

옥희는 인순이의 어깨를 툭 치고 웃었다. 그러나 마음속으로는 그 사무원이 누구인지 궁금하였다. (426~427쪽)

〈예문 8〉

인순이는 오래간만에 자기 집에를 나왔다. 그는 인동이의 혼인 때 다녀간 뒤로는 지금 처음으로 나오는 길이었다. 그는 다른 식구보다도 새로 들어온 올케를 자세히 보고 싶어서 벌써 언제부터 집에를 나오고 싶었던 것이다.

…〈중략〉…

인동이는 벌써 그 눈치를 채었는지 싱글싱글 웃고 아내를 쳐다보다가 다시 인순이게로 시선을 쏘며,

"넌 늬 올케를 인저 처음 보지. 어떠냐 네 맘에 드니, 안 드니?"

"오빠도 참 별소리를…… 왜 처음이야. 혼인 때에 왜 안 와봤수."

"오, 참 그때 상면을 했던가. 그래도 그날은 잘 못 보았겠지."

"왜 너같이 누구나 다 눈이 무딘 줄 알었니. 너는 그날 너무 좋아서 동생이 온 줄도 몰렀구나, 호호호……."

모친이 웃는 바람에 좌중은 일시에 따라 웃었다. 음전이는 그러지 않아도 면구해 죽겠는데 시어머니까지 농담을 하는 바람에 더욱 몸을 움츠리고 귀밑을 붉히었다.

"참 그런가 봐. 오빠두 참!"

하고 인순이도 심중으로 벌써 올케의 속을 엿보고 있는 중이었다.

그는 옥희와 자기 올케를 서로 비교해 보았다. 물론 공부를 못 한 음전이가 옥희를 따라갈 수는 없겠지만 어쩐지 천박한 세속티가 흐르는 것 같다. 지금은 누구나 다, 돈! 돈! 하고 돈 하나만 내세우는 세상이지마는 그 역시 그들과 같이 부세(浮世)의 뜬 영화에 걸뛰는 것 같았다.

그것은 자기도 공장에 들어가기 전에는 그렇게 생각하고 있었다. 세상의 아무런 물정을 모르고 맹목적으로 그저 악착한 현실에 부대끼는 만큼 어떻게 하면 거기에서 조금이라도 물질적 자유를 얻을 수 있을까 하는 생각뿐이었다.

그러나 지금의 인순이는 그런 생각은 한갓 공상에 지나지 못하는 것을 사실로 인식함에 이르자 세상에 대한 새로운 지식을 차차 터득하게 되었다.

그러는 대로 사람이 귀하다거나 사람이 사람답게 산다는 것은 한갓 금전만 위해서 사는 데 있지 않은 줄 알았다. 그것은 금전을 사람 이상으로 평가하는 모순이 아닌가? 그래서 그는 얼마 전까지 자기도 이 세상의 많은 가난한 사람과 천대받는 사람들이 가지고 있는 공통된 생각처럼 자기를 하찮게 여기고 자포자기해서 짐승만치도 알지 않던 것을 인제는 자기도 이 넓은 세계의 한 사람으로서, 사회의 일분자로서 한 사람 구실을 해야겠다는 향상심을 가지게 되었다

이런 안목으로 음전이를 볼 때 멸시에 가까운 생각을 가질 수 있는 것은 물론이다.

'오빠이 성미가 저런 여자를 좋아할까? 만일 좋아한다면 그의 인물에 반해서나…….'

그는 속으로 혼자 이런 생각을 하고 있었다. (444~446쪽)

● 권경호(곽경호, 아명 : 성불(成佛))

성 별 남자
나이(추정포함) 이십대로 추정함.
출생지 및 거주지, 활동 공간
　　　① 일심사(一心寺)에서 태어나 읍내의 자식이 없던 권상철의 아들로 들어가 살게 됨.
　　　② 서울 재동 순경의 집에서 하숙하며 일고를 다님.
　　　③ 갑숙이와의 사단이 있고 난 후 원터 시내의 제사공장 사무원으로 일하다가 아버지인 곽첨지를 모시고 살기 위해 읍내 근방에 집을 구하기로 함.
　　　④ 갑숙이와 약혼함.

직 업	일고 오학년을 졸업하고 제사공장의 사무원으로 들어감.
출신계층	고리대금업자 권상철의 외동아들인 줄 알았으나 원터 구장 집 머슴으로 있는 곽첨지의 아들이었음이 밝혀짐.
교육정도	일고를 졸업함.
가족관계	키워 준 권상철 부부와 친아버지로 밝혀진 곽첨지, 약혼한 안갑숙 등이 있음.
인물관계	① 김희준과는 한 동리에서 알고 지냄.
	② 순경의 하숙집에서 생활하며 그녀의 딸 갑숙과 상관한 후 우여곡절 끝에 약혼함.
	③ 갑숙과의 관계를 이용하여 돈을 탐하는 안승학과 대립함.

인물의 존재방식(사회계층)

지식인으로서 갑숙과의 관계로 말미암아 제사공장 사무원으로 취직하고, 그곳에 이미 직공으로 들어와 있는 갑숙과 재회하여, 부잣집에서의 생활태도를 청산하고 그녀와 사상적 동지 관계로 새 출발하기로 결심함.

성 격	마음이 여리고 어른스러운 면모도 나타나며 갑숙을 향한 순정적인 모습도 보임. 효심이 지극함.

성격 지표 및 인물의 제시방식

〈예문 1〉

재동 막바지 오른편으로 있는 순경의 집에는 중학생들이 왕개미떼같이 쑤알거리며 집 안이 떠나가도록 떠들썩한다. 그들은 오늘부터 하기방학이 된 것이다.

······〈중략〉······

그들은 내일 아침차로 모두 고향에 돌아간다고 벌써부터 짐을 싼다, 무엇을 사들인다, 빨래를 한다, 편지를 부친다 하고 갖은 부산을 떨었다. 경호는 남몰래 양과자를 사다 두었다.

"어머니, 우리들도 내일 아침에 내려갈라우."

"그래라, 다들 가거라!"

갑성이는 순경이를 친어머니처럼 따른다.

……〈중략〉……

"나는 밑진 잠 좀 실컷 자야겠다."

"이 자식아, 소대성이냐 잠만 자게!"

"나는 집에 가서 며칠 있다가 일심사(一心寺) 절로 올라가겠다."

"참 일심사 중이 경호 수양아범이라지?"

갑성이가 경호에게 이런 말을 던지니까 여러 학생들은 일시에 와그르 하고 웃는다.

"에이 미친놈, 건 거짓말이야."

경호는 일고 오학년을 다니고 갑성이는 양정 삼학년을, 그리고 갑준이은 이고 이학년을 다녔다.

"아니여, 수양아버지는 몰라도 경호를 일심사에 불공하고 났다는 말은 나도 들은 듯해여."

순경이가 하는 말에 여러 학생들은 경호를 윽살렸다.

"그럼 너 아부지가 바로 중이로구나. 왜 그런고 하면 부처가 너를 만들었다 하니까 부처님 자식은 즉 중의 자식이란 말이다. 하하하!"

"저자식은 또 리쿠쓰(억지)를 늘어놓는다. 애 이자식아, 너 그런 공식을 어디 배웠니! 너는 그럼 예수쟁이 학교를 다니며 하느님 아버지란다고 목사를 죄다 네 애비로 삼으려니? 하느님 아들 이쿨 목사의 아들이냐 말야? 이자식아!"

하고 경호는 경신학교 삼학년을 다니는 경상도 학생인 전도의 말을 반박했다.(213~214쪽)

〈예문 2〉

　얼마쯤 뒤에 갑숙이는 손수건으로 눈물을 씻고 일어나 앉는다. 그의 눈은 한곳을 쏘아본다.

　"왜 울우? 이야기나 좀 하구려!"

　"……"

　갑숙이는 울음을 그치자 다시 한숨을 짓는다. 그는 무엇을 결심함인지 입술을 깨물었다.

　"왜 그래?"

　"난 어떻게 해야 좋다우? 생각하면 미칠 것 같애서……."

　갑숙이는 겨우 한마디를 하고 다시 또 고개를 숙인다. 그는 수건으로 코를 풀고 나서,

　"아버지가 아시는 날에는 난 학교도 못 다니고 쫓겨날 텐데…… 당신은 남자니까 자기 생각만 하고. 내가 신경쇠약에 걸린 것은 무슨 까닭인데요, 누구 때문인데요? 그런데 당신은 왜 앞뒤를 생각지 못하고 눈앞 일만……."

　"아 그래서!"

　경호는 비로소 갑숙의 속을 알아챈 듯이 부르짖었다. 그는 숨을 돌리고 나서,

　"설령 당신 아버지가 아시기로니 그리 반대하실 거야 없지 않소?"

　"아버지가 완고하신 줄을 모르셔요?"

　"만일 끝까지 반대하시면 우리 가케오치(사랑의 도피)하십시다."

　"가카오치? 아니 어디로요?"

　"아무 데로나 갈 곳 없겠어요."

　"당신은 공부도 하다 말구?"

"그렇게 되면 그까짓 공부는 해서 무엇 하나요."

"흥! 그런 기분에 날뛰는 어리석은 생각은 고만두셔요."

"아니 그럼 당신은 안 가겠다는 말씀인가요?"

경호는 실망한 표정으로 갑숙이의 맘속을 읽어 본다.

"안 가는 게 아니라 못 가겠어요."

"왜요?"

"왠가 생각해 보구려. 그럼 그 결과가 어떻게 될 텐데요."

"어떻게든지 되는 대로 되겠지요."

별안간 갑숙이는 웃음이 나오는 것을 손등으로 입을 가리며,

"당신은 그저 어린애 같구려! 가서 어머니 젖 한 통 더 먹고 오."

"그럼 나보고 어떻게 하라구. 아!"

경호는 다시 갑숙이의 어깨에 손을 얹었다.

"당신이 하자는 대로 무엇이든지 다 할 테니 자, 말해 주셔요!"

이번에는 경호가 갑숙이의 목 뒤로 고개를 처박고 훌쩍거린다.

"남보고 왜 우느냐더니! …… 누가 들으라구 어서 그쳐요!"

갑숙이는 경호의 어깨를 흔들었다. (232~233쪽)

〈예문 3〉

순경은 그렇지 않아도 갑숙이와 경호의 관계로 남모르는 가슴을 조이는 판이다. 그가 일부러 시킨 것은 아니라도, 그들은 어느 틈에 – 자기가 눈치를 채고 딸을 조용히 꾸짖으려 했을 때는 벌써 다시 바로잡지 못할 일을 저질러 버렸다. 엎지른 물은 다시 담을래도 소용없다. 그래서 자기 생각 같아서는 경호만한 사윗감도 없을 것 같아서…… 하긴 사내답게 틀지진 못하다 할지라도 선비의 재질을 타고나서 글재주 있고 똑똑하고

의리 있고, 그리고 있는 집 자식의 티를 내지 않는 게 남보기에 제일 수더분하였다.(239~240쪽)

〈예문 4〉

일심사 부처에게 불공을 드리고 경호를 낳았다고 해서, 그의 집과 이 절 주지(住持)는 한집안 식구처럼 친하게 지낸다. 그래 경호가 절에 가면 그들은 여간 후대를 하지 않는다.

칠월 그믐을 접어드는 여름은 본격적으로 더워졌다. 나무가 귀한 평지에만 살던 경호는 산에 올라와 보니 여간 유쾌하지 않다. 절 밑 동구에는 아름드리 느티나무가 절벽과 바위 사이로 두터운 그늘을 떠이고 섰다.

거기에는 녹음이 뚝뚝 떴고 매미 소리는 서늘하게 석간수처럼 흐른다.

…〈중략〉…

경호는 이런 경치를 혼자 보기가 무료하였다.

'갑숙이와 함께 저 강물과 바다를 바라보았으면 얼마나 유쾌한 일일까?'

이런 생각은 지금이라도 쫓아가서 그를 데리고 오고 싶다. 그는 할 수 없이 갑성이에게 편지를 썼다.

…〈중략〉…

그날 밤 경호는 꿈에 갑숙이를 여러 번 보고 선잠을 깨었다.

'그가 올라올까? 안 올까?'

경호의 불타는 듯한 정열의 날개는 허공을 배회하였다.(263~265쪽)

〈예문 5〉

이튿날 아침에, 기다리던 갑성이는 오지 않고 산밑 동리에 사는 웬 노파가 집안에 우환이 있다고 책을 좀 떠들어 보아 달라고 왔다. 이 절 중은 불공을 하는 외에 관상도 좀 할 줄 아는 체하였다.

올만 남은 삼베치마를 입고 다 떨어진 광목적삼을 노닥노닥 지어서 입은 노파는, 손등에 덮인 힘줄이 지렁이처럼 뻗치고 일어섰는데 얼굴은 덜 익은 바가지짝처럼 쪼그라든 것이 한눈에 보아도 가난한 농가의 할머니인 줄 알 만하다. 쇠꼬리 같은 몽그라진 머리로 간신히 쪽을 쪄서 나무젓갈로 비녀를 해 꽂고 헌 고무신짝을 누덕누덕 기워 신었다.

…〈중략〉…

점심때에는 중년 된 여자가 딸이나 며느리 같은 젊은이를 데리고 왔다. 그들도 가난한 농군의 아내 같다.

요새 그 흔한 인조견 적삼 하나를 못 해입고 당목옷을 아래위로 입었다.

"어디서들 오셨나요?"

주지는 행여나 불공이나 하러 온 줄 알고 은근히 묻는다.

"저, 한 삼십 리 밖에서 왔는데유. 절 구경을 처음으로 왔어유. 그래서 요리를 잘 몰라서 어떻게 하는 줄 알어야지유."

"요리를 알든 모르든 부처님한테 정성껏 잘을 하시면 부처님은 당신이 심중을 아시는 만큼 소원성취를 해주십니다."

…〈중략〉…

그들은 다 찌그러진 움막살이에서 여름에는 빈대, 모기, 벼룩에게 뜯겨 가며 보리죽 보릿겨로 연명하고 겨울에는 주리는 데 추위까지 겹쳐서 벌거벗은 겨울나무처럼 오들오들 떨지 않는가? 길 가운데 난 풀이 행인의 발자국에 밟혀 엎치듯이 그들의 혼은 나날이 부닥치는 악착한 현실에 부닥쳐서 미처 숨쉴 새도 없이 아주 숨죽은 사람도 많지 않은가?

그러나 어쩌다가 이런 곳을 와보고 또한 자기들보다 생활환경이 다른 사람들을 볼 때 그들은 입을 벌리고 놀라기를 마지않았다. 그것은 이런 데도 사람이 사는 곳인가? 하다가 나중에는 그들도 자기네와 같은 똑같은 사람인 데 두 번 다시 놀랐다. 천당과 지옥은 내세에 있는 것이 아니라 현세에 있는 것 같기 때문이다.

그래 그들의 머릿속에 오랫동안 잠자고 있던 혼은 별안간 청천벽력에 놀라 깬 것처럼 인생을 부르짖어 탄식하였다.

그러나 그들의 탄식은 무엇을 가져오더냐? 봉건적 숙명관은 그들에게 오직 미신과 우상숭배를 강제할 뿐이 아닌가!

……〈중략〉……

경호는 심심해서 시중을 한 바퀴 돌다가 법당 안에서 그들이 쉴새없이 절하는 것을 우두커니 바라보았다. 그의 부모가 자기의 수명을 이 절에서 빌 때에도 저렇게 절을 했던가? 이런 생각에 꼬리를 달고 나오는 생각은,

'자기는 참으로 부처에게 빌어 낳았는가?'

하는 의심이 난다.(265~269쪽)

〈예문 6〉

갑숙이는 경호의 얼굴을 한참 동안 정색하고 쳐다보는데 그의 입술은 가늘게 떨리었다.

"그럼 옷고름에 꿰어찰라우? 당신이 만일 나를 사랑할진대 당신은 앞으로 훌륭한 인물이 되도록 공부에 힘을 쓰셔요. 그렇기 않고 다만 가정의 행복을 바라시거든 진작 다른 데로 구혼을 하시든지!"

…〈중략〉…

"당신이 아까 하신 말씀은 잘 알겠는데요, 별안간 그건 왜 그런……?"

하고 갑숙이의 마음속을 읽어 보려는 듯이 시선을 쏜다. 갑숙이는 잠깐 당황한 기색을 정돈하면서,

"말은 별안간 나왔어도 생각만은 그전부터 있었어요! 우리는 아직 이십 안팎의 소년으로 몸을 학창에 두지 않았습니까?"

갑숙이는 기침 한번을 하고 상기된 얼굴을 쳐들며 하던 말을 잇대인다.

"그러면 우리는 앞으로 배울 것도 많고 할 일도 많은데 단순하게 연애에만 열중하고 있을 처지도 못 되지 않아요. 그런데 더구나……."

갑숙의 말에 경호는 불순한 생각이 사라지고 문득 옷깃을 바로잡지 않을 수 없었다.

"네, 그게야 그렇지만 우리는 벌써 인연을 맺지 않았나요. 기왕 그렇게 된 바에는 끝까지……."

"그래도 그게 용이치 못하고 또한 그로 말미암아서 공부도 못 하고 아무 일도 할 수 없다면 우리의 장래가 어찌 될는지 모르지 않아요. 그러다가 타락이 되든지 하면…… 그래 나는 이대로 있다가는 자진해 죽을 것 같애서……."

그는 치마끈으로 눈물을 씻는다. 경호는 열이 오른다.

"그럼 당신은 어떻게 했으면 좋겠습니까?"

"네! 경호 씨는 우선 우리집에서 하숙을 옮겨 주실 수 없을까요?"

"내가 당신 눈에 그렇게 보기 싫게 되었나요?"

경호는 목소리가 떨리며 두 주먹이 부르르 쥐어진다.

"당신은 또 오해하셔요? 나는 당신이 옆에 있으면 점점 번민만 더해지니까 하는 말이지요."

"번민?"

"그것은 잘 생각해 보시면 아시겠지요. 피차에 신세를 망칠 것이 아니

라 후일을 기다리는 편이 나을 것 같으니까. 하긴 또 그 동안에 어떻게 될는지는 모르지만도!"

…〈중략〉…

"만일 그때 당신 집에서 풍파가 날 때는 어떻게 하렵니까?"

"녜! 그런 때는 가장 옳은 일이라고 생각하는 앞길을 취할 수밖에 없지요?"

"옳은 길이요?"

"그렇지요. 나는 당신도 그때에는 옳은 길을 찾아서 새로운 생활과 싸우는 용사가 되시기를 바랄 뿐이어요."

갑숙이의 눈은 눈물이 반짝이었으나 그의 말 속에는 단단한 결심이 포함된 것 같다. 경호는 나직이 한숨을 짓는다.

"그건 너무 관념적이 아닐까요?"

"아니지요. 우리는 이론과 실천이 합치돼야 할 시대를 타고났어요."

갑숙의 말은 정중하고 그의 기색은 시퍼렇다.(274~277쪽)

〈예문 7〉

우루루 – 서해안 쪽 연봉으로는 소나기가 까맣게 삥 둘러싸고 쳐들어온다. 우루루…….

"얘들아, 비 온다, 고만 들어가자!"

갑숙이는 자리를 일어나서 풀덤불을 헤치고 내려오며 동생들에게 소리를 질렀다. 경호는 넋을 잃은 사람처럼 한동안 우두커니 앉아 있다. 그는 갑숙의 말을 정당하게 해석할 수는 있다. 만일 서로 접촉이 잦았다가 임신이라도 되는 날이면 그야말로 큰일이 아닌 바도 아니다. 그러나 자기들은 이미 사랑의 싹이 터서 마침내 향기로운 꽃을 피우지 않았는가?

　혹시 그는 시골 와서 있는 동안에 사상적으로 무슨 변동이 생긴 것이나 아닐까? 그렇지 않으면 순전히 그의 영리한 이지적 판단으로서 장래를 경계하기 위함일까? 그의 말 속에는 자기를 격려하는 말도 있는 것도 같고 또 한편으로는 자기를 부족해하는 말도 숨어 있는 것 같지 않은가? 경호는 이런 생각을 할수록 어떤 불안을 느끼지 않을 수 없었다.

　경호는 갑숙의 뒤를 따르다가 별안간 목소리를 나직이 하여 불렀다.

　"갑숙 씨!"

　"녜……."

　갑숙이는 놀라운 기색으로 돌아다본다. 경호는 떨리는 목소리로 침착히 부르짖었다.

　"당신이 정말로 그렇다면 고통이 되더라고 당신 말대로 하리다. 이번에 올라가서 바로 하숙을 옮기지요."

　그전처럼 추근추근하지를 않고 의외로 의젓한 태도를 갑숙이는 좋아했다.

　"정말로 그렇게 해주시겠어요? 그럼 퍽……."

　갑숙이는 지금껏 우울한 표정을 감추고 명랑한 웃음을 띠우며 경호를 쳐다보았다. 경호는 눈물이 글썽글썽하니 입술은 금방 울려는 사람처럼 실룩거린다.(277~278쪽)

〈예문 8〉

　경호는 자기의 초년이 이와 같이 기구한 운명에서 태어난 줄도 모르고 권상철의 집에서 곱게 커났다.

　그는 학령에 달하자 보통학교에 입학하였다. 그는 내모를 닮아서 위인이 순진하고 총명하였다. 보통학교를 우등으로 졸업하고 그해 봄에 서울로 올라와서 지금 다니는 중학에 입학한 것이었다.

그러므로 그는 권상철의 부부를 저의 친부모로 알고 있었다. 또한 권씨 부부도 인제는 아주 제 자식이나 다름없이 애지중지 귀애했다. 아니 도리어 친자식 이상으로 그를 소중하게 여겼다. 그것은 왜 그러냐 하면 혹시 소루한 감정에서 경호가 어떤 눈치를 채고 만일 자기의 근본을 캐는 날에는 어쩔 수 없이 제 자식 아닌 것이 탄로날까 염려하였음이다.(323쪽)

〈예문 9〉

이런 줄도 저런 줄도 모르는 경호는 기차를 내려서 갑숙이의 집으로 들어가니 뜻밖에 그는 머리를 싸고 드러누웠다. 경호는 그를 주려고 성환 참외 한 보구미를 사가지고 왔다.

"인제 올라와……."

하고 간단히 인사를 받는 순경이도 어디가 아픈지 한 다리를 잘룩잘룩하고 마루로 나온다. 다른 학생들은 아직 올라오지 않고 갑성이와 갑준이만 올라왔으나 그들도 웬일인지 전과 같이 반기는 표정이 없다. 모두들 기색이 좋지 않은 것이 무슨 심상치 않은 일이 생긴 것 같다.

'웬일인가? 안주사가 올라와서 그간에 풍파가 생긴 것인가 부다!'

경호는 이와 같은 눈치를 채고 자기도 별안간 원기가 초침해졌다.

…〈중략〉…

순경이는 한 손으로 저리는 가슴을 누르고 쿨룩쿨룩 기침을 하면서,

"그 동안에 집에는 뜻밖에 풍파가 생겨서, 쿨룩쿨룩…… 하긴 언제 있어도 있을 일인 줄은 알았지만!"

"아니 무슨……?"

경호는 당황하게 순경을 쳐다보며 물었다.

"안주사가 그 동안 댕겨 가셨는데, 그애 혼처가 좋은 곳이 생겼다고 별안간 혼인을 정하자는구려. 아, 그래……."

경호는 후둑후둑 뛰는 가슴을 진정하려고 여러 번 자리를 고쳐 앉았다.

"그래 어디 그 말을 안 할 수가 없기에 사실대로 말했더니 고만 길길이 뛰면서 밤낮 사흘을 식음을 전폐하고 야단을 치는구려. 아이고, 인제는 지나간 일이니까 말을 하우마는 우리 모녀가 하마터면 죽을 뻔했지!"

…〈중략〉…

경호는 여전히 묵묵부답으로 고개를 뒤틀고 앉았다. 그는 한참 만에 침통한 기색으로 머리를 들며,

"저 때문에 공연히 댁에 풍파를 일게 해서 뭐라고 사죄할 말씀이 없습니다!"

"아니, 그건 권학생만 탓할 수도 없어. 서로 다 불찰이지. 그러니 내일이라도 하숙을 옮기게 하우……."

…〈중략〉…

"네! 옮기지요……."

하고 경호는 다시 고개를 숙이었다.

경호는 자기 방으로 돌아와서 아무리 생각해 보아야 도무지 까닭을 알 수 없다. 하긴 자기도 안승학이가, 갑숙이와 자기의 관계를 모르고 있는 줄을 알고, 따라서 안씨가 그런 줄을 알게 되면 다소간 풍파가 없지 못할 것은 짐작한 바이다. 그러나 자기는 미혼자이고 두 집안에서도 서로 모를 처지가 아닌 만큼 재래의 습관으로 보아서 부모의 승낙도 없이 서로 접촉이 되었다는 책망쯤은 모르되 그렇게까지 야단을 친다는 것

은 너무 심한 일이요 이유를 모를 일이 아닌가?

안승학이가 그와 같이 지독한 완고라면 갑숙이를 당초에 학교에도 보냈을 리가 없다. 그렇다면 그는 자기에게 무슨 결점을 발견함인가? 그렇다면 갑숙이까지 그렇게 알고 자기를 배척하려는 심사가 아닐까? 이런 의심은 일심사에서 그를 만났을 때 수작하던 말이 낱낱이 생각 난다.(325~327쪽)

〈예문 10〉

안승학은 이번에는 숙자의 말대로 회유의 방책을 써서 순경이 모녀를 꾀어 보자는 심산이었다. 그래 그는 이런 생각이 들자, 그러지 않아도 한번 또 올라가서 화풀이를 하려던 차인데, 그렇다면 한시바삐 올라가 보는 것이 좋겠다고 오늘 저녁차에 올라갈 준비를 하고 있었는데, 낮 배달시간에 뜻밖에 갑숙이에게서 편지 한 장이 떨어진다.

승학은 무심히 피봉을 뜯어 보더니 별안간 두 눈을 흡뜨고 어- 소리를 지른다.

"아! 왜 그러우?"

"그년이 달아났군! 응!"

"뭐? 갑숙이가 …… 참, 묘하게 되는구려!"

승학이와 숙자는 어안이 벙벙해서 피차에 말이 없이 한동안 서로 쳐다볼 뿐이었다.

안승학은 편지를 다시 보기 시작하였다.

…〈중략〉…

안승학은 편지를 보던 목소리가 점점 가느다래졌다. 마침내 그는 눈물이 떨어져서 편지 글씨를 번지게 하였다.

"이게 어디 가서 죽었군, 응!"

"뭐 그렇게 만리장서유?"

"영원히 떠나겠다니 죽으러 간 게 아니여?"

"그러기에 내가 무에라구 했수. 공연히 야단만 치지 말고 달래랬지요."

"저게 죽었으면 어쩌나, 응!"

안승학은 손등으로 눈물을 이리 씻고 저리 씻고 한다.

"그래도 자식인데! 이놈의 새끼 경호인가, 그 망할놈이 남의 집안을 이렇게 망쳐 놓는담! 그자식이 구장집 머슴 곽첨지의 의붓자식이래! 이놈의 자식을 저도 그 소문을 내서 알거지를 만들어 놓아야지! 아이구⋯⋯"

"아니 경호가 바로 곽첨지 자식이야?"(344~347쪽)

〈예문 11〉

"처음 보는 혼례식이라니 무슨 혼례식인데요?"

"아따, 음전네 같은 부잣집에서 원터 사는 김첨지 아들 같은 가난한 집으로 딸을 여의었으니 그게 처음 보는 혼인이 아닌가베⋯⋯ 그 여편네의 하는 짓이란 언제든지 엉뚱하거든."

경호는 이런 말을 듣고 호기심이나 나서 혼인 구경을 갔던 것이다. 아닌 게 아니라 그들의 혼인은 새로운 맛이 있는 소박한 결혼식이었다.

오랜 동안을 두고 시달림과 압박을 받은 사람들이 새 시대의 정기를 타고 일어나서 새 인간의 생활을 싹트려고 왕성한 의기를 내뿜는 것 같다. 그것은 신사숙녀의 말라빠진 영혼이 수천 년 전부터 외워 오던 주문(呪文)에 얽매인 인형 같은 결혼식은 아니었다. 신랑신부의 건강한 육체와 그들의 빛나는 눈빛! 질소한 식장! 간결한 예식! 수수한 복장, 그리고 희준이의 암시를 주는 의미 깊은 식사와 아울러서 –

경호는 이런 것을 생각하며 뒷전에 홀로 섰는데 맞은편으로 둘러선 여자들 속에서 자기를 손가락질하며 쳐다보고 웃는다. 무엇인지 수군거리는 것 같다.

"저게 그이여, 송방 보는 권상철이 아들이여!"

"그래, 서울 가서 중학교 다니는…… 추석 쇠러 나려왔군."

"아이구, 그런 이는 아들도 잘 났지. 그 아들 혼인 지낼 때는 아마 이보다 더 잘 지낼걸?"

"그럼, 그이는 큰 부자니까."

"그런데 저애가 친아들이라우?"

"그럼, 누구여!"

"남의 자식이란 말도 있던데…….."

"쉬, 그런 말 말어…….."

…〈중략〉…

경호는 그들의 대화를 자세히 듣지는 못하였으나, 어떤 예감에서 말로는 형용할 수 없는 직감을 느끼었다. 그는 그 즉시로 전신에 오한이 나고 심기가 불유쾌하였다. 그는 자기에게 어떤 불행이 닥칠 것 같은 마치 큰 병을 앓으려는 바로 그 직전과 같은 조짐을 느끼었다.

…〈중략〉…

경호는 이틀 동안을 두고 집안 식구들의 태도를 염탐하였다. 그런데 그렇게 생각해서 그런지 집안 식구들의 자기를 대하는 태도가 전보다 변스런 것 같다. 변으로 수선스럽고 서먹서먹하지 않은가. 그전과 같이 천연스럽지가 못 하고 훨씬 더 친절하게 군다는 것이 도리어 어색하고 빈 구석이 보인 것 같았다.

이런 눈치를 챌수록 그는 더욱 대소사를 심상히 보고 있지 않았다.

그 이튿날 저녁때였다. 밖에 나갔다가 들어오니까 안방에서 두런거리는 소리가 들린다. 경호는 발끝을 제겨 디디고 뒷문으로 돌아가서 엿을 들었다.

별안간 경호는 얼굴이 새파랗게 질렸다. 그는 비로소 자기의 신분을 알 수 있었다. 지금까지 친부모로만 알고 있던 권상철이 부부가 실상은 빨간 남이라는 것을 비로소 알게 되었다. 그러자 그는 다시 새 정신이 펄쩍 났다. 안승학이가 그런 풍파를 일으킨 것이라든지, 갑숙이가 끝까지 자기를 위해서 말 못 하겠다는 사정과 곡절까지도 – 그는 금시로 땅이 꺼지는 것 같은 실망을 느끼었다. 장마날과 같은 우울한 심정을 어디다 하소연할 곳도 없지 않으냐?

그러나 그는 아무 말도 않고 침묵을 지키었다. 그는 그들에게 그런 말을 묻고 싶지도 않았다.(365~367쪽)

〈예문 12〉

"좀 여쭈어 볼 말씀이 있어서 왔는데요!"

"무슨 말?"

"제가 이번에 집에를 갔다가 이상한 말을 들었어요, 그것을 …… 댁에서 잘 아시는 것 같애서 ……."

…〈중략〉…

순경이는 무엇을 한참 생각하는 것처럼 하고 앉았다가,

"나도 잘 모르는 말을 어떻게 말하우. 안주사는 어디서 들었는지 모르지마는 ……."

…〈중략〉…

"대관절 제가 뉘 자식이라나요? 지금 부모가 친부모님이 아니라면

……."

순경이는 기막힌 웃음을 괴로이 웃으며,

"세상에 참 별일도 다 보지, 그걸 누가 아우."

"정말 모르셔요?"

"알어도 난 그런 말은 못 하겠소. 정히 알려면 그건 집에 가서 물어볼 수밖에 없지 않우."

"저 역시 집에 가서 물어 보기는…… 아니 그러기가 싫어서 그래요."

경호는 이윽고 목맺히는 울음 소리를 삼킨다.

"그런 말을 누군들 하기 좋겠소. 그러니 아무 말도 안 들은 셈만 치고 공부나 힘써 하도록 하시우. 설마 학생만 가만있으면 지금 부모야 뭐라고 하시겠소. 도리어 학생이 뭐라고 할까 봐 학생을 염려할 것 아니우. 생아자도 부모요, 양아자도 부모라고 이편을 길러 낸 공으로라도 ……."

"네, 그건 그렇습지요. 그러나 지금 부모가 친부모가 아닌 줄 안 담에야 자식이 되어서 부모가 누구인 줄이나 알어야 하지 않겠어요."

"그렇지만 벌써 이십여 년이나 된 옛일을 어떻게 알며 또 설혹 부모가 지금까지 살었다 합시다. 벌써 남의 집에다가 그렇게 내버릴 적에는 그만한 사정이 있고 이담에도 다시 안 찾을 작정으로 한 것이 아니겠수. 그러니 내 말대로 못 들은 척하고 그대로 지내다가 차차 내용을 알어보든지 해야지…… 지금 당장 내 부모가 아니라고 튀어나오면 경호의 앞일이 어떻게 되겠소."

"네, 그런 줄은 저도 알어요. 그러나 제게 당한 일인 만큼 알기나 해야 하지 않습니까."

"정히 그렇다면 말할 테니 아예 발설은 말고 심중에나 넣어 두. 학생을 낳자 바로 며칠 안 되어서 어떤 중이 지금 부모댁에 업동이(개구멍받

이)로 들이밀었다는데 학생의 아버지는 그 중도 아니라니까 그걸 누가 알우? 그리고, 그 중은 어머니를 데리고 그 길로 어디를 갔는지 지금까지 부지거처라니 그걸 또 누가 아느냐 말이야, 벌써 이십 년 전 일을……."

순경이는 기가 막힌 웃음을 웃고 경호는 아무 말이 없다. 그는 고개를 척 늘이치고 앉았다. 고개는 점점 숙어진다. 참으로 아니 들은이만 같지 못한 말이다.(368~371쪽)

〈예문 13〉

사실 경호는 자기 부모를 찾는 것보다도 갑숙이의 행방을 탐문하고 싶은 마음이 더한층 간절하였다. 그는 참으로 갑숙이에게는 못 할 노릇을 한 것 같은, 뼈에 사무치는 회한(悔恨)의 탄식을 자아내게 한다.

그는 그 뒤로는 공부도 하기 싫고, 겨울하늘과 같은 침울한 기분에 싸여 있었다. 이 세상이 금시로 싸늘한 얼음세계〔氷洋〕가 된 것 같다. 그는 갑숙이의 생각과 친부모의 생각이 마치 북 드나들듯 하여 올올이 꿈과 같은 비단을 짜내었다.

그는 어떤 때는 별안간 마치 예전 이야기처럼 칼을 품고, 지금 부모한테로 쫓아가서 자기의 친부모가 누구인가를 낱낱이 묻고 싶었다. 그러나 다시 생각하면 그런 일을 조급히 서둘 필요도 없을 것 같다. 차라리 순경의 말마따나 공부를 힘써 하리라 하였다. 그는 내년 봄이 졸업이었다. 어떻게든지 졸업할 동안만 참고서 그대로 학교를 다니겠다는 결심을 하였다.(371~372쪽)

〈예문 14〉

경호는 그 뒤에 순경이에게서 갑숙이가 현해탄을 건너갔다는 말을 듣고 즉시 유학을 가고 싶은 생각이 골똘하였다.

그는 동기방학 때에 내려와서 한번인가 그 언제는 부모에게 그것을 졸라 보았다. 그때 권상철은,

"공부는 더 하면 뭐 한다니. 한평생 공부만 하다 말래. 먹을 것은 있으니 인제 고만 살림도 해봐야지, 늙은 애비만 내맡기고 너는 밤낮 그렇게 돌아만 다닐래?"

하고 뻔히 쳐다보았다.

그는, 경호가 예상했던 바와 같이 장가를 들라고 됩다 졸랐다. 알고본즉 그들은 벌써부터 혼처를 구하는 모양이었다.

그래 경호는 동경 유학은 단념하였다. 만일 지금 부모가 그의 친부모라면 그는 어디까지 졸라 보다가 그래도 안 들을 때에는 돈이라도 훔쳐 가지고 도망질을 쳤을는지 모른다. 그러나 지금의 경호는 그런 생각은 먹지 않았다.

그는 지금부터 독립생활을 하지 않으면 안 될 자기의 처지를 깨달았다. 그는 장가를 들어서는 안 되고 어디까지 취직을 해야만 될 것 같았다.

경호는 그해 겨울을 가까스로 참아 가며 학교를 꾸준히 다녔다. 절망과 비관에 별안간 빠질 때에는 그는 문득 순경의 충고를 생각하고 이를 깨물었다.

졸업을 앞두기까지…… 그리하여 그는 가까스로 중학을 졸업하고 시골로 내려왔다.

그때 그는 부친에게 취직을 청해 봤다.

"취직은 물론 해야 하겠지만 장가도 들어야지 않겠니. 어디 혼처가 나섰는데…… 너도 그쯤 알어라!"

"장가는 천천히 들겠어요. 그보다는 취직을 먼저 시켜 주셔요. 우두커니 놀면 뭐 해요."

"그야 그렇지!"

권상철이도 취직을 한다는 데는 찬성하는 모양 같다.

"이애 말도 옳지 않우. 우두커니 놀어서야 쓰나. 어디든지 한곳 징궈 주시구려. 그리고 너도 올에는 장가를 들어야 하지 않겠니. 어미가 늙어 가는데 손주놈이나 보고 죽어야지……."

반백이 된 모친은 두 사이를 타고 앉어서 양편의 주장을 타협하려고 애를 쓴다. 자기를 오히려 친아들로 알고 있는 그들의 심경을 엿보자 경호는 부지중 불쌍한 생각이 들어 갔다.

"장가는 아무렇게나 드나요. 피차에 가합해야 되는 게지."

"아따, 너도 퍽은 고르고 싶은가 부다, 호호호."

하고 모친은 자애가 넘치는 웃음을 웃는다.

경호는 그들이 지금이라도 자기가 친자식이 아닌 줄 알면 저렇게 하지는 않으리라 하였다. 그것을 생각하니 별안간 가슴이 뭉클해진다. 그는 속으로 눈물을 삼키었다.(372~374쪽)

〈예문 15〉

이 세상에서 부잣집 자식으로 학창에 몸을 두고 꽃다운 청춘을 자랑하던 경호는 뜻밖에 실연(失戀)의 독배를 마시는 동시에, 설상가상으로 자기는 누구의 자식인지도 모르는 미천한 인간으로 태어나서 오늘날까지 친부모로 알고 살아오던 부모는 실상인즉 빨간 남이라는 것을 알게 되었을 때, 그는 일시 방편상으로 그런 줄 모르는 체하고 전과 같이 집안에 붙어 있으나 어쩐지 양심을 속이는 것 같아서 잠시도 그대로 있기가 싫다.

그런 마음을 억제하려면 그럴수록 불쾌한 감정만 치밀었다. 비루한 자기를 저주하고 싶도록 자신이 밉다.

그뿐만 아니라 또 한편으로 생각할 때 갑숙이는 자기로 말미암아 공부도 중도에 폐지하고 그리고 자기 집을 도망가도록까지 남의 전정을 막아 놓지 않았는가. 만일 그가 어디로 가서 지금도, 자기가 그저 의붓아버지 집에서 그전처럼 모르는 체하고 호강스런 물질적 생활을 하고 있는 줄 안다면 그는 얼마나 자기를 조소하고 저주할 것인가?

그런 생각을 하더라도 자기는 진작 생활을 고쳐야 할 일이다.

그런 의미에서 경호는 신생활의 첫걸음으로, 권상철의 소개를 빌어가지고 그곳 제사공장의 사무원으로 취직하였다. 그러나 갑숙이는 새봄이 돌아오도록 종적이 묘연하였다.

…〈중략〉…

그런데 뜻밖에 오매불망하던 그 여자가 자기의 지금 있는 공장으로 들어와 있다는 것은 참으로 무엇이 지시한 것인지 신기하다 할는지 기적이라 할는지 도무지 말이 안 나온다. 경호는 그날 간조날 처음으로 갑숙이를 지척에 놓고 쳐다볼 때도 자기의 눈을 꾸짖고 끝끝내 부정하고 말았다.

…〈중략〉…

작년 가을 그가 없어질 무렵에 채용된 여직공 중에는 나옥희(羅玉姬)라는 처녀의 글씨가 있는데 그것은 분명히 갑숙이의 필적과 같았다.

그래서 그는 마침내 옥희가 갑숙이의 변성명인 줄을 눈치챌 수 있었

다. (437~439쪽)

<예문 16>

갑숙이의 자기에게 대하는 태도가 그와 같이 냉정하게 된 것은 지금의 처지가 서로 달라진 까닭이 아닌가? 갑숙이는 점도록 서름한 태도로 자기를 꺼리는 모양 같다.

그는 갑숙이의 그러한 태도가 결코 무리가 아니라고 생각하였다. 사람이라 환경이 달라지면 그의 심리상태도 일변해지는 법이라고.

우선 자기만 보더라도 지금까지 친부모로 알았던 지금 부모가 일개 수양부모라는 사실을 안 뒤로부터는 그전처럼 친자의 정이 붙지 않는다. 그들과의 사이에는 전에 없던 어떤 간격이 막혀 있지 않은가?

그렇다면 갑숙이도 마치 자기의 그런 생각과 같이 자기에게 대한 심리가 변하였을 것이다. 갑숙이는 지금도 자기를 선생님이라고 불렀다. '당신'이라고 부르던 칭호는 어느덧 '선생님'이라는 간격을 지은 것이다.

그러면 자기는 먼저, 아까 고백한 것을 사실로 증명하기 위하여 지금의 처지를 벗어나야 할 것이다. 지금부터는 그와 의논할 것이 아니라 그에게 행동을 보여야 한다. 자기가 그를 진정으로 사랑한다는 것을 그를 위하여서는 무엇이든지 희생한다는 것을 사실로써 증명해야 될 것 아닌가?

그러나 그는 그 순서를 어떻게 어디서부터 밟아야 할는지 몰랐다. 우선 자기 집과 깨끗이 인연을 끊어야 될 것이 아닌가? 그러면 그때, 지금 부모들은 이렇게 생각할 깃인가? 그들은 얼마나 놀릴 것인가!

그들은 비록 고리대금을 하고 수전노와 같이 돈 하나만 아는 진실치 못한 인간이라 할지라도 자기를 갓난애로부터 길러 낸 공로는 잊을 수가 없었다. 수양부모도, 부모는 부모다. 비록 갈라져 나오더라도 그들을 끝

까지 수양부모로 섬기고 싶다.(442~443쪽)

〈예문 17〉

경호는 그 이튿날도 전가 같이 회사에 출근하였다. 그는 별안간 집 없는 사람이 되고 보니 마음이 쓸쓸하였다.

여우도 굴이 있고, 까마귀도 깃들일 곳이 있으나 인자는 머리 둘곳이 없다고 한 예수의 말이 생각난다. 그러나 그는 인제는 무거운 짐을 벗어 놓은 것 같은 가뜬한 마음이 나는 동시에 갑숙이에게도 면목이 서는 것 같은 유쾌한 기분이 난다. 더구나 갑숙이와 한공장 안에서 일하고 있다는 것이 무엇보다도 그러하였다.(467쪽)

〈예문 18〉

"그 사람! 원 별소리를 다 하네. 인제는 남 됐으니까 말일세마는 권상철이가 자네를 위해서 길러 준 줄 아나?"

"어떻든지 길러 낸 것만은 사실이 아닙니까."

안승학은 예측했던 바와는 아주 실망이란 표정을 지으며,

"그래 정말 생각 없나?"

"네, 없어요."

"예끼, 이 사람! 그건 무슨 손복할 심사란 말인가…… 그럼 내 딸 찾어 놓게. 자네 때문에 내 집이 망한 줄 모르나?"

"죄송합니다."

"죄송하다면·무슨 일이 되는 줄 아나? 글쎄 무슨 심사로 자네에게 이로운 일까지 않는단 말인가. 자네가 청구하기 무엇하면 내가 대신해서라도 찾어 줄 생각으로…… 이를테면 자네를 동정해서 하는 말인데 그런

것도 못 듣겠다니 내가 말한 본정이 어디 있나. 권상철이는 제 자식 삼을 욕심으로 백주에 남의 자식을 데려다가 속여서 기른 것인데!"

경호는 비로소 안승학의 심중을 엿보았다. 그도 권상철만 못지않게 잇속에 밝은 위인인데 결코 자기를 위해서 그런 짓을 하려는 것은 아닐 것이다. 한 말로 말하자면 자기를 볼모로 내세워 가지고 무슨 음험한 계책을 또 꾸며서 이 기회에 돈을 좀 먹자는 수작이 아닌가?

"네, 그렇게까지 생각해 주시는 것을 봉행치 못한다는 것은 더욱 황송하오나 다른 일 같으면 모르지만 그 일만은 차마 할 수 없습니다. 그리 통촉해 주십시오."

"그만두게. 말한 내가 잘못이지, 무슨 심사로…… 너도 원터 구장집에서 머슴 사는 늬 애비처럼 사는 것이 소원인가 부다."

"네, 그게 무슨 말씀이어요…….."

경호는 천만 뜻밖의 말에 별안간 망지소조하였다.

…〈중략〉…

'그게 무슨 말인가? 필유곡절이다…….'

경호는 그날 종일 사무를 어떻게 보았는지 자기도 모른다.

정신이 있는지 없는지 머리가 멍하니 흐리다. 그는 오직 아까 안승학에게서 들은 그 말이 점도록 심중에 떠돌고만 있었다.

그는 어서 시간이 되기를 고대하였다.

참으로 그는 권상철이를 자기의 친부모로만 믿고 살아오다가 그렇지 않은 줄을 안 뒤로부터 일구월심 자기의 친부모가 누구인지 알고 싶었다.

죽었는지 살았는지, 그것은 별문제로 하고 그들이 누구인지나 알고 싶었던 것이다. 그런데 뜻밖에 원터 구장집에서 머슴 사는 사람이 자기 부친이라니 그것은 과연 참말인가? 일시 자기를 모욕하기 위한 거짓말인가?

…〈중략〉…

경호는 출가한 이후에, 자기를 동정한답시고 인사하는 사람들이 많아서 질색할 노릇이었다. 더구나 그것은 자기의 성이 무엇인지 그것을 전혀 모르기 때문에 지금도 권가의 행세를 그대로 하는 것이 집을 나온 보람도 없는 것 같고 남에게 웃음을 사는 것 같았다.

그것은 그의 자존심을 몹시 상하게 하였다. 그래 찾을 수만 있다면 지금 당장이라도 감발을 하고 출발할 생각이 났다.(468~471쪽)

〈예문 19〉

경호는 옥희의 입술과 두 눈을 번갈아 쳐다보았다.

'사람이 어쩌면 저와 같이 변할 수 있을까?'

경호는 생각해 보았다. 갑숙이가 이와 같이 변한 것은 그의 이름이 옥희로 변하듯이, 오로지 공장에 들어온 까닭 같다.

그는 힘찬 노동과 규율적 생활과 육체적 고통에서 몸과 마음이 강철처럼 단련되어 가기 때문이 아닐까? 사람이 자기이 생활에서 절망을 느끼는 경우에는 그런 사람은 오직 비판만 할 재료밖에 없으므로 피로한 심신이 무기력하게 날로 시들어 갈 뿐이지마는 그와 반대로 자기의 생활에 이상과 신념을 발견하고 순교자적 정열을 가질 때에는 그는 어떠한 고통이라도 그것을 씹어 삼키고 밟아 넘어갈 만한 용기와 대담과 인내의 행동을 가질 수 있는 것이다. 지금 옥희(우리 - 연재본)는 그와 같은 열정이 가슴속에 타올랐다. 그는 불길같이 두 눈이 반짝인다.

경호는 자신의 부끄러움을 깨달았다. 자기는 남자라도 근육노동에는 감내하기가 어려울 것 같은데 갑숙이와 같은 섬약한 여자의 몸으로서 그 것을 배겨 내는 것을 보매 심중으로 탄복하지 않을 수 없었다.(515쪽)

〈예문 20〉

"참, 저번에 아버님을 뜻밖에 만나보셨다지요?"

하고 은근히 물어 보았다.

"네?"

경호는 생각지 못했던 묻는 말에 다소 얼을 먹은 사람처럼 대답을 미처 못 하고 쳐다볼 뿐이었다. 그가 심상치 않은 표정으로 마주 보는 것이 옥희에게도 불안을 일으키게 한다. 공연한 말을 해서 남의 기분을 좋지 못하게 한 것이 미안쩍어서 옥희는 잠깐 얼굴을 붉히었다.

사실 경호는 옥희에게 지금 이 말을 듣는 순간에 문득 자기도 모르게 치미는 모욕에 가까운 감정을 느끼었다. 그는 왜 지금까지 있다가 새삼스레 그런 말을 묻는가? 그럼 오늘 밤에 자기를 일부러 만나자고 찾아온 것은 기껏 그런 말을 물으러 온 것이던가?

그의 이런 생각은 옥희를 오해하지 않고 있던 때에도 듣기가 거북하였을 것인데, 더구나 지금 이 자리에서 듣고 보니 그것은 누구를 조롱하려고 일부러 신랄한 술책을 쓰자는 것같이 해석된다. 사람이란 누구나 자격지심이 있다. 그것은 경호의 현재의 생활이 옥희에게 딸리느니만큼 그런 자격지심을 강하게 할 수 있었다.

'저는 저의 부모를 떳떳하게 모시고 잘 사니까 인제는 나 같은 사람은 막보아도 좋단 말인가.'

경호는 이와 같이 아녀자의 약한 마음을 먹고 속으로 눈물을 삼키었다.(522~523쪽)

〈예문 21〉

옥희는 나직이 기침을 하고 나서 마치 자모가 어린애를 품에 안고 어루만지며, 그를 들여다볼 때와 같이 애정이 가득 괸 눈으로 경호를 내려다보며,

"당신은 이 세상에서 행복을 누릴 수 있는 줄 아셔요?"

"어는 정도까지 있지 않은가요!"

옥희는 고개를 흔들었다.

"그런 막연한 말은 말고!"

…〈중략〉…

"그럼 옥희 씨는 행복이란 어떻게 생각하십니까?"

"나는요, 행복이란 것을 부정하고 싶어요. 그러나 굳이 있다고 한다면 그것은 자기의 몸을 즐겁게 희생하는 것이라고나 할는지요."

"자기 몸을 요로콘데(기꺼이) 희생하는 것 말이지요."

"그렇지요! 원래 인간에는 완전한 행복이란 것은 없는 줄 알아요. 먼 장래 과학이 발달되고 물자가 풍부하여서 사람들도 생리적으로 별반 다름이 없이, 모든 사람이 살 수 있을 때에는 그것이 있다고 보겠지만, 그것도 종국적으로 완전한 것을 찾는다면 인류의 종말을 의미하니까요. 왜 그러냐 하면 완전에는 발전이 없으니까요."

"그러나 사람에게는 고통이 있는 반면에 기쁨이란 것이 있지 않습니까?"

"그러기에 그 기쁨이란 것은 생각하기에 달렸다고 볼 수 있지 않어요. 당신은 아까 당신 맘속에 두 가지 생각이 있어서 그놈이 늘 서로 충돌된다 하셨지요? 그것은 누구에게나 다 있는, 하나는 금수같이 야비한 마음과 또 하나는 거룩한 인간성이라 할는지요. 사람은 누구나 다 한 머릿속

에 악마와 천사를 거느리고 있습니다. 다만 그 사람의 자제(自制)하는 힘의 여하로 그의 행동은 천사로도 나타날 수 있고 악마로도 나타날 수 있는 것 아니겠어요? ……그렇다면 지금 경호 씨도 얼마든지 고통을 극복할 수 있지 않으셔요."

"감정이 이지(理智)를 씹어먹는 것을 어짜구요? 이성(理性)은 듣지마는 본능(本能)이 안 듣는 것은 어짜구요."

"그러나 사람은 본능만으로만 살어서는 안 되니까요."

"그렇다고 이성으롤만 살 수도 없지 않습니까? 사람은 누구나 먹지 않고는 못 사니까요."

"그러니까 먹는 것 이외에 너무 호강스런 생각은 단념하란 말이지요! 단념할 수도 있단 말이지요."

"아! 그것은 너무 잔혹하지 않습니까? 너무 쓸쓸하지 않습니까?"

"아니지요. 조금도 …… 당신을 쓸쓸하지 않습니까. 당신은 결코 한 몸뚱이가 아니올시다. 당신의 거룩한 아버지를 대신해서 내가 선언하겠어요! 당신은 아까 내 한몸을 위해서 사는 것은 하잘것없는 고통이라고 하시지 않았나요? 그럼 당신 아버지를 위해서 살아 주셔요! 당신 아버지와 같은 모든 농민과 노동자를 위해서 …… 참으로 로빈슨 크루소와 같은 열정으로 미개한 인간을 개척해 주셔요 …… 그래도 당신은 외롭다 하시겠습니까? 그때는 당신은 외롭지도 않고 또한 그것을 행복으로 느낄 수도 있지 않을까요? 아, 당신이 만일 그렇다면 …… 지금 이 자리에서 굳게 약속해 주신다면 나도 당신에게 제일 가까운 동무가 되고 싶어요 ……."

이 말을 들은 경호는 벌떡 일어나서 옥희를 껴안은 채, 자기도 모를 눈물을 소리 없이 흘렸다. (534~537쪽)

그 뒤 며칠 후에 경호는 회사에서 나오는 길로 희준이를 찾아갔다.

원터 앞내의 철교 밑으로 흐르는 강변과 언덕이며 듬성듬성 서 있는 버드나무 고목과 일렬로 늘어선 포플러숲은 작년 여름에 갑숙이와 달밤에 만나던 그때의 정경을 그립게 한다. 그땐도 자기는 사랑의 옥매듭에 얽혀서 얼마나 긴장을 태우며 초조하였던가! 난마(亂麻)와 같이 얽혔던 청실 홍실은 좀처럼 풀 수가 없지 않았던가…… 풀려면 풀수록 진땀만 바작바작 나고 점점 더 얽혀질 뿐이 아니었던가? 그러나 경호는 지금은 그 실을 완전히 다 풀었다.

갑숙이는 자기와 약혼하기를 허락하였다. 그리고 가까운 장래에 자기와 결혼한 후 부친을 모시고 한집에서 살기로 약속하였다.

아! 그러면 그때는 얼마나 즐거울 것이냐……? 그는 행복을 부정하였다! 사실 인간에는 행복이란 것이 별로 없는지도 모른다. .이 사람의 행복이 저 사람에게는 고통이 되고 행복이라고 생각하는 그 속에도 도리어 많은 분량의 고통이 포함되어 있는 수가 있는 것 같다. 그것은 무슨 까닭인가?

경호는 아직 인간의 철학적 원리를 모른다. 그러나 사람이란 무엇이든지 한 가지의 신념을 붙들어야 한다.

…〈중략〉…

그렇다면 인간은 서로 뺏고 속이고 죽이고 하는 골육상쟁을 하기 전에 서로 돕고 가르치고 사랑할 수가 있지 않은가? 아니 인류의 역사는 수천 년 동안 장원하도록 오늘날까지 피로 물들어 왔으니 인제는 그만 칼날을 거두고 평화를 가져와야 할 것이 아닌가?

생활은 투쟁이라 한다! 이 생활의 투쟁은 반드시 인간에게만 있는 것이 아니라 자연계의 일체 현상에서 볼 수 있는 일반적 법칙이라고도 한다.

그러나 투쟁은 반드시 살벌적이라야 할까? …… 만일 그렇다면 인류는 멸망하고야 말 것이다.

그렇다면 인간의 생활 투쟁은 인간끼리 서로 물어뜯을 것이 아니라, 과녁을 바꿔서 자연에게 향할 수 있을 것이다.,

인간은 협력해서 자연을 극복함으로부터 비로소 다 같은 행복을 누릴 수 있지 않은가?

그런데 이상한 일로 인간은 지금 수라장이 되어 있다. 그것은 또한 무슨 까닭이냐?

지금 경호는 이런 생각을 하며 걸어갔다.

그런가 하고 보니 그는 옥희의 심중을 이해할 수 있을 것 같다. 위대한 행복을 위해서는 조그만 행복을 희생해야 된다고 …….

…〈중략〉…

그만큼 그는 옥희에게 육체적 만족보다도 고상한 정신적 만족을 더 많이 느낄 수 있었다.

그런 의미에서는 자기가 한층 옥희보다 어린 것 같다. 그래서 그런 의미에서는 그가 누님 같기도 하였다.

실상인즉 지금 경호의 고독한 신세로는 누이 겸 동생 겸 어머니 겸 후투루 구석 빈 감정을 그는 한몸에서 느낄 수 있었다.

이에 비로소 경호는 옥희에게서 의탁할 곳을 발견한 셈이었다. 그는 어린애처럼 아주 그의 품안에 안기고 말았다.(539~541쪽)

● 권상철(권주사)

성   별   남자
나이(추정포함)   오십대 중 후반으로 추정함.
출생지 및 거주지, 활동 공간
            상리 사람으로서 원터 읍내에 내려와 작은집살림을
            하며 포목과 잡화상을 벌이고 고리대금업을 함.
직   업   포목장사와 고리대금업
출신계층   하류계층으로 추정함.
교육정도   무학일 것으로 추정함.
가족관계   아이를 못 낳는 처와 늙어서 데려와 키운 외동아들
            권경호가 있음.
인물관계   ① 안승학이 권상철의 재산을 탐내 그를 비방하고
            시기함.
            ② 안승학이 권상철의 아들 경호의 출생 비밀을 알
            고 돈을 뜯어내려 위협함.
            ③ 경호와 갑숙이 가까워진 문제로 안승학이 권상철
            에게 위자료를 받아내려고 하고, 권상철은 둘이
            혼인을 시키려고 하는 등 첨예하게 대립함.
인물의 존재방식(사회계층)
            포목장사와 고리대금업으로 재산을 축적한 상인계
            층으로서 탐욕적이고 물질적 이득과 자식에게 집착
            하는 인물
성   격   ① 탐욕적이며 이해타산적임.
            ② 자식에 대한 욕심이 많음.

성격 지표 및 인물의 제시방식

〈예문 1〉

원칠이는 상리 사람 박서방이 빠져 죽은 생각이 문득 나서 소름이 쭉
끼쳤다. 꼭 작년 이맘때다. 앞내 정자에서도 오늘과 같이 큰 놀이판을

차리고 질탕히 놀던 판이었다. …〈중략〉… 박서방은 그날 장날도 아닌데 읍내를 내려왔다. 그는 그 전해에 집을 잡히고 변릿돈을 얻어쓴 것이 기한이 넘어서 집행을 당하게 되었는데, 그날도 빚을 얻으러 읍내로 내려왔다.

그는 허행을 치자 홧김에 아래 장터 쇠전[牛廛] 머리의 고산이 집에서 막걸리 몇 잔을 외상으로 사먹었다. 그때 그는 고산이에게 술 한잔을 궈하며,

"여보 고산이! 아는 도끼에 발등 찍힌다고 한동리 사람이 더 무섭디다. 올해 농사를 지어서 가을에는 갚을 테니 돈 십오 원만 빚을 달래도 담보할 것이 없다고 안 주는구려! 그래 내가 그 돈을 떼먹겠소?"

하고 취중에도 진다마을 토했다. 한동리 사람이란 상리 사람으로서 읍내 와서 작은집살림을 하며 한편으로는 포목과 잡화상을 벌이고 '대금업'도 하는 권상철 권선달이었다. …〈후략〉…(54쪽)

〈예문 2〉

안승학은 기미년 인산 때에 새로 지은 고운 북포두루마기와 건을 쓰고 일부러 서울까지 올라가서 망곡을 한 일이 있었다. 아침을 먹고 나면 - 하긴 그전에 또, 실과를 주전부리하는 일도 있지마는 - 장부를 펼쳐 놓고 모든 세음조와 장부를 계산하는 것이었다.

그럴 때는 으레 방문을 꼭 처닫고 혼자 가만히 숨도 크게 쉬지 않고 앉아서 수판질을 했다. 그리고 거기에 조그만 아라비아 숫자를 써넣는 것이었다.

그가 장부의 계산을 끝내고 나서는 으레 치부에 대한 공상을 마치 종교신자가 묵도(黙禱)를 한참씩 하듯 하고 있었다.

'무엇을 하면 돈벌이가 제일 될까. 섣부른 장사를 했다가 밑지는 날이면 큰일이고 어떤 놈을 꾀어서 똑 장사를 하겠으면 좋겠는데!'

그의 이런 생각은 한동안 자본주의를 낚으려다가 헛물만 켜고 말았다.

그것은 읍내에서 포목상으로 치부한 권상철을 꾀어 가지고 잡화상을 크게 한번 벌여 보자 한 노릇이 틀리고 만 것이다.

그는 상철의 아들인 경호가 서울에 있는 자기의 본실 집에서 하숙을 하고 있기 때문에 공공연하게 권상철의 흉을 보지 못하지만(그러면 그 아들이 하숙을 옮길까 무서워서) 속으로는 은근히 미워했다.

'어떻게 했으면 그 자식보다 많은 재산을 늘려 볼까?'

하고 그는 시기하는 마음까지 먹고 있었다. 할 수만 있으면 그의 금고라도 훔쳐 오고 싶었다. 그런데 상리 사는 박서방이 일체로 집을 쫓겨나게 되어서, 돈 십 원을 권상철이한테오 얻으러 갔다가 거절을 당하고 돌아오는 길에 앞내 큰 여울물에 빠져 죽은 사실이 있은 이후로는 그는 만나는 사람마다 보고 상철이가 너무 인색하다고 타매하였다.(199~200쪽)

〈예문 3〉

하기방학이 되어서 자기 집 아이들까지 시골로 싹 쓸어 내려간 순경이의 집은 온 집안이 텅 빈 것같이 쓸쓸하였다.

…〈중략〉…

그는 무심히 방학하던 날 낮에 경상도 학생이 경호를 중의 자식이라고 놀려 주던 생각이 났다. 그것은 자기도 모르게 가슴이 선뜩해진다. 경호의 부친 권상철이는 장가를 든 뒤에 이내 초산을 못 해서 그는 그 뒤에도 소실을 여러 번째 데리고 살던 것은 인근동이 잘 아는 일이다.

그런데 경호를 일심사에 가서 백일치성을 드리고 그의 본처가 비로소 났다 한다. 그때 그 집에서는 잔치까지 배설하고 천고에 없는 경사처럼 떠들지 않았던가!

"참말로 희한한 일이다. 일심사 부처님은 정말로 영감하시군!"(239쪽)

〈예문 4〉

안승학은 상리 사는 작인 춘학이를 그 뒤에 만나서 새로 들은 소문과 곽첨지의 말을 종합해 본 결과 경호는 분명히 권상철의 아들이 아니라는 의심은 물론이요, 바로 곽첨지의 아들이 아닌가 싶은 생각도 든다. 혹시는 곽첨지의 아들까지는 확실히 모른다 할지라도 상철의 아들이 아니라는 것은 벌써 틀림없는 사실 같다.

승학은 문득 한 꾀를 생각하고 읍내 사는 권상철을 그 길로 찾아갔다.

"오래간만이외다. 어서 오시지요."

권상철은 깎은 머리에 감투를 쓰고 전방에 앉았다가 승학을 보고 인사를 한다.

"네, 그간 재미 좋으셨수."

안승학은 전방 좌청에 걸터앉으며,

"모시 몇 자 주시지요, 상품으로."

하고 적삼감 한 감을 끊은 뒤에 조용히 할 말이 있다고 주인을 방 안으로 끌고 들어갔다.

광대뼈가 내밀고 얼굴이 부대한 권상철은 눈썹 위로 검은 점이 있는 것이 의심을 해서 그런지 경호와는 모습이 월등 다른 것 같다. 그는 꾸부정한 허리를 꾸부리고 들어와서 의아한 눈치로 승학을 쳐다보며,

'저 사람이 또 무슨 소리를 하랴구 저러는가?'

하고 속으로 불안한 생각을 느끼었다.

"권상! 내가 요새 이상한 소문을 들었는데요."

안승학은 화두를 이렇게 꺼내 놓고 우선 권상철을 의미 있게 마주 쏘아보았다.

"녜, 무슨 소문이어요."

"경호가 당신 아들이 아닙니다그려!"

승학은 아주 은근하고 다정하게 말하는데 이야말로 웃음 속에 칼을 품은 것이 아닌가.

"아니 그게 다 무슨 말씀인가요?"

권상철은 참으로 아닌 밤중에 칼을 맞은 것 같은 이 말에 별안간 새파랗게 질려서 어안이 벙벙하였다.

"아니, 그렇게 놀랠 것은 없어요. 내가 결코 소문은 내지 않을 테니까!"

승학은 책상다리를 동개고 앉아서 가재수염을 한 손으로 비틀어 꼬며 교활한 웃음을 웃는다.

'저 사람이 참으로 그 속을 알고 그럴까? 누구의 중정을 떠보려는 셈인가? 새빠지게 웬일이람?'

상철은 속으로 이런 생각을 하면서,

"그게야 소문을 내고 안 내고 간에 백주에 낭설이니까 아무 상관이 없지만, 허허 원! 누가 그런 실없는 말을 해요?"

"소문을 내도 괜찮구먼! 그럼 고만둡시다."

안승학은 한 걸음을 물러앉으며 거침없이 배짱을 퉁긴다.

"녜, 그건 그렇지만…… 대관절 누가 그랍디까? 어디서 들으신 데가 있겠지요."

상철이는 겉으로는 짐짓 아무렇지도 않은 표정을 짓는 체하나 속으로는 여간 초조하지를 않았다. 눈치 빠른 안승학이가 그런 눈치를 모를 리 없다.

…〈중략〉…

'이놈아, 얼른 항복해! 공연히 큰코 다치지 말고!'

승학은 속으로 약을 올리며 배를 퉁기고 있다가 마지막으로 한마디를 다져 놓았다.

"거짓말인지 아닌지는 권상이 잘 알 테니까 더 말할 나위 없겠지요. 나는 다만 권상을 위하야, 그런 소문을 들었기에 안심찮어서 물어 본 것뿐이지요. 그런데 나 듣기에는 증거가 다 있습니다. 그래서 자제가 우리 집에 기숙하고 있는 것으로 보든지 또 무엇으로 보든지 그대로 있기가 뭐하더군요. 거기 무슨 다른 의사가 있겠소. 언무족이 천리라고 그런 말이 사실이야 있고 없고 간에 직접 자제의 귀로 들어간다면 재미없는 일이 아니어요. …〈중략〉… 그리고 또 만일 그게 사실이라면 권상도 여북해서 그렇게까지 했겠소. 오십 춘추에 다시 자손을 두실 수 없는 형편인데 다 키워 논 자식을 잃는 게나 다름없은즉 이랬거나 저랬거나 권상에게는 불리한 소문이 아닌가요?"

안승학은 한 손으로 상철이의 넓적다리를 꾹 찌르며 이야기를 끊었다.

"네, 그렇게 말씀하시니 대단 고맙습니다. 지금은 좀 부산하니 그럼, 일간 한번 댁으로 가뵙지요."(287~289쪽)

〈예문 5〉

며칠 뒤에 과연, 권상철은 넌지시 안승학을 방문하였다. 그는 일전에 안승학에게서 수상한 말을 들은 뒤로부터 아무리 생각해 보아도 그대로 있는 것이 불리한 것 같았다. 필연코 어디서 무슨 증거 있는 말을 들은 모양 같은데 만일 그런 소문이 돌아서 경호의 귀에까지 들어간다면 사실 여간 큰일이 아니었다.

　상철은 신문지에 싸가지고 온 세모시 두 필을 주인 앞으로 내놓으며,

　"이거 변변치 않소이다마는 주의 한 김 해입으시지요."

　"원 천만에, 그건 무얼 …… 고만두셔요."

　"아니올시다. 받아 주셔요. 안 받으시면 제가 섭섭하니까요."

　"아니에요. 도루 가져가시지요."

　"원 천만에, 그건 정을 막으시는 말씀이지, 마음먹고 가지고 온 것을 어떻게 도루 가져갑니까? 허허허."

　안승학은 말로는 연해 도로 가져가라고 사양하였으나 속으로는 당길 심이 없지 않았다. 그러나 모시 두 필로 때우려 드는 저편의 심사를 엿보고,

　'이놈아! 정은 무슨 썩어질 정이냐? 이까짓 것쯤으로는 어림도 없다.'

　하고 발길로 차버리고 싶었으나 개감도 과실이라고 우선 받아 놓고 보자 하였다. 권상철은 비로소 한걸음 다가앉으며,

　"참, 안주사도 아시다시피 내가 사십이 가깝도록 자식이 없지 않았나요. 그래 참 소실도 얻어 보고 외입도 해보고 불공도 해보고 하였는데……!"

　"네!"

　…〈중략〉…

　"참, 일전에는 일부러 찾어 주시고 그렇게 근념을 해주시니 그런 고마울 데가 없는데 안상께야 무슨 말씀을 못 하겠습니까."

　"아! 그 다 이를 말씀인가요."

"네!"

권상철은 주인에게 머리를 또 한번 숙이고 나서,

"그리던 차에 안상은 어떤 소문을 들으셨는지 모르지만 사실인즉 이렇습니다. 참 그리던 차에 하루 저녁에는 난데없는 업동이가 들어왔어요. 어떻게 합니까? 자식 욕심은 나고 제가 날 수는 없는 터에 의외에 그런 일이 있고 보니 이야말로 신명이 주신 자식인가 싶어서 오늘날까지 내 자식을 삼아서 기른 것이 아닙니까? 그런데 지금 와서 그것이 탄로된다는 것은 참으로 귀신 곡할 일이 아닌가요. 대관절 누구한테서 그런 말이 나왔나요? 저의 부모의 입에서나 나오기 전에는 말할 사람도 없고 또 저의 부모가 말했을 리도 없는데요."

사실 권상철은 그런 소문이 이십 년을 감쪽같이 넘어간 오늘날에 와서 누설(漏泄)된다는 것은 꿈에도 생각지 못할 일이었다. 그는 경호의 부모가 누구인지도 모르고 그저 살아있는지 죽었는지도 모른 형편이다.

…〈중략〉…

"네, 권상이 그처럼 말씀하시는 데야 나 역시 들은 말을 안 여쭐 수 있습니까? 저, 상리 살던 박서방이 있지 않아요."

"상리 살던 박서방?"

"아따, 권상께 돈 십 원을 빚내러 왔다가 못 얻고서 물에 빠져 죽은 박서방 말이야……."

"아니, 그럼 그 집에서 그 말이 나왔어요?"

권상철은 안색을 변하고 묻는다.

"바로 그 집에서 나왔는지 몰라도 상리 사람에게서 들었어요. 상리는 바로 절 밑이 아니어요. 하여간 인제는 말 나온 출처가 문제가 아니라 그런 소문이 퍼지지 않도록 입을 막아 놓는 것이 급선무니까요."

하고 주인은 의미 있게 객을 쳐다보며 금테안경 밑으로 가재수염을 쓰다듬는다.

"물론 그렇지요. 참, 안상이 먼저 아셨으니 어디까지 무사토록만 해주신다면 나인들 그 은혜를 잊겠습니까? 자식 없는 죄로 이런 일을 당합니다마는 나는 인제 안상만 믿겠습니다."

권상철은 부지중 한숨을 내쉰다.

…〈중략〉…

"그럼 어떻게 할까? 우선 저 사람들의 입을 막자면?"

"아, 그건 돈 십 원씩이나 주도록 하지요. 내 안상을 드릴 테니 좋도록 노나주셔요."

"녜, 그러지요. 그리고 우리가 요전에 이야기하던 장사는?"

"녜! 그것도 차차……"(290~292쪽)

〈예문 6〉

"처음 보는 혼례식이라니 무슨 혼례식인데요?"

"아따, 음전네 같은 부잣집에서 원터 사는 김첨지 아들 같은 가난한 집으로 딸을 여의었으니 그게 처음 보는 혼인이 아닌가베…… 그 여편네의 하는 짓이란 언제든지 엉뚱하거든."

경호는 이런 말을 듣고 호기심이나 나서 혼인 구경을 갔던 것이다. 아닌 게 아니라 그들의 혼인은 새로운 맛이 있는 소박한 결혼식이었다.

오랜 동안을 두고 시달림과 압박을 받은 사람들이 새 시대의 정기를 타고 일어나서 새 인간의 생활을 싹트려고 왕성한 의기를 내뿜는 것 같다. 그것은 신사숙녀의 말라빠진 영혼이 수천 년 전부터 외워 오던 주문(呪文)에 얽매인 인형 같은 결혼식은 아니었다. 신랑신부의 건강한 육체와 그들의 빛나는 눈빛! 질소한 식장! 간결한 예식! 수수한 복장, 그리고 희준이의 암시를 주는 의미 깊은 식사와 아울러서 —

경호는 이런 것을 생각하며 뒷전에 홀로 섰는데 맞은편으로 둘러선 여자들 속에서 자기를 손가락질하며 쳐다보고 웃는다. 무엇인지 수군거리는 것 같다.

"저게 그이여, 송방 보는 권상철이 아들이여!"

"그래, 서울 가서 중학교 다니는…… 추석 쇠러 나려왔군."

"아이구, 그런 이는 아들도 잘 났지. 그 아들 혼인 지낼 때는 아마 이보다 더 잘 지낼걸?"

"그럼, 그이는 큰 부자니까."

"그런데 저애가 친아들이라우?"

"그럼, 누구여!"

"남의 자식이란 말도 있던데……."

"쉬, 그런 말 말어……."

이날 상리 여자들도 읍내를 내려왔다가 혼인 구경을 와서, 경호를 쳐다보고 이런 수작을 붙였다. 권상철은 포목장사를 해서 돈을 모았지만 장사 밑천을 노름판에서 딴 돈으로 했을 뿐 아니라 근래에도 가끔 그 버릇을 놓지 않았다. 그래저래 인심을 잃어서 남녀노소 없이 권상철이라면 모르는 사람이 없고 또한 애 어른 없이 권상철이라고 착호 성명을 하였다.(365~366쪽)

〈예문 7〉

경호는 그 뒤에 순경이에게서 갑숙이가 현해탄을 건너갔다는 말을 듣고 즉시 유학을 가고 싶은 생각이 골똘하였다.

그는 동기방학 때에 내려와서 한번인가 그 언제는 부모에게 그것을
졸라 보았다. 그때 권상철은,

"공부는 더 하면 뭐 한다니. 한평생 공부만 하다 말래. 먹을 것은 있
으니 인제 고만 살림도 해봐야지, 늙은 애비만 내맡기고 너는 밤낮 그렇
게 돌아만 다닐래?"

하고 뻔히 쳐다보았다.

그는, 경호가 예상했던 바와 같이 장가를 들라고 됩다 졸랐다. 알고
본즉 그들은 벌써부터 혼처를 구하는 모양이었다.

그래 경호는 동경 유학은 단념하였다. 만일 지금 부모가 그의 친부모
라면 그는 어디까지 졸라 보다가 그래도 안 들을 때에는 돈이라도 훔쳐
가지고 도망질을 쳤을는지 모른다. 그러나 지금의 경호는 그런 생각은
먹지 않았다.

그는 지금부터 독립생활을 하지 않으면 안 될 자기의 처지를 깨달았
다. 그는 장가를 들어서는 안 되고 어디까지 취직을 해야만 될 것 같았
다.

경호는 그해 겨울을 가까스로 참아 가며 학교를 꾸준히 다녔다. 절망
과 비관에 별안간 빠질 때에는 그는 문득 순경의 충고를 생각하고 이를
깨물었다.

졸업을 앞두기까지 …… 그리하여 그는 가까스로 중학을 졸업하고 시골
로 내려왔다.

그때 그는 부친에게 취직을 청해 봤다.

"취직은 물론 해야 하겠지만 장가도 들어야지 않겠니. 어디 혼처가 나
섰는데 …… 너도 그쯤 알어라!"

"장가는 천천히 들겠어요. 그보다는 취직을 먼저 시켜 주셔요. 우두커

니 놀면 뭐 해요."

"그야 그렇지!"

권상철이도 취직을 한다는 데는 찬성하는 모양 같다.

"이애 말도 옳지 않우. 우두커니 놀어서야 쓰나. 어디든지 한곳 징궈 주시구려. .그리고 너도 올에는 장가를 들어야 하지 않겠니. 어미가 늙어 가는데 손주놈이나 보고 죽어야지 ……."

반백이 된 모친은 두 사이를 타고 앉아서 양편의 주장을 타협하려고 애를 쓴다. 자기를 오히려 친아들로 알고 있는 그들의 심경을 엿보자 경호는 부지중 불쌍한 생각이 들어 갔다.

"장가는 아무렇게나 드나요. 피차에 가합해야 되는 게지."

"아따, 너도 퍽은 고르고 싶은가 부다, 호호호."

하고 모친은 자애가 넘치는 웃음을 웃는다.

경호는 그들이 지금이라도 자기가 친자식이 아닌 줄 알면 저렇게 하지는 않으리라 하였다. 그것을 생각하니 별안간 가슴이 뭉클해진다. 그는 속으로 눈물을 삼키었다.(372~374쪽)

〈예문 8〉

안승학은 여러 날 만에 외출을 하였다. 다리가 허전허전한 것이 마치 병상에서 가까스로 일어난 사람 같다. 거울 속으로 나타난 그의 얼굴은 광대뼈가 두드러지도록 야위고 홀쪽하였다. 숙자는 저런 몰골을 해가지고 어디를 나가느냐고 붙드는 것을, 그는 읍내로 약 지으러 간다고 속이고 나섰다.

권상철은 오래간만에 찾아온 안승학을 반가이 안방으로 맞아들였다. 그는 상리 사람들의 입을 틀어막기 위해서 그 동안에 수백 원의 금전을 안승학에게 전했었다. 그는 승학이가 그 돈을 전수이 그들에게 주지 않고 절반 이상을 떼먹었을 줄도 알지마는 약점을 잡힌 자기로서는 울며 겨자 씹기로 어찌할 수 없는 사정이었다. 그래 그는 또 무슨 핑계로 돈을 달라러 오지 않았나 싶어서 은근히 불안을 느끼었다.

"아니 신색이 전만 못하시니 어디 편치 않으십니까?"

"네, 서체로 좀 앓았어요 ……."

안승학은 기운 없는 목소리로 대답하고 나서 별안간 기색을 고치며,

"그런데 이 일을 어째야 옳소?"

하고 중대한 전제를 꺼내며 강경한 태도로 주인을 노려본다.

"무슨 일이어요?"

"경호란 놈이 내 집을 망쳤구려! 응 ……."

"녜, 그게 무슨 말씀이셔요?"

권상철은 어인 영문을 몰라서 죄불안석하였다.

"그게 무슨 말씀이셔요. 경호가 …… 그애가 무엇을 ……."

주인은 승학의 눈치만 보고 있는데 그는 연해 한숨만 쉬고 앉아서 냉큼 대답을 하지 않는다.

"그놈이 딸애를 유인해 가지고 필경 …… 그 …… 그랬구려, 아이구 ……!"

"아니 경호가? 그 …… 그럴 리가 있나요 ……."

"그럴 리가 있다니? 만일 그랬으면 어짤 테야!"

안승학이가 딱 을러메고 대드는 바람에 권상철은 움찔해지며,

"아니 난 어찌 된 사정을 모르기에 하는 말이어요. 대관절 어떻게 된 일인가요?"

안승학은 그제야 비로소 순경이에게 들은 말에다 좀더 보태 가지고

토파하였다.

…〈중략〉…

권상철은 우두커니 앉아서 한동안 그의 입만 얼없이 쳐다보고 있었다. 참으로 기가 막히는 일이었다.

"녜, 나도 그런 줄은 아주 몰랐습니다. 그런 죽일놈이 있나요……."

주인은 민망한 듯이 다시 사과하였다.

그러나 속으로는 남의 불행을 이용해서 제 욕심을 채우려던 끝에 그런 일이 있다는 것은 한편으로는 고소하기도 하였다. 더구나 그 비극이 자기를 곯려먹자는 경호로 인해서 생겼다는 것은 얼마나 기이한 대조인가 싶다.

"내 집은 인제 아무 망하고 말았소. 거기에 대해서 권상은 어떻게 하실 테요? 남의 집을 망해 놓았으면 그만한 책임을 져야지요!"

…〈중략〉…

"녜, 그런데 어떻게 했으면 좋을까요?"

"그건 요량해서 해요. 당신 때문에 나는 집안을 망치고 자식까지 버렸으니…… 그만한 대가를 지불해야 하지 않소. 하기야, 그까짓 금전으로는 어떻게 그만한 손해를 배상하겠소마는…… 헴!"

권상철은 머리를 숙이고 앉았다가,

"그럼 얼마쯤 했으면 좋겠습니까?"

"헴! 그건 적어도 위자료로, 오천 원은 내야지……."

"아니 얼마요? 오천 원이요!"

권상철은 별안간 입을 딱 벌린 채 퉁방울처럼 두 눈을 홉뜨고 쳐다본다.

"얼마요? 오천 원이요? 허허허……."

권상철은 오천 원이란 말에 하품을 치며 마주 대항하기를,

"하여간 미안하게 되었소마는, 그애가 댁 따님을 사실로 유인을 했다면 모르되, 그렇지 않고 시체말로 연애라든가 무에라든가를 했다면 그런 경우에는 막상 위자료를 물어 드릴 목적이 없을 것 같습니다. 그런즉 피차간……."

하고 저편의 요구를 완곡히 거절하려는 눈치를 보인다.(377~379쪽)

〈예문 9〉

권상철은 어떻게 했으면 둘 사이를 어상반하게 발라맞출까 생각해 보았다. 그는 경호의 내력이 그렇지만 않았어도 맘대로 하라고 배짱을 내밀었을 터인데 워낙 고삐를 몹시 잡힌 까닭에 어찌할 수가 없었다. 그래 그는 승학의 눈치만 슬슬 살피다가,

"한즉 안주사! 누가 잘잘못간에 기위 그 지경까지 된 터에야 엎지른 물을 다시 담을 수 있습니까. 참 아까 안상도 말씀하십디다마는 그걸 손해를 물기로 말한대도 금전으로는 벌충을 못 할 것 아닙니까. 그러니 자, 불필타구하고 우리 이렇게 하십시다. 좋을 수가 있으니."

"무슨 수요?"

"호…… 혼인을 합시다."

"……"

안승학은 혼인을 하잔 말에 다시없는 모욕을 느끼었다. 그는 무섭게 두 눈을 노리고는 잠자코 주인을 쳐다본다.

"왜 그러서요! 혼인하실 의향은 없으신가요?"

기색이 좋지 못한 안승학을 보고 권상철은 무렴한 듯이 다시 물어 보았다.

"이놈아, 뭣이 어째!"

별안간 안승학은 주먹을 부르쥐고 달려들어서 권상철의 아래턱을 치받았다. 아래윗니가 마주 부딪치는 바람에 탁 소리가 난다.

"아니, 이게 무슨 짓인가요."

…〈중략〉…

권상철은 안승학의 큰 목소리를 틀어막기 위해서 고개를 숙이고 빌붙었다.

"아니 안주사, 좋도록 하자는데 이럴 게야 없지 않소. 하기 싫으면 고만이지 뭐 그렇게…….'

"좋도록 하자는 게 겨우 그게냐 말야…… 거머리 권가를 가지고 반지빠르게 누구보고 혼인을 하잔담! 응…….'

"못 하실 건 또 뭐 있나요, 살구지 안가나 거머리 권가나 다 그렇구 그렇지! 양반이라면 다같이 양반일 것이요, 상놈이라면 다 같은 상놈이겠지. 그러니 모른 척하고 피차에 혼인을 하게 되면 두 집안의 창피한 소문도 나지 않고 서로 가문의 체면을 세울 수가 있지 않소. 그래서 나도 생각다 못해서 혼인을 하잔 말이지 꼭 안주사댁하고 혼인을 하고 싶어서 한 말이 아니지요, 허허…… 그런데 안주사는 공연히…….'

…〈중략〉…

"모르긴 몰러도…… 그것은 연애겠지요. 그러니까 혼인을 하는 것이 그런 때는 가장 좋은 일인데, 안주사는 공연히 고집을 세우시는구려. 허허 참!"

권상철도 다시 한번 능처 보았다. 그는 어떻게든지 두 집이 혼인을 해야만 자기에게 유리할 것 같았다. 그것은 위자료를 물자면 불소한 금전의 손해를 보는 것은 둘째치고라도 제일 혼인을 해야만 안승학이가 경호의 비밀을 파묻어 주고, 또한 그래야만 경호를 자기의 친아들로 만들 수 있기 때문이었다. …〈후략〉…

"글쎄, 그따위 소리는 암만 해도 안 될 것을 왜 그란대여! 당신 아들이라도 할지 말지 한데 더구나 그런, 어느 놈의 자식인지도 모르는 놈하고 누가 혼인을 할 사람이 있나! 그렇지 않은가요?"

이 말을 들은 권상철은 얼굴에 모닥불을 뒤집어쓰는 것 같았다. 그는 얼굴이 빨개지며,

"그러나 그런 자식이라도 댁 따님과 결연을 맺었으니 그 역시 연분이 아닌가요? 이미 그렇게 된 바에는 안주사댁 가문을 위해서라도 피차간 혼인을 해야만 그런 비밀을 감출 수가 있지 않은가요. 또한 그런 일이 없다손 치더라도 기위 안주사께서는 내 집 사폐를 보기시 위해서 발벗고 나선 터인즉 이러나저러나 그래야만 두 집안 형편이 잘 펼 수 있지 않습니까. 만일 안주사 말씀대로 피차에 상지를 하게 되면 그것은 두 집안이 서로 망할 것밖에는 아무 소득이 없겠지요. 이것은 결코 내 욕심만 채우자는 말은 아니올시다."

이번에는 권상철의 말에 안승학이가 모욕을 느끼었다. 참으로 그런 자식에게 자기 딸이 유린을 당한 것은 여간 분통한 일이 아니다.(380~383쪽)

〈예문 10〉

권상철은 그날 밤차로 서울로 올라갔다. 그는 안승학에게서 들은 말이 사실인가 아닌가 그것을 경호에게 우선 물어 보고 싶었던 것이다.

…〈중략〉…

권상철도 경호만 못지않게 이때의 심경이 비참하였다. 그는 지금 까딱 잘못하면 이십 년 동안이나 키워 놓은 자식을 영구히 잃을 판이었다.

오늘날 그에게 있어서는 금전보다도 자손이 더 귀중하였다.

"너한테 조용히 물을 말이 있으니 애비라고 어려워 말고 바른대로 말을 해라!"

권상철은 이렇게 엄부의 자격으로 갑숙이와의 관계를 물었다. 경호는 속으로 그의 말하는 꼴이 우스웠다.

…〈중략〉…

"그럼 네가 그 집 딸을 유인한 것이냐? 그렇지 않으면 서로……."

"……"

"왜 대답을 않느냐? 갑갑하다."

"제가 먼저 유인을 했어요."

…〈중략〉…

"이자식아! 그럼 진작 그런 말을 했으면 두 집안이 무사하도록 혼인을 정했을 것 아니냐? 인젠 그 집 딸도 어디로 달아났을뿐더러 안주사는 분하다고 재판을 하겠다니 이 일을 어찌한단 말이냐? 후-"

하고 권상철은 한숨을 내쉰다.

"무라고 재판을 한 대요?"

"위자료로 오천 원을 달라는구나. 오천 원이 어디 있니."

…〈중략〉…

"그럼 별수없다. 인제 생각하니까 네가 장가 안 들겠다는 심중과 동경 유학을 보내 달란 속도 알겠으니 별수없이 오천 원을 물어 주고 혼인을 해 보도록 하자. 그렇게 한다면 아마 저편에서도 들을 테지."

…〈중략〉…

그는 내려갈 때 청하지도 않은 돈을 이십 원씩 꺼내 주며 학비에 쓰라는 것이 경호에게는 도리어 남모르는 고통이 되었다.(384~386쪽)

〈예문 11〉

권상철은 그 길로 내려와서 안승학을 찾아갔다.

…〈중략〉…

주객은 서로 눈치를 슬슬 보며 연신 외교적 사령을 주고받는다.

"일전에 서울을 갔다 왔는데요, 참 그애한테 자세한 말씀을 들었지요."

하고 권상철은 담배를 붙여 물며 비로소 말을 꺼낸다!

"참 미거한 자식으로 인하야 댁에까지 화를 끼치게 한 것은 무에라고 사죄할 말씀이 없습니다. 그래도 나는 그런 줄을 아주 모르고 안주사께서 찾아오셔서 그런 말씀을 하실 때도 설마 그럴 리야 있겠느냐고까지 했었사오나 급기야 사정을 알고 본즉 과연 그렇게 말씀하시는 것도 지당하다고 생각했습니다. 그래서 참……."

권상철은 다시 공손한 태도로 안승학에게 양해를 구하였다.

"녜, 인제는 권상도 자세히 아셨다니까 별말이 없소이다마는 물론 그런 일이 있기에 나도 참을 수가 없었지요. 역지사지해서 한번 생각해 보십시오. 권상댁 따님을 우리집 애가 참 그랬다면 권상께서도 가만히 안 계실 것은 정한 일이 아니겠어요."

"녜, 물론 그렇겠지요. 전자에 그런 줄 모르고 한 말씀은 모두 불찰로 잘못되었은즉 그것은 안주사께서 눌러 용서해 주십시오."

권상철은 상로판에서 윗사람에게 존경하던 것처럼 승학에게 고개를 꾸벅거린다.

…〈중략〉…

"그렇지 않아도 그 때문에 뵈러 왔는데요, 거기에 대해서는 향자에 안주사가 요구하신 대로 드리지요."

권상철이가 이렇게 서슴지 않고 자기의 요구를 수용해 주겠다는 말에 안승학은 귀가 번쩍 뜨이는 동시에 반신반의한 생각이 나서 당황히 물어 보았다.

"요구한 대로 그럼 오천 원을 주시겠다는 말씀인가요."

"녜!"

안승학은 이 순간에 승리의 기쁨을 느끼었다.

"아, 권상이 그처럼 생각하셨다는 것은 하여간 고맙소이다."

"뭐, 천만에, 그런데 거기에 대해서는 한가지 청이 있습니다."

"녜, 무슨?"

안승학이는 다시 불안을 느끼고 반문하였다. 그는 무슨 딴청을 쓰느라고 짐짓 이런 패를 붙이는가 싶어서,

"안상 요구대로 오천 원을 드릴 테니 그 대신 혼인은 혼인대로 하시는 것이 어떻겠습니까. 댁에서도 돈으로만 상지가 아닌 바에 그렇게 하는 것이 두 집안의 체면을 세울 수가 있지 않습니까?"

급소를 찔린 안승학은 잠깐 당황한 기색을 나타냈다. 그는 그전처럼 혼인 말은 내박차고 싶었으나 이번에는 오천 원을 주겠다는 바람에 눈이 어두워지지 않을 수 없었다.

…〈중략〉…

"그럼 그 돈은 따님이 나온 뒤에 드리지요. 성례를 갖추자면 자연 혼인비용을 쓰셔야 될 것인즉 그 안에라도 쓰실 일이 있다면 다소간은 드리겠습니다마는……."

권상철은 안승학의 환심을 사기 위해서 이런 말을 선선하게 꺼냈다.

그러나 그는 어떻게든지 약혼을 먼저 해서 그 돈을 다 안 쓸 작정이다.

한편으로 안승학은 장사치의 영리한 심증을 엿보고 있는만큼 그는 약

혼을 하기 전에 그 돈을 다 받아 보려는 꾀를 썼다.

그렇게 하자면 우선 갑숙이를 찾아다 놓고 권상철을 꼬일 수밖에 없다. 그래서 그는 한 발을 양보하고 피차에 상약을 한 후에 비밀히 갑숙의 행방을 사방으로 수소문해 보았다.(386-389쪽)

〈예문 12〉

그날 밤에 경호는 조용한 틈을 타서 부친이 거처하는 방으로 들어갔다.

…〈중략〉…

경호는 기침을 두어 번 한 후에 진중한 목소리를 더욱 침통하게 꺼내며,

"참 그 동안에, 저같이 미천한 것을 거두어 주신 두 분 부모님의 은혜는 무에라고 여쭐 말씀이 없습니다…….."

"……."

권상철은 아무 대답이 없이 입술 위로는 부단히 경련(쥐나는 것)을 일으킨다. 그는 벌써 경호의 귀에 그 소문이 들어간 줄을 알기 때문에 다시 물어 볼 말도 없었다. 만사는 와해다!

"그래…… 애비 어미가 누구인지 자식 된 도리로 한번 찾아나 볼까 하옵는데 그런 사정으로 내일부터 저는 물러갈까 합니다."

"……."

권상철은 겉으로는 천연한 체하나 마음속은 여간 당황하지 않았다. 이제는 모든 일이 물거품과 같이 사라지고 말았다.

한번 소문이 난 이상에야 그것이 어느 때 들어가도 본인의 귀에 안들어갈 수가 없는 일이라면 지금까지 자기는 그런 비밀을 감추려고 애를

쓴 것이 도리어 어리석고 우스운 일이 아닌가? 까닥했더면 돈 오천 원만 올라갈 뻔했다고 권상철은 자식을 잊어버리는 경황없는 순간에도 안승학에게 돈을 뺏기지 않은 것을 다행하게 생각하였다.

"그러오나…… 옛말에 생아자도 부모요 양아자도 부모라고…… 더구나 저 같은 인간을 길러 주신 두 분 부모님 공로에 대해서는 죽기까지 친부모와 같이 섬기고 싶사오나 저 같은 불초라도 남의 자식이라고 생각지 마시고 전과 같이 사랑해 주시기를 바랍니다."

경호는 할 말을 다 했다. 그래 저편의 대답을 기다렸다. 아니 대답을 기다릴 것도 없다. 그는 아무것도 요구하고 싶지 않았다.

그러나 권상철은 여전히 검다 쓰다 아무 말이 없다.

수양아들을 삼으란 말이지, 피! 수양아들 같은 것을 삼을 생각이 있으면 벌써 삼았지, 너를 남몰래 길러 냈겠니?ㅡ그는 경호의 마지막 말에 이렇게 무언한 대답을 하는 것 같다.

권상철은 장죽에다 장수연 기사미를 한 대 담아서 담뱃불을 붙여 물고 두어 모금을 뻑뻑 빨고 나더니 눈도 거들떠보지 않고,

"네 생각대로 해라!"

이 말 한마디를 간신히 할 뿐이었다.

…〈중략〉…

경호가 가만히 방문을 열고 나가니 권상철은 부지중 한숨을 길게 쉰다. 참으로 그는 자식을 죽인 바나 다름없이 마음이 공중에 떠돈다. 인제는 자식이라고는 영구히 절망이 아닌가? 늙어 가며 자식이 없이 누구를 믿고 살아야 할까?

재산은 누구를 위해서 모으는 것인가?

그는 밤새도록 잠을 이루지 못하고 애꿎은 담배만 피우며 한숨을 치

쉬고 내리쉬고 하였다.

이렇게 될 줄 알았으면 당초에 그런 애를 키우지 않은 편이 낫지 않았을 것 아닌가.

그런 일이 없었다면 지금 이렇게까지 낙심될 것도 없을 것이다.

그는 자기보다도 마누라가 이 일을 알게 되면 울며불며 야단일 것이 염려되었다.

그런 생각을 하면 자기도 눈물이 나온다.

그래 그는 그 밤으로 마누라에게 알리지 않았다.(462~464쪽)

〈예문 13〉

밤중에 자다가 별안간 홍두깨로 대가리를 얻어맞은 때처럼 권상철은 뜻밖에 경호에게 그런 말을 듣고 보니 도무지 어떻게 해야 좋을지 무엇이라고 대꾸해야 좋을는지 말이 나오지 않는다. 그 자리에서는 네 생각대로 하라기는 하였으나 경호를 내보내 놓고 나서 머리를 냉정히 하고 다시 생각해 본즉 경호를 그렇게 내보냈다가는 자기의 채신이 말이 못 될 것 같다.

…〈중략〉…

그렇게 되는 날에는 자식을 잃는 것은 차치하고 자기까지 망신할 모양이니 그야말로 게도 구럭도 모두 잃는 일거양실이 될 것 아닌가?

그래 그는 제 방에서 자는 경호를 새벽녘에 사랑으로 깨워내 가지고 들어와서 우선 그의 의사를 떠보았다.

"음! 네가 오늘부터 네 부모를 찾어서 가겠다니 어디로 멀리 찾어나서겠단 말이냐? 어디로 가겠단 말이냐?"

경호는 수면부족이 된 눈을 한 손으로 부비고 나서,

"말이 찾는다고 했지요만 어디 가서 찾을 곳이 있습니까. 그래 당분간은 회사에 그대로 취직하고 있을까 해요."

…〈중략〉…

권상철은 경호의 눈치를 슬금슬금 보다가,

"그럼 네가 신경쇠약도 걸리고 했다니 어디 가서 병치료를 할 겸 몇 달이고 일년이고 있다 오면 어떠냐? 그 비용은 내가 당해 주께."

"황송하오나 그렇게는 하고 싶지 않어요. 저는 당분간 회사에서 사무를 배우고 싶어요 ……."

"허!"

권상철은 추연히 한숨을 내쉰다. 그는 밤 동안에 번민을 해서 그런지 형용이 초췌하게 되었다. 경호는 더욱 그의 이런 모양을 보기가 민망하고 죄송하였다.

"그러나 네가 기왕 나갈 바에는 피차에 좋도록 헤어지는 게 좋지 않으냐? 그런데 어디로 멀리 가지도 않고 회사에 그대로 다니면서 집에서는 아주 나갔다면 남들이라도 수상히 열고 별별 소문이 들리지 않겠느냐? 그렇게 되면 너도 ……."

"네, 그러기에 저는 아무 말도 없이 그저 잠시 그런 일이 있어서 임시로 나왔다고 하겠습니다."

권상철은 더 말하지 않고 자기방으로 돌아갔다. 그는 참으로 경호의 심중을 알 수 없었다. (465~466쪽)

〈예문 14〉

그는 일조에 멸문지환을 당한 것 같은 집안일을 생각하니 오직 암루가 종횡할 뿐이다. 누거만의 재산이 한 아들만 같지 못할 때 그는 재산도 귀할 것이 없었다. 이렇게 될 줄 알았다면 그는 차라리 수양자로나 그대로 두는 것이 좋지 않았을 것인가 하는 뒤늦은 생각이 났다.

그러나 그것은 지금 생각이지 그때는 그렇지 않았다. 아니 지금이라도 내 자식을 두고 싶은 생각은 남의 자식을 기르고 싶지는 않았다.

그러나 이십 년 동안이나 내 자식같이 키워 논 것을 생각할 때 그는 경호에게 대한 정을 끊기도 어려웠다. 그것은 권상철이보다도 그 아내가 더하였다.

그는 참으로 외아들을 죽인 모친처럼 경호가 나간 뒤로는 미친 사람같이 시렁시렁하였다.(477~478쪽)

● **김원칠(관운장)** ─────────────────────────────

성 별   남자
나이(추정포함)   오십대 초 중반으로 추정함.
출생지 및 거주지, 활동 공간
         원터에서 태어나 원터 동리에서 소작농으로 생활함.
직 업   소작 농민
출신계층   하류계층의 농민
교육정도   무학일 것으로 추정함.
가족관계   처 박성녀와 인성, 인동, 인순, 인학 네 남매를 둠.
         음전이를 며느리로 맞음.
인물관계   김희준과는 성이 같아서 김희준의 어머니를 누님으
         로 모시고 두터운 친분을 유지함.
인물의 존재방식(사회계층)
         시골 마을 원터의 소작 빈농이지만, 청년회에 열성
         적으로 참여하고 희준의 계도를 선도적으로 따름.
         근농(勤農)으로써 원터 동리의 소작농들에게 신임을

<table>
<tr><td>성   격</td><td>얻음.
① 무뚝뚝하면서도 의리가 있고 부지런하며 인정과
    이해심이 많음.
② 가정의 화목을 중시하고 자녀의 교육에 열의가
    있음.</td></tr>
</table>

성격 지표 및 인물의 제시방식

〈예문 1〉

안마당에는 모깃불을 피워서 뽀얀 연기가 밤하늘로 가늘게 떠오른다. 모기 소리가 왱 하고 난다. 보리풀을 해다 쌓은 거름더미에서는 퀴퀴한 냄새가 바람결에 코를 찌른다. 그 밑에서 송아지는 꼴을 삭이고 누웠는데 거기는 각다귀가 진을 치고 있다.

"거, 누군가. 희준인가?"

"네!"

"조카님 오셨나. 저녁 먹었어?"

"네, 먹었습니다."

희준이는 박성녀의 인도하는 밀대방식으로 앉았다.

원칠이는 오늘도 제사공장으로 날품을 팔러 갔다가 지금 막 돌아와서 저녁상을 치르고 났다. 하루 진종일 힘찬 노동을 하고 겨우 사오십 전의 삯전을 버는 것이었지마는 벌써 보리 양식이 떨어져 가는 그로서는 그나마도 큰 부조였다. 만일 그거라도 벌이가 없었으면 햇동을 무엇으로 댈는지 모른다.(19쪽)

〈예문 2〉

"인순이는 어디 갔어?"

원칠이는 안심치 않은 듯이 박성녀를 돌아본다. 마치 '계집애를 단속하는 것은 어머니의 책임인즉 당신도 주의하소' 하는 것처럼 —

"정식이 집에 간 게지유. 바느질 배우러 간다고 장 가지 않우."

마누라는 괴춤을 또 훔척훔척 긁는다.

그들은 인순이를 어서 시집을 보내고 싶었으나 어디 마땅한 데도 없을 뿐 아니라 제가 아직 시집은 안 가겠다고 해서 버쩍 우기지는 못했다. 마름집 딸처럼 공부도 더 못 시키는 것이 안타까웠다. 그들은 인순이를 집에서 우두커니 놀리는 것이 민망하였다. '사람의 수란 알 수 없는데 어떤 놈의 꼬임에 빠져서⋯⋯.' 원칠이는 이런 불안한 생각이 항상 염두에 떠돌았다. 어느 자식이 안 귀하랴마는 사남매 틈에 하나밖에 없는 딸 인순이를 그들은 다시없이 귀여워했다. (22~23쪽)

〈예문 3〉

원칠이는 아무 말없이 곰방대를 입에 물고 쇠스랑을 짚고 서서 못자리를 밟는다. 그의 검 붉은 코는 두드러지게 콧날이 서고 눈초리가 위로 쭉 째진데다가 아래턱에는 풀귀알 수염이 매달렸다. 마을 사람들은 그의 별명을 관운장이라고 부른다. 이런 얼굴에 키대가 큼직한 원칠이는 마치 삼국지에 나오는 관운장과 같다는 것이었다. 그는 못자리를 밟으며 앞내의 방축을 내려다보았다. 삼 년 전 봄까지 공사를 마친 이 방축은 세 갈래로 둑을 막은 길이가 천여 간통이나 된다는 것이다.

자기도 인동이와 번갈아 가며 부역을 나왔지만 면내에 사는 각 동리 사람들은 호구마다 일을 나왔다. 도록고를 밀 줄 모르는 촌사람은 부상자도 간혹 있었다. 그는 상리 살던 박서방이 여울목에서 빠져 죽던 기억이 나자 별안간 머리가 쭈뼛해져서 고개를 외로 돌렸다. 박성방도 제방

공사에 부역을 다녔었다. 원칠이는 박서방을 잘 아는 만큼 그 집 식구가 지금 어떻게 사는지 몰라서 궁금한 생각이 들었다.(41~42쪽)

〈예문 4〉

희준이가 지나가자 원칠이는 흙탕물에 쇠스랑 자루를 씻고 연하여 두 다리를 씻는다.

'저 사람은 어디를 밤낮 써대는지 몰라. 도무지 안 가는 데가 없으니.'

원칠이는 다리를 씻고 나서 이런 생각을 하고 희준이가 가는 뒷모양을 다시 쳐다보았다.

…〈중략〉…

원칠이는 저녁상을 받고 앉자 전에 없이 쓸쓸한 기분이 떠돌았다. 그전 같으면 낮에는 뿔뿔이 헤졌다가도 해가 지면 온 집안 식구가 고스란히 모여 앉아서 밥을 먹었다. 그것은 날마다 되풀이하는 평범한 일이었으나 그래도 무어라 말할 수 없이 그것이 가정에 활기를 자아냈다.

가난에 쪼들리고 밖에서 무슨 화나는 일이 있다가도 어린 자식들이 모락모락 커가는 양을 보고 그것들이 한자리에 옹기종기 앉아서 구순하게 노는 꼴을 보면 저절로 마음이 확 풀리고 만다. 그래 그는 밖에 나갔다가 돌아와서 아이들이 하나라도 눈에 뜨이지 않으면 우선 궁금해서 마누라에게 물어 보는 터이었다. 작년부터 내외가 단둘이 앉으면 아들 장가들일 걱정과 딸 시집보낼 걱정을 서로 주고받았다.

그런데 인순이가 공장으로 들어간 뒤부터는 집안 귀퉁이가 갑자기 무너진 것 같다. 한 식구가 아주 없어진 것 같다. 딸이 공장에를 갔대야 불과 오 리도 못 되는 지척에 있는 줄을 번연히 알면서도 어쩐지 집안의 운김은 전과 같지 않고 쓸쓸하였다. 그런 생각은 조석 때에 흔히 난다.

아버지의 마음이 이럴 적에야 어머니의 안타까움은 말할 것도 없지 않은 가!

박성녀는 조석을 지을 때마다 밥상을 들고 드나들 때마다 읍내 편을 바라보고 잦은 한숨을 바람 편에 부쳐 보냈다.

"아이구, 이건 저녁이나 얻어먹는지 원!"

지금도 그는 밥상을 들고 오다가 문득 딸 생각이 나서 가슴이 뭉클해 진다. 그는 마침내 이 말을 입 밖으로 내지 않고는 견딜 수가 없었다.

"그럼 산 사람이 저녁도 안 먹었을라고! 쓸데없는 걱정은 말구 물이나 떠와."

원칠이는 마누라한테 대범하게 큰 소리로 핀잔을 주었다. 그러나 속으로는 자기도 가슴속이 쓰리었다. 인동이와 인성이는 밥을 먹으면서 또 싸움판이 벌어질까 봐 은근히 마음을 졸이었다.(43-44쪽)

〈예문 5〉

"에, 오늘을 날이 들겠군."

새벽녘에 오줌을 누러 나온 원칠이는 지리한 장마에 시달리던 끝에 날이 갤 조짐을 보자 상쾌한 듯이 부르짖었다. 그는 방으로 들어와서 곰 방대에 담배 한 대를 피워 물고 한참 동안 머리를 긁고 나서 그 길로 마름집 논을 갈러 갔다. 문 여는 소리에 단잠을 깬 박성녀는 기지개를 부드득 켜며 눈을 번쩍 떠보았다. 창문까지 캄캄한 방 안은 나가는 사람도 보이지 않았다. 그래 그는 잠결에 부르짖었다.

"아니 벌써 일나가우. 캄캄절벽인데."

어린아이가 빈 젖을 악착스럽게 빤다.

"벌써가 뭐야? 날은 샜는데 안개가 쪄서 그렇지. 참 지독하게도 쪘군.

아 – 함."(63쪽)

〈예문 6〉

원칠이는 흙탕물 속에서 써래질을 한다. 그는 이 동리에서 제일가는 쟁기질꾼이다. 그는 오십이 넘었는데도 오히려 황소처럼 일을 했다.

그러나 그는 논 열 마지기밖에는 더 얻지 못했다. 그것도 원터 산모퉁이 비탈에 매달린 메마른 봉천지기[天水畓]였다. 그는 이 논 열 마지기를 마치 황금밭으로 아는 모양 같다. 겨울이면 개똥을 주고 여름이면 퇴비를 썩여서 거름을 잘 하기 때문에 그런 논에서 대석 이상의 소출을 낼 수 있었다. 그러나 한재가 심한 해에는 이른 근농(勤農)도 허사로 돌아갔다. 작년도 늦게 심어서 반 소출밖에는 못 내먹었다.

그리도 도조는 정조로 닷 섬이다.

원칠이는 십여 년 전만 해도 논섬지기나 종사를 짓고 큰 소를 먹이기까지 했는데 어느 해 흉년이 든데다가 그해 겨울에 친상을 당하게 되자 상채를 몇십 원 지기도 했지마는 그 뒤로 웬일인지 형세가 차차 줄기 시작하더니 어느 틈에 지금과 같이 가난뱅이로 떨어지고 말았다.(74~75쪽)

〈예문 7〉

길동 아버지(마름집 아범)가 먼저 일어나서 모춤을 논배미 속으로 나르기 시작하자 일꾼들은 곰방대를 털어서 꽁무니에 끼우고 하나둘씩 논밖으로 걸어나왔다. 길동 아버니는 지게에 짊어진 모춤을 내려서 먼데 논배미로 힘껏 내던졌다. 모춤은 공중에 선을 긋고 물탕을 치며 떨어진다. 미구에 온 논배미에는 새파란 모춤이 밤하늘에 별 박히듯 물 속에 박혀 있다.

"원칠이는 참 용하거든. 남은 아들도 공부를 못 시키는데 딸까지 공부를 시켜서 저런 소도를 보게 하니."

그들은 인순이가 마치 진사 급제나 한 것처럼 떠들고 야단이었다. 그러나 정작 원칠이는 조첨지가 자기를 부러워하는 이상으로 인순이를 더 공부를 시키지 못한 것이 한 되었다. 지금 갑숙이와 나란히 앉은 인순이도 서울로 공부를 보냈다가 동무와 같이 집에 다니러 왔다면 얼마나 더 기쁠 것인가! (90~91쪽)

〈예문 8〉

원칠이도 젊었을 때에는 쌍씨름꾼으로 뽑혀 다녔다. 한참때는 소를 몇 바리씩 끌었다. 그러면 건달패들이 그를 붙들려고 할 때, 그 언제인가 한번은 송아지를 둘쳐업고 삼십 리를 달아난 일도 있었다.(156쪽)

〈예문 9〉

그들은 지금 한참 모심기에 정신이 없었다. 그 동안에 보리도 익어서 풋보리 바심하랴, 화중밭 매랴, 남새밭 모종하랴, 도무지 한 몸뚱이를 몇 갈래로 찢어도 손포가 모자랄 지경이다. 그래서 그들은 눈을 까붙이고 돌아다니며 서로 일손을 얻어서 남 먼저 해치우려고 애들을 썼다. 그러는 중에 비는 사이사이 한줄금씩 와서 그들은 노박이로 비를 맞아 가며 들일을 거두었다.

이 악다구니판에 원칠이도 논 열 마지기를 간신히 꽂아 놓았다. 그른 봉천지기를 짓는 만큼 천수가 마르기 전에 모를 심지 않으면 안 되었다.
…〈중략〉…
그래 그는 누구에게 지목할 수 없는 가난살이를 들떼놓고 푸념을 했다. 그는 마침내 영감을 원망하고 자식들을 원망하고 부모를 원망하다가 나중에는 자기 자신까지 저주하면서 신세 한탄을 하는 것이었다. 젊어서 한때는 내외싸움도 가끔 했다. 그때는 원칠이도 신경에 바늘이 돋쳐서 화약같이 분노를 터쳤다.

"안 되면 조상 탓이라구, 이년아, 가난한 것이 내 탓이냐? …… 응 …… 네 년의 팔자는 얼마나 좋기에."

하고 황소같이 날뛰며 닥치는 대로 세간살이를 며붙였다. …〈후략〉…

…〈중략〉…

그러나 지금은 때려부술 세간도 없지마는 박성녀도 전과 같이 영감에게 대들지 않았다. 그들은 인제 강심살이에 늙어서 내외싸움도 지치고 말았다. 싸움도 어지간해야 하지 않는가!

생각하면 영감도 불쌍하였다. 늦게 어린 자식들하고 고생살이에 쪼들리며 하루 한날 편한 틈 없이 신역이 고된 것을 볼 때 어찌 동정의 눈물이 없을쏘냐?(128~130쪽)

〈예문 10〉

원칠이는 움 안에서 떡을 받듯이 뜻밖에 아들의 장가를 들이게 되었다. 그래 입이 떡 벌어졌으나 추석 안으로 성례를 갖추자는 데는 대답이 선뜻 나오지 않았다.

"여보게! 희준이, 암만해도 추석 전에는 큰일을 못 치르겠네. 그래도 대사를 지내자면 다소간 무슨 마련이 있어야 할 터인데 이건 아주 백판이니 어떻게 한단 말인가, 그런즉 자네가 잘 말해서 가을로 좀 물러 주게."

원칠이는 사정을 하다시피 희준이를 또 졸랐다.

추석은 한 달도 채 안 남았다.

"그렇게는 할 수 없다는 걸……아따, 가을이 되면 별수 있수? 되는 대로 그냥 지내 버리지."

…〈중략〉…

이튿날 아침에 원칠이는 오래간만에 머리를 빗고 망건을 쓰고 실경에 얹힌, 먼지가 뽀얗게 앉은 갓을 내려서 털어 썼다.

"새사돈집에 가는데 이거 창피해서 어디 입고 가겠나. 당목두루마기를 노닥노닥 기웠으니."

원칠이는 간봄에 입었던 두루마기를 금이 접힌 그대로 입고 서서 아래위를 훑어보며 중얼거린다.

…〈중략〉…

원칠이는 희준이와 같이 읍내로 들어갔다. 그는 사돈집이 가까워질수록 연해 큰기침을 점잖게 하면서 갈지자 걸음을 떼어 놓는다. 그러나 그는 버선 코빼기를 기운 것이 마음에 걸려서 점도록 그것을 들여다보았다.

사돈마누라가 김첨지를 보자 반색을 하고 맞아들이며,

"아이구, 우리 사돈님 오시는군! 김첨지가 우리 사돈이 되실 줄 누가 알았다우?"

"에헴! 참 글쎄 말이지요. 그래, 사돈님 안녕하신가요."

김첨지는 수염도 그리 없는 아래턱을 쓰다듬는다.

…〈중략〉…

안주인은 하인에게 술상을 차리게 한 후에 그들을 데리고 안방으로 들어갔다.

"그런데 사돈댁!"

하고 원칠이는 우선 찾아온 뜻을 말하였다.

그 동안에 술상이 들어왔다. 주인은 약주를 따라서 우선 원칠이에게 권하는데 은주전자에다 은잔을 받친 술잔을 받아먹기는 그는 평생 처음이었다. 그래 그는 황송하게 술잔을 받아서 감칠맛 있게 들이마셨다.

"그건 안 돼요. 우리집이 다른 집만 같애도 그라겠는데 보시는 바와 같이 봉놋방 같은 이 집에서 하루가 바쁘지 않어요."

"허허허, 그러니 원, 생판 아무것도 없으니 어찌한담!"

…〈중략〉…

"없는 살림이 가을은 별수 있어요. 그저 사돈님은 상말로 굿이나 보고 떡이나 잡수셔요. 혼인절차는 이선생님과 의논해 할 테니까요."

"아이구, 그럼 난 모르겠소, 하하하…….."

원칠이는 두루마기 자락을 뒤로 걷어치고 물러앉으며 호걸웃음을 요란히 웃었다. 그는 술이 얼근하게 취하매 인제는 만사가 태평이었다.(359~362쪽)

〈예문 11〉

원칠이 내외는 새 며느리를 얻어다 놓고 너무 좋아서 입이 떡 벌어졌다.

원칠이도 입 밖에는 내지 않지마는 그 마누라만 못지않게 며느리를 귀애하였다. 아니, 은근히 귀애하는 정은 도리어 그가 더한 편이었다.

아침에 일어날 때 어쩌다가 마누라가 큰 소리를 낼라치면, 그는 질색을 해서 손을 내저으며,

"쉬, 떠들지 좀 말어. 애기가 잠 깨라구…….."

"아따, 원 퍽도 위하나베…… 솜에다 싸서 키운 병아리유?"

박성녀는 영감을 쳐다보며 웃는다.

"이녁도 속이 있으면 생각해 보라구. 사돈집과 같은 넉넉한 집에서 무슨 까닭으로 우리 같은 가난뱅이와 혼인을 하였는가? 남의 귀한 자식을 위하기나 해야지!"

사실 원칠이는 이번 혼인은 생각할수록 그것은 자기네의 분복에 넘치는 것으로 알았다.

"그러기에 천생연분이라지 않우……."

"천생연분도 연분이지마는 이녁이 메누리를 잘 건사해야 된단 말이야."

원칠이는 요강에 침을 뱉고 담배를 퍽퍽 피운다. 그는 행여나 마누라가 며느리에게 시집살이나 시킬까 봐 미리부터 타이르는 말이었다.

그는 시집살이를 몹시 시키는 시어미 속을 알 수 없었다. 자기 자식을 사랑할 것 같으면 그 며느리가 더 귀여울 터인데, 어째서 자래로 고부간은 개와 고양이같이 앙숙이라 하였던가? 여자라는 것은 늙어 가면서 여우가 되는 법인가? 도무지 알 수 없는 것은 여자의 속인가 보다 하였다.

…〈중략〉…

원칠이는 담뱃대를 재떨이에 가만가만 털며 의미 있게 마누라를 쳐다본다.

"마구 굴긴 무얼 마구 군다고 그리우?"

박성녀는 영감이 너무 다심하게 구는 것이 밉살머리스러웠다.

"무에가 무에야! 그애가 동리 계집애들 다루듯 하면 안 되지 않는가베!"

원칠이는 눈을 흘기며 목소리를 조금 크게 내었다.

"남보고 떠들지 말라더니 이편이 됩다 더 뜨드네! 그런 걱정은 마시고 어서 일어나 가시우."

"어째 걱정이 안 되는가, 이녁도 생각해 보란 말이지. 남의 집 귀한 자식을 데려다 놓았으니 아무쪼록 잘 건사를 해야 할 것 아니냐 말이야! 그래서 하는 말이지 누가 잔소리를 하고 싶어서 하는 것인가?"

"잘 키우지 그럼, 누가 뜯어먹을까 봐서 …… 당신이야말로 그렇게 잔소리를 하다가는 메누리가 달아나겠수."

원칠이는 마누라의 말을 듣고 나서 속으로 치부하였다.

'어디 두고 보자! 만일 시집살이를 시켰단 봐라. 늙은년의 가랭쟁이를 찢어 놓을 테니 ……'

별안간 안방에서 두세두세하는 소리가 나자 원칠이는 마누라의 옆구리를 꾹 찌른다.

"쉬, 어서 나가 봐! 며느리가 일어나기 전에! '어느새 일어나서 뭐하니! 더 자거라' 하고 문고리를 밖으로 걸어 주란 말이야."

"원 별소리를 다 하우. 어디서 과부를 동여 왔수!"

박성녀는 어이없는 웃음을 웃고 문 밖으로 슬그머니 나갔다.(389~391쪽)

〈예문 12〉

원칠이는 다행히 올과 같은 풍년을 만나서 농사를 잘 지었다. 그는 개똥을 주워 모으고 퇴비를 만들어서 밑거름을 잘하였으나 남들이 사주는 금비를 유독 안 할 수가 없어서 논 맬 적에 두어 섬을 사다가 끼었어 주었다.

그래 그런지 벼가 꿰어지게 되었다. 이 논은 도조이기 때문에 닷 섬만 치르고 나면 나머지는 자기 차지가 되는 것이다. 만약 벼 베는 일꾼들 말대로 스무 섬이 난다고 하면 열닷 섬이나 소득이 될 것이다.

그러나 가을 곡가를 염려하기은 원칠이도 일반이다. 어쩌다가 농사를 잘 지은 요행도 이래서는 허무하다. 그는 인동이 장가들이느라고 가외 빚을 수삼십 원 진데다가 장릿벼와 비료대며 자질구레한 외상값을 갚고 나면 얼마 남을 것이 없다.

다행히 벼 한 섬에 십 원만 해도 과동할 양식은 떨어질 것 같아서, 그는 유일한 소망을 거기에 붙여 놓고 있다. 농사를 잘 지은 원칠이가 이럴 적에야 다른 사람들은 말할 것도 없지 않은가?

여름 동안 하늘을 쳐답던 그들은 다시 이 가을 곡가를 목마르게 쳐다보고 있었다.

…〈중략〉…

원칠이는 오랜간만에 볼일이 있어서 읍내로 장을 보러 들어갔다. 그는 사돈집을 지나면서 과문불입할 수가 없어서 아는 체를 하였더니 안사돈은 반색을 하며 어서 들어오라고, 또 술대접을 한다. 그는 번번이 미안하여서, 이번에는 돈을 꺼냈다. 그러나 주인은 한사하고 받지 않는다.

…〈중략〉…

원칠이는 할 수 없이 돈을 도로 주머니 속에 넣고 불안스런 표정을 짓는다.

"무슨 죄 지으셨어요, 또 못 오신다게 …… 사위는 오늘 안 들어옵니까?"

"못 옵니다. 남의 일 하러 갔어요."

"쉬 한번 제 댁하고 내보내셔요, 요새 참 바심하기에 바쁘시겠군!"

"네, 그런데 참 곡식 금새가 무척 떨어질 모양이지요."

원칠이는 장에 들어오는 길로 우선 싸전에 가서 햅쌀금을 물어 보고 눈이 홱 돌아가도록 놀랐다. 소두 한 말에 팔십 전이 못 된다는 것이다.

…〈중략〉…

주인은 담배 한 대를 붙여서 치마끈으로 물부리를 닦고 원칠이를 준다. 그는 잘 먹어서 기름진 살이 아래턱에 두두룩하게 쪘다.

풍년공황 – 원칠이는 농사를 잘 짓고도 독 흉년을 만난 사람처럼 저녁때 어깨가 축 처져서 돌아왔다.

"농군들은 풍년이 들기만 바라는 것인데, 풍년이 들어도 이런 세상이니 ……."

저녁을 먹고 나서 그는 김선달 집으로 마실을 갔다. 사랑방에서는 일꾼들이 사나끈을 꼬고 가마니를 치느라고 부산다. (403~405쪽)

● 유순경

성　별　　여자
나이(추정포함)　40대 후반으로 추정함.
출생지 및 거주지, 활동 공간
　　　　　① 예전에 읍내에서 승학과 살았음.
　　　　　② 후에 원터로 들어와서 살았음.
　　　　　③ 숙자가 안승학의 첩으로 들어오면서 아이들을 데리고 서울에서 생활함.
직　업　　서울에서 갑성, 갑준, 갑숙 남매를 키우며 하숙집을 운영함.
출신계층　그리 유복하지는 않으나 결혼생활 초반에 안승학이 처가 덕을 봤다는 내용으로 미루어 볼 때 중하류 계층이었을 것으로 추정함.
교육정도　알 수 없음.
가족관계　① 남편 안승학의 오해 때문에 친정과는 발길을 끊은 지 오래임.
　　　　　② 안승학의 사이에서 큰딸 갑숙을 둠.

	③ 안승학이 들인 후처들이 낳은 갑성, 갑준을 서울에서 키우고 있음.
인물관계	① 박일훈(박훈)과 난희와 친하게 지냄.
	② 남편인 안승학과는 항상 갈등관계에 있으며, 자신의 집에서 하숙하던 권상철이 아들 경호와 갑숙이 가까워진 문제로 그와 첨예하게 대립함.
	③ 권상철의 아들 경호를 동정하고 만족스럽게 여김.
인물의 존재방식(사회계층)	
	원터의 부유층인 마름 안승학의 조강지처이지만, 그의 첩살이를 피해 서울로 올라와 자식들을 맡아 키우는 현숙한 인물로서 예수교의 비리를 폭로하고, 안승학의 행실과 사고방식을 비판하는 등 시류를 판단하는 능력을 갖춤.
	① 어머니로서 자애심이 깊음.
성 격	② 안승학의 가부장적인 권위와 무력에 순종하여 후처의 자식들까지 맡아 기르는 순응적인 성향이 있음.
	③ 시류를 보는 안목과 판단하는 능력을 갖춤.

성격 지표 및 인물의 제시방식

〈예문 1〉

안승학은 원래 이 고을 읍내에서 살았다. 지금부터 이십 년 전만해도 그는 다 찌그러진 오막살이에서 콩나물죽으로 연명하던 처지였다. 그렇던 사람이 오늘은 수백 석 추수를 하고 서울 사는 민 판서집 사음(舍音)까지 얻어서 이 동리로 옮겨앉은 것이다.

그것은 안승학의 근본을 아는 사람은 누구나 놀랄 만한 일이었다. 그는 지체도 없고 행세도 없이 타관에서 떠들어온 사람이었다. 그러므로 이 고을에는 그의 일가친척이라고는 면서기를 다니는 아우 하나밖에 아무도 없다. 그의 부친은 경기도 죽산이라던가 어디서 호방 노릇을 하던 아전이었다는데 승학이가 성년이 되기 전에 별세하고 그의 모친도 부친이 돌아간 지 삼 년 만에 마저 세상을 떠났다 한다. 그래서 거기서는 살 수가 없어서 아내와 어린 동생 하나를 데리고 이 고장으로 들어왔다. 이 고을 읍내에는 그의 처가가 사는 터이므로.

처가도 역시 가난하였으나 그래도 처가 끝으로 옹대가리나마 다시 장만해 놓고 살림이라고 떠벌리었다.(94~95쪽)

〈예문 2〉

유순경이가 아들딸을 데리고 서울에서 딴살림을 시작하기는 벌써 사년 전 봄이었다.

순경이는 사십이 넘은 갈갱갈갱하게 생긴 여자인데 여자의 키로는 중키가 넘을 것 같다. 갑숙이는 그의 모친을 닮아서 부친보다도 키가 크다. 순경이는 갖은 풍상을 많이 겪어서 그런지 얼굴에도 살이 쭉 빠지고 오십이 불원한 여자처럼 주름이 잡혔다.

지금은 살기가 넉넉하지만 근 이십 년 전만 해도 토막 속에서 마련없이 지냈다. 그때, 조석을 편히 굶을 때, 이러니저러니 해도 친정 덕을 보고 산 셈이다.

개구리가 올챙잇적 생각을 못 한다고 안승학은 그런 생각은 꿈에도 없다. 그는 관청에 다닌 뒤로 차차 형세가 나아지자 여자를 주섬주섬 얻어들이기 시작하면서부터 도리어 자기를, 친정으로 재물이나 빼돌리지 않는가 싶어 의심을 품는 모양이다. 그런 눈치를 채고 순경이는 친정과 발을 끊었다.

돈을 지독하게 아는 위인이 계집은 왜 그리 주워들이는지 모른다. 자식 넷이 저의 모친은 모두 각각이 아닌가! 순경이는 밤에 자다가도 그런 생각이 들면 저절로 웃음이 나왔다.

갑성이 모친은 장터 있는 술장수 딸이었다. 그는 친정살이를 왔다가 승학이와 눈이 맞아서 그렇게 되었는데 그가 갑성이를 밴 줄 알자 남편은 돈을 들이고 본부한테서 떼어 왔다.

그때부터 두 집 살림을 배치한 것인데 이날 이때까지 자기는 남편을 뺏기고 말았다. 그 뒤에 남편은 읍내 요리점에 있는 어떤 기생과 또 관계를 맺고 죽자사자 하는 꼴을 보매 먼저 여자는 갑성이를 떼놓고 나가 버렸다. 겨우 돌 지난 갑성이는 자기가 맡아서 길러 냈다. 승학은 그 기생을 떼다가 살더니만 또다시 갑준 어머니를 얻어들였다.

…〈중략〉…

그때 순경이는 하도 어이가 없어서,

"이게 웬 색시라우?"

하니까 승하가은 기급을 해서 두 손을 내저으며 순경이 귀에 입을 대고 이렇게 소곤거렸다.

"쉬, 내가 살라고 다려왔어! 내일 낭자를 얹어 주라구!"

그날 밤에 순경이는 갑숙이 남매를 앞세우고 친정으로 달아났다.

이 바람에 먼저 기생이 또 풍파를 내고 나가 버린 후 집안은 한동안 구순한 것 같더니 처녀는 갑준이를 낳고 나서 아이가 돌이 채 되기 전에 덜컥 죽었다. 그가 죽으매 갑준이는 또한 자기 차례로 오고 남편은 또다시 기생 오입을 시작했다. 그렇게 몇 다리를 건너오다가 지금은 숙자한 테로 떨어지고 만 것이다.(211~212쪽)

〈예문 3〉

순경은 그렇지 않아도 갑숙이와 경호의 관계로 남모르는 가슴을 조이는 판이다. 그가 일부러 시킨 것은 아니라도, 그들은 어느 틈에 - 자기가 눈치를 채고 딸을 조용히 꾸짖으려 했을 때에는 벌써 다시 바로잡지 못할 일을 저질러 버리었다. 엎지른 물은 다시 담을래도 소용없다. 그래서 자기 생각 같아서는 경호만한 사윗감도 없을 것 같아서…… 하긴 사내답게 틀지진 못하다 할지라도 선비의 재질을 타고나서 글재주 있고 똑똑하고 의리 있고, 그리고 있는 집 자식의 티를 내지 않는 게 남보기에 제일 수더분하였다.

기위 그렇게 된 바에는 저희끼리 그대로 결혼을 시켰으면 좋겠는데, 어쩌다가 남편의 중정을 떠볼라치면 안승학은 어디까지 부자양반 혼인을 한다고 장담을 하는 통에 두말을 붙일 수가 없었다. .언제인가 한번도 남편이 혼인 걱정을 할 때에, 슬그머니 경호를 쳐들어 보았더니 그는 펄쩍 뛰며 며붙이듯이,

"그까짓 장돌뱅이 자식하고 누가 혼인을 한담!"

하고 부영게 핀잔을 주며 몰아센다.

그런 것을 억지로 우길 수도 없고 그러자니 자기 혼자만 가슴을 태울 뿐이었다. 갑숙이도 앞일이 걱정되어 그러는지 신경쇠약증이 걸리었다. 이번 여름에도 저는 방학한 뒤에나 내려가겠다는 것을 자기가 우겨서 미리 휴가를 얻어 보낸 것이다. 기위 저지른 일은 할 수 없더라도 또다시 무슨 일이 생기면 큰일 아닌가. 젊은것들이 그러다가 만일 남편의 눈에 뜨이는 날이면 그야말로 생벼락이 날 것이다.

그는 자다가도 이런 생각이 나면 금시로 소름이 쪽 끼치고 가슴은 널뛰듯 하였다.

'아마 그때는 나를 칼로 찔러 죽이려 들걸. 이렇게 사느니 차라리 죽는 편이 낫겠지만, 공부도 못다 시킨 어린 자식들이 불쌍하지!'

그런데 더구나 경호가 그런 미천한 자식이라면 남편의 잡도리는 말할 것도 없거니와 자기 자신에도 께름칙할 것 같다. 지금 세상은 그런 것 저런 것을 가리지 않는다. 하지만 그래도 중의 자식으로 사위를 삼는다는 것은 암만해도 탐탁한 일 같지는 않았다.

'아! 그러면 이 일을 장차 어찌할까?'(239~240쪽)

〈예문 4〉

그는 지금도 이런 생각이 나서 혼자 궁싯궁싯하고 있는데 밖에서 별안간 인기척이 나며,

"형님 계시우?"

하고 들어오는 것은 오래간만에 보는 최신도 부인의 목소리였다.

… 〈중략〉 …

순경이는 최신도가 불쌍해 보이었다. 그것은 그가 청상과부래서 그런 것만이 아니다. 그가 자기 집에서 작년 봄까지 있다가 하숙을 떠나간 내막에는 남다른 비극이 숨어 있는 까닭이었다.

… 〈중략〉 …

순경이는 마코 한 개를 피워 물고 나서 매눈과 같은 눈동자로 신도를 쏘아보며,

"예전에는 예수교가 가난한 사람 편인 줄 알았더니 짜장 알고 본즉 그렇지가 않겠지. 왼갖 부정한 짓은 교회에서 하고 양털옷을 입은 이리떼만 예배당에 모이니 것 같애여!"

"형님, 그건 또 무슨 말씀이여?"

신도가 얼굴을 붉히며 무색해한다.

"무슨 말이 다 뭐야. 거번 청년회 일만 해도 투서를 하네 밀고를 하네, 그게 어디 하느님을 믿는 게야, 세상 권세를 믿는 게지. 그로 보면 모두들 건성이야, 직업 속이고 권력 속이고, 목사는 간음을 했어도 그저 쉬쉬하면서, 원터 사는 소작인의 젊은 과부 수동이네라던가 누구는 행실이 부정타구 출교를 시켰다지. 그리고 그 집에서 부치는 논까지 떼라고 사방으로 쑤석거린다며 ……?"

"아이구, 참 별일들도 다 많지! 형님은 그 소문은 또 어느 틈에 벌써 들으셨수?"

신도는 그대로 있기가 무안한지 자리를 차고 일어섰다.

"왜 바로 가요, 더 놀다 가지!"

순경이는 최신도가 다녀간 뒤로 더욱 마음이 흥숭생숭해서 그대로 있기가 싫었다. 그는 마음속에 실꾸리 감기듯 한 모든 생각을 누구의 앞에서 모조리 풀어 놓고 싶었다.(240~243쪽)

〈예문 5〉

그가 무슨 비밀이라든지 아무 기탄 없이 토설하기는 오직 한 사람이 있었다. 그는 박훈의 지금 아내인 난희라는 여자였다.

순경은 그길로 광화문통에 사는 난희를 오래간만에 찾아갔다.

열시가 지난 오전의 태양은 차차 더운 김을 뿜어 올린다. 그는 재동 여자고보 앞을 지나서 안국동 네거리를 향하고 내려갔다.

벌써 모시적삼 등허리는 땀이 축축이 배었다. 길거리에는 뽀얀 먼지가 거마의 뒤를 이어서 공중에 떠오른다.

"이 집에 누가 있나 없나?"

순경이가 대문 안으로 들어서며 인기척을 내자,

"아, 웬일이셔요?"

하고 난희는 반가이 일어서며 맞아들인다. 그는 무슨 바느질거리를 펴들고 마루에 나앉았다.

"무에 웬일이여, 마실 왔지."

순경이는 회색 양산을 접어서 기둥 앞에 세우고 흰 고무신을 벗으며 올라선다. 난희는 하던 일거리를 주섬주섬 치우며,

"이 더운데 마실을 오셔요. 이리로 앉으셔요, 거기는 더운 데요."

…〈중략〉…

난희는 부채로 파리를 날리며 웃음 섞인 말대꾸를 하니까,

"누가 한다는 게 아니라 당신도 연애를 해보셨을 테니 말이지! 참 우리집에는 큰일났수."

"무슨 큰일?"

"계집애 말이야!"

순경이는 목소리를 한층 낮추어서,

"어떻게 해야 좋을지 모르겠어."

"무얼 어떻게 해요. 그대로 결혼 시키지요."

"이런 제-기, 아무나 당신네들 같은가베. 그이가 야단 독장을 칠 테니까 그렇지!"

"야단은 무슨 야단이야, 당신도 누구만 못지않게 연애를 하시구서, 호
…….."

"제법 연애ㄴ 했으면 좋게. 그건 계집 지랄이었지!"

난희는 잠깐 홍조를 띤 두 볼이 연연히도 곱게 그의 맑은 안청과 아울러 어여쁜 표정을 짓는데,

'여편네를 수없이 얻어들여도 이런 여자 하나를 못 얻는 위인이 계집이라면 사족을 못 쓰니, 지금 있는 숙자가 이 여자만 같았어도!'

하고 순경이는 아미를 숙인 난희를 유심히 쳐다보며 마음속으로는 이런 생각을 하고 있었다.(243~245쪽)

〈예문 6〉

난희는 서글픈 웃음을 머금으며 남의 일이라도 민망하기 짝이 없었다. 그는 목소리를 낮추어서,

"그래, 그게 뉘 자식입니까?"

"모르지! 아마 우리집에 와 있기 전에 셋방살이를 했다는데 그 바깥채에 있던 사내와 눈이 맞은 게야."

"그이도 미쳤지 늙어 가며 그게 무슨 짓이야. 커가는 아들도 있으면서."

"그러기에 과부도 중년 과부가 어렵다우."

"어렵기는 무에 어려워요. 내남없이 마음이 약해서들 그렇지."

"남의 말 작작 해요. 이편이 당해 보면 더할는지 누가 아나, 흐흐!"

"무얼 그래요. 아따, 혼자 살 수가 없거든 버젓하게 하나 얻어 살지요, 무슨 걱정이유."

"저 봐, 시집갈 수 있는 사람은 그렇지만 못 갈 사람은 어짜구? 그 집도 소위 양반집이라 아직까지도 개가를 변으로 아는데[, 또 전도부인이 아닌가베."

"아따, 지금 세상에 양반 상놈이 어디 있수? 수절할 수 없으면 시집가는 게지요. 그럼 전도부인으로서 그런 짓을 해야 옳아요?"

"지금 세상이 반상은 더 잘 가리는 것 같던데. 하긴 그래야 옳지마는,

견물생심으로 어디 다들 그런가베. 그저 젊은 사내와 젊은 여자가 가까이 굴면 기어이 무슨 변통이 생기는 게야. 마치 화약과 불이 가까워지면 폭발이 되고 말듯이. 아닌가, 우리집 계집애를 두고 보구려."

"그건 아직 실사회를 모르고 경험이 부족해서 그렇겠지요. 그렇거든 부모들이라도 정당하게 화락한 가정을 이루어서 자손들에게라도 모범을 보이지 못한 바에 젊은애들만 탓할 수도 없지 않어요."

"하긴, 그런데 구식 사람들은 어디 그런가베. 아직도 예전 생각만 하고 앉었지. 참으로 그런 옳지 못한 모든 것이 인간에서 없어지고 자유로 사는 세상이 언제나 올는지. 아이구, 그런 세상을 보고 죽었으면 지금 당장 죽는대도 난 원이 없겠어! 참, 세상은 말세야! 이 설움 저 설움 설움 없는 사람이 없고 인간에 불행이 안개 끼듯 꽉 찼으니, 성경 말마따나 세상에 죄악이 관영해서 그런가? 살이 살을 먹고 쇠가 쇠를 먹고 사람이 사람을 먹어서 그런가? 그런 것을 생각하면 답답만 하더라."

"뭬 답답해요, 옳지 못한 것을 없애려면 옳지 못한 것과 싸워서 이기면 되지 않어요? 예전 말에도 옳은 일을 보고 하지 않으면 용맹이 없다고 했지만, 불의를 보고도 그대로 있는 것이 답답한 일이지요. 가령 말하자면, 우선 갑숙이 자당으로만 보더라도 남편이 그렇게 옳지 못한 일을 하시거든 다만 굴복만 하지 말고 정당하게 마주 대들어서 싸웠다면 오늘날 그처럼은 안 되었을는지도 모르지 않어요. 그것은 나 한몸을 희생하기 싫다는 이기심보다도, 나와 같은 처지에 있는 수많은 불쌍한 여자—학대받는 여자—를 사회적으로 향상시키려는 인류의 정당한 생활을 위해서 말이지요!"

난희는 진중한 목소리로 부르짖는데, 순경은 그의 말에 홀린 듯이 난희의 입을 쳐다보며,

"아따, 그때는 누가, 옳고 그른 줄이나 알았으며 또 그럴 자격이 있었나베."

"그럼 옳은 줄 알았을 때부터라도 하고, 자격대로도 못 해요? 지금이라도 왜 못 하셔요?"

"하하하! 인제 다 늙은 게 하긴 뭘 해여. 다 파먹은 김칫독인걸! 하긴 나도 지금 생각만 같더래도 가만히 안 있었지. 그때는 그것을 다시없는 부덕으로 알았거든."

순경은 다시 나직이 한숨을 짓는다.(246~248쪽)

〈예문 7〉

그러나 순경이는 남편의 편지를 보기 전에 벌써 아이들의 선통으로 그것을 알고 있었다. 안승학이가 낭자를 간선 갔다 온 말까지 듣고 있었다.

조만간 이런 사단이 생길 줄을 알고 오늘날까지 조마조마한 마음으로 지내 왔고, 그래서 그 대책을 만단으로 강구해 보았으나 또한 별도리가 없어서 그대로 지내 왔지만 급기야에 일을 당하고 보니 새삼스레 가슴이 떨린다.

…〈중략〉…

"어떻게 할래? 지금은 몸도 성치 않고, 또 학교도 쉬는 터이니 이담으로 미루자고 할까? 낭자의 사진이라도 보자고 해서 마땅치 않다고 파혼하자 할까? 그러면 그 혼인은 빠개지는 것인즉 또 다른 혼처가 나설 때까지 미루어 나갈 수 있지 않겠니?"

순경이는 남편의 편지를 보고 나서 갑숙이를 불러 앉히고 은근히 물어 보았다. 그러나 갑숙이는 고개를 숙이고 잠자코 있다가,

"아무 때 알아도 알걸. 그럼 자꾸 더 성가시지 않우."

"그러니 어떻게 한단 말이야. 아주 토설을 했다가는 생벼락이 나릴 테니."

순경이는 안심찮아서 기가 막힌 듯이 말소리에 힘이 없다.(310~311쪽)

〈예문 8〉

갑숙이는 남자의 사진을 보자마자 소매를 뿌리치고 건넌방으로 달아났다. 그는 얼결에 잠깐 보았어도 사내의 들창코가 생각나서 수괴지심을 더 내게 하였다.

"아니 왜 그라는 게야. 그럼 시집을 안 가겠다는 말이냐? 응?"

안승학은 소리를 버럭 지르며 화증을 내려 든다.

"아이구, 이 일을 어찌한담!"

순경이는 금시로 입술이 바작바작 타는 것 같고 오장이 옥죄는 듯하여서 어쩔 줄을 몰랐다.

그는 얼른 이실직고를 하고 싶었으나 냉큼 그 말이 입 밖으로 나오지 않는다. 그는 어떻게든지 이 자리를 무사하게 넘기고 싶었다.

그러나 아무런 묘책이 없지 않은가? 말을 하자니 그렇고 안 하자니 핑계댈 말이 없다. 이래저래 진땀만 바작바작 날 뿐이었다.

순경이는 한동안 묵묵히 앉았다가 마음을 도슬러 먹고 나서 설마 죽기밖에 더 하겠느냐는 결심으로 있는 용기를 다 꺼냈다. 그는 승학을 정면으로 쳐다보며,

"혼처는 그보다도 더 좋은 데가 있다우."

하고는 다시 고개를 돌리었다.

…〈중략〉…

"그럼 진작 그런 말을 하지, 더 좋은 곳이 어디야?"

"언제 그런 말을 하게 여유를 주었수."

"응, 여유를 주지 않아서 못했구먼! 그럼 지금부터 여유를 줄 터이니 말하라구."

…〈중략〉…

"우리집에 있는 학생 ……."

"집에 있는 학생?"

안승학의 눈은 빛난다.

"집에 있는 학생이 누구여?"

순경이는 기침을 하고 나서, 다리를 세웠다 놓았다 하며 목구멍 안으로 끄집어당기는 목소리로,

"권 …… 경 …… 호!"

승학이는 펄쩍 뛰었다. 순경은 더욱 간담이 서늘하여서,

"그래유."

"어! 정말이야?"

승학은 갑자기 기색이 새파랗게 죽는다.

"아니 왜 그라우?"

"대관절 경호가 어떤 사람인 줄 알고 그런 맘을 먹었어? 응!"

"무에 어떤 사람이유. 사람은 매한가지지."

"매한가지? 그건 이녁 생각인가, 기애도 그렇다는 겐가?"

안승학은 황소숨을 내쉰다.

…〈중략〉…

"아이구!"

안승학은 별안간 가슴을 꽝 치고는 뒤로 벌떡 나자빠지며 벽으로 머

리를 부딪고 넘겨 박힌다.

"아이구! 인제 집안이 망했구나, 아이구!

…⟨중략⟩…

안승학은 여전히 몸부림을 치며 엉엉 울기만 한다.

"아이구! 아이구……!"

안승학은 그 뒤로 밤낮 사흘 동안을 침식을 전폐하고 머리를 싸매고 드러누웠다. 그는 벽을 안고 모로 누워서 끙끙 앓다가는 별안간 열병 환자처럼 벌떡 일어나서 가슴을 치고 몸부림 "우리 집안은 인제 망했다!" 고 주먹으로 방바닥을 치며 이를 보득보득 가는 것이었다.(315~317쪽)

⟨예문 9⟩

나흗날 되던 새벽에 승학은 천연히 일어나 앉아서 더 죽어 가는 목소리로 건넌방에서 자는 순경이를 부른다.

잠인지 만지 눈썹과 씨름을 하며 이 생각 저 생각에 허덕이던 순경이는 벌떡 일어나서 눈을 부비고 건너갔다. 그는 인제야 죽나 부다 하는 생각이 나서 오장이 떨린다.

"나 불렀수?"

"거기 앉어……."

순경이는 떨리는 몸을 간신히 가누고 앉았다.

…⟨중략⟩…

승학은 별안간 고함을 지르고 주먹으로 복장을 친다. 머리가 점점 숙어진다. 별안간 다시 고개를 쳐들며,

"경호란 놈을 어떤 놈으로 알었니? 이년아, 한집안 속에서 그런 줄을 모르다니?"

승학의 주먹은 번개같이 순경의 볼따귀를 후려친다.

"아…… 아……!"

순경이의 자지러지는 소리를 듣고 갑숙이는 등허리에다 냉수를 끼얹는 것 같은 오한을 느끼었다.

"이년아, 경호가 누구의 자식인 줄 아니?"

"누구여, 권상철의 아들이지."

"권상철의 아들? 권상철의 아들 같으면 오히려 좋게!"

하고 승학이는 다시 이를 갈고 순경이에게 덤빈다.

"철썩!"

하는 소리와 함께 그의 눈에서는 또 한번 번갯불이 났다.

"아니 뭐요? 그럼 누구의 자식이란 말이유?"

순경이는 아픈 줄도 모르고 남편에게 물었다. 그는 입 안이 터져서 피가 흘러내린다.

"불공을 해서 낳았다니까 부처가 점지한 줄 알았더냐? 아이구!"

이 말 끝에 순경이는 정신이 펄쩍 났다.

그는 비로소 남편이 야단치는 까닭을 알 수 있었다.

"그럼 당신은 왜 진작 그런 말씀을 안 했수?"

"그런 말 안 하면 자식이 못된 짓을 해도 가만 두는 게냐?"

"요새 청년들은 으레히 그런데 무슨 큰 흉이유."

"아니 무엇이 어째?"

한참 동안 노리고 보던 안승학은 몸을 신장대 떨듯 하더니만,

"에끼년!"

하고 벌떡 일어나는 길로 순경의 머리채를 휘어잡아서 자빠뜨리고 배를 타고 올라앉았다. (318~319쪽)

〈예문 10〉

이런 줄도 저런 줄도 모르는 경호는 기차를 내려서 갑숙이의 집으로 들어가니 뜻밖에 그는 머리를 싸고 드러누웠다. 경호는 그를 주려고 성환 참외 한 보구미를 사가지고 왔다.

"인제 올라와······."

하고 간단히 인사를 받는 순경이도 어디가 아픈지 한 다리를 잘룩잘룩하고 마루로 나온다. 다른 학생들은 아직 올라오지 않고 갑성이와 갑준이만 올라왔으나 그들도 웬일인지 전과 같이 반기는 표정이 없다. 모두들 기색이 좋지 않은 것이 무슨 심상치 않은 일이 생긴 것 같다.

'웬일인가? 안주사가 올라와서 그간에 풍파가 생긴 것인가 부다!'

경호는 이와 같은 눈치를 채고 자기도 별안간 원기가 초침해졌다.

"어디가 편치 않으신가요?"

"응, 이리 좀 들어와."

순경이는 다 죽어 가는 목소리로 경호를 불러들인다.

어인 영문을 모르고 그는 순경의 뒤를 따라 들어가서 무릎을 꿇고 앉았다.

순경이는 한 손으로 저리는 가슴을 누르고 쿨룩쿨룩 기침을 하면서,

"그 동안에 집에는 뜻밖에 풍파가 생겨서, 쿨룩쿨룩······ 하긴 언제 있어도 있을 일인 줄은 알았지만!"

"아니 무슨······?"

경호는 당황하게 순경을 쳐다보며 물었다.

"안주사가 그 동안 댕겨 가셨는데, 그애 혼처가 좋은 곳이 생겼다고 별안간 혼인을 정하자는구려. 아, 그래······."

경호는 후둑후둑 뛰는 가슴을 진정하려고 여러 번 자리를 고쳐 앉았다.

"그래 어디 그 말을 안 할 수가 없기에 사실대로 말했더니 고만 길길이 뛰면서 밤낮 사흘을 식음을 전폐하고 야단을 치는구려. 아이고, 인제는 지나간 일이니까 말을 하우마는 우리 모녀가 하마터면 죽을 뻔했지!"

…〈중략〉…

"그래 인제는 집안이 망했다고 그애는 공부도 안 시킬 뿐 아니라 자식으로 치지도 않는다고, 며칠을 두고 야단을 치다 갔는데 그 뒤로도 화가 나면 올라와서 그 짓을 하구 가니 사람이 말러 죽을 일이지…… 아이구, 참 이 일을 어짜면 좋대여?"

경호는 여전히 묵묵부답으로 고개를 뒤틀고 앉았다. 그는 한참 만에 침통한 기색으로 머리를 들며,

"저 때문에 공연히 댁에 풍파를 일게 해서 뭐라고 사죄할 말씀이 없습니다!"

"아니, 그건 권학생만 탓할 수도 없어. 서로 다 불찰이지. 그러니 내일이라도 하숙을 옮기게 하우……."

순경이는 가슴이 또 결리는지 눈살을 찌푸린다. 남편에게 칼 맞은 자리가 그저 결리고 아팠다.(325-327쪽)

〈예문 11〉

원터 들에는 벼가 누렇게 익어 가는데 취운정 버드나무 가지에는 병든 잎새가 가을바람에 불리어 낙엽이 우수수 떨어지는 어느 날 식전 아침 – 순경이는 전과 같이 일어나서 이부자리를 개켜 얹고 마루로 나오니 찬바람이 병든 몸을 오싹하게 한다.

갑숙이는 그저 자는지 건넌방 문을 첩첩이 닫고 아무 기척이 없다.

순경이는 그가 그저 자는 줄만 알고 뜰아랫방으로 내려가서 다른 학

생들보고만 어서 일어나라고 소리를 질렀다.

…〈중략〉…

"일어들 나요, 해가 한나절인데 오늘은 학교를 스트라이크할 셈인가. 웬일들이여!"

"아이, 떠들지 말어요. 더 좀 자게!"

갑성이의 잠꼬대 같은 목소리가 흘러나온다.

"졸린데 누가 밤중까지 싸다니랬니!"

순경이는 학생들의 자는 방문마다 쫓아다니며 열어 붙였다.

그가 변소를 다녀 나와서 머리를 빗고 세수를 할 때까지 건넌방에서는 도무지 기척이 없다. 벌써 멀리 가는 학생들은 밥을 먹고 간 사람도 있다.

순경이는 수건질을 하고 나서 슬며시 궁금한 생각이 들자, 건넌방을 들여다보며,

"얘가 오늘은 웬 잠을 이리 자나, 고만 일어나서 아침을 먹지 않고 ……."

그래도 기척이 없어서 그는 영창문을 열어 보았다. 방 안에는 아무도 없다. 웬일인가?

순경이는 별안간 의심이 펄쩍 났다. 그는 방으로 들어가서 책상을 뒤져 보았다. 별로 눈에 띄는 것은 없으나 책보와 바스켓이 없다. 순경이는 두 눈이 캄캄해졌다. 그런가 하고 보니 구두도 없다. 장롱 안을 뒤져본즉 제 옷가지 몇 벌도 가져갔다.

그는 책상 위에 얹힌 수지 조각이 써놓고 나간 편지인 줄 그제야 발견하였다. 그것을 읽어 보는 순경이의 두 눈에서는 눈물이 흘러내린다.(340~341쪽)

〈예문 12〉

　순경이는 난희 집에서 돌아온 뒤로는 더욱 갑숙이의 간 곳이 묘연해서 어디 물어 볼 곳도 없이 가슴만 답답하였다.

　참으로 그는 미치고 글뛴 마음을 어디다 진정할 수가 없었다. 아들 딸 삼남매를 데리고 내 자식같이 살기는 하지만 그래도 내가 난 자식을 다르고 남이 난 자식 다르지 않은가? 자기가 난 자식이라고는 오직 갑숙이 하나밖에 없는 순경이는 겉으로는 갑성이 형제도 갑숙이나 다름없이 칭하를 두지 않고 대범하게 지내지만 마음속으로는 은근히 그 딸에게 자기 몸을 의지하고 살아왔다.

　만일 그에게 갑숙이마저 없었다면 그는 벌써 이 집에 붙어 있지 않았을 것이다. 남편이래야 남 되고, 그런데 늙어 가는 몸이 자식 하나 없이 무엇을 바라고 살 것이냐? 자기는 기위 팔자가 사납든지 어째 그랬든지 한평생을 낙이란 것을 모르고 그늘에 핀 꽃같이 시들어 왔지마는 이미 반평생을 살아왔으니 한탄한들 소용이 있으랴? 그러나 그 대신 갑숙이나 잘 키워서 자기와 같은 신세를 만들지 않으려고 오직 그것만을 유일한 희망으로 알고 살아왔는데 급기야 갑숙이마저 그 꼴이 되어서 꽃봉오리가 서리를 맞은 셈이 되고 보니 장님의 지팡이같이 믿고 살던 순경이는 별안간 눈앞이 캄캄하였다.

　그래도 한집안에나 같이 있으면 울어도 같이 울고 하소연도 마주하며 서로 의지나 하련마는 인제는 어디로 온다간다 말이 없이 나가 버렸으니 제일 죽었는지 살았는지 일신의 안부가 염려되어 오매간 마음을 놓을 수가 없다.(347~348쪽)

● 박성녀

성　　별　여자
나이(추정포함)　50대로 추정함.
출생지 및 거주지, 활동 공간
　　　　　　　출생지는 알 수 없으며, 남편 원칠과 원터 동리에서
　　　　　　　생활하며 농사를 지음.
직　　업　소작 농민의 처
출신계층　빈농의 하류계층으로 추정함.
교육정도　무학일 것으로 추정함.
가족관계　남편 김원칠과 아들과 딸 인동, 인순, 인성, 인학 등
　　　　　　　과 며느리 음전이 있음.
인물관계　소작농으로 바쁜 남편의 일을 도와 농삿일을 맡아
　　　　　　　하며, 자식들에 대한 관심이 많고 특히 인순에 대한
　　　　　　　애정이 애틋함. 인동의 처 음전에 대해서도 애틋한
　　　　　　　마음을 쏟음.
인물의 존재방식(사회계층)
　　　　　　　소작 빈농계층의 아내로서 금실이 좋고 남편을 도
　　　　　　　와 아무 탈 없이 가정을 이끌며, 가난하고 고된 생
　　　　　　　활이지만 자식들에게 쏟는 관심이 남 다름.
　　　　　　　① 가난하지만 생활력이 강함.
　　　　　　　② 남편에게는 대체로 순종적임.
성　　격　③ 자식을 사랑하는 마음이 두터움.
　　　　　　　④ 화통하여 동리 아낙들과도 잘 어울리며 특히 업
　　　　　　　　동이네와 친하게 지냄.

성격 지표 및 인물의 제시방식

〈예문 1〉

　박성녀는 조석을 지을 때마다 밥상을 들고 드나들 때마다 읍내 편을
바라보고 잦은 한숨을 바람 편에 부쳐 보냈다.

"아이구, 이건 저녁이나 얻어먹는지 원!"

지금도 그는 밥상을 들고 오다가 문득 딸 생각이 나서 가슴이 뭉클해진다. 그는 마침내 이 말을 입 밖으로 내지 않고는 견딜 수가 없었다.

"그럼 산 사람이 저녁도 안 먹었을라고! 쓸데없는 걱정은 말구 물이나 떠와."

원칠이는 마누라한테 대범하게 큰 소리로 핀잔을 주었다. 그러나 속으로는 자기도 가슴속이 쓰리었다. 인동이와 인성이는 밥을 먹으면서 또 싸움판이 벌어질까 봐 은근히 마음을 졸이었다.

'원체 어머니가 너무 수다해. 밤낮 인순이 타령이로구만! 어련히 잘 있을까 봐서! 여편네들이란 그저…… 이담에 내 계집이 그래 봐라! 그년의 주둥패기에다가 자갈을 멕여 놀 테니.'

…〈중략〉…

인동이는, 자기는 머슴 부려먹듯 하면서도 아무렇게나 알고서 인순이는 잘 가 있는 것까지 공연히 조바심을 하는 모친이 꼴보기 싫었다. 그러나 박성녀는 무시로 그 딸이 보고 싶었다.

그것은 차라리 멀리 떨어져 있기나 한다면 오히려 잊어버리기라도 하겠는데 이건 눈앞으로 빤히 건너다보면서도 지척에서 만나지 못하는 것이 더욱 안타깝게 보고 싶게만 하지 않는가!

인순이는 작년 가을에 공장으로 들어간 뒤로는 그 동안 두 번밖에는 집에 오지 않았다. 그래서 그는 미친 사람처럼 점도록 인순이 타령만 하고 고시랑거렸다.

어떤 때는 불현듯 딸 생각이 날라치면 그는 그 길로 쫓아가서 끄집어 내오고도 싶었다. 그러나 영감이 무서워서 그럴 수도 없고 그러자니 할 수 없이 애꿎은 인성이만 졸라 댔다.

"이애 인성아, 뉘가 잘 있는지 좀 가보고 오려무나. 넌 뉘도 안 보고 싶으냐?"

그러면 인성이는 모친에게 핀잔을 주었다.

"자주 가보면 쫓겨난대두 공연히 남보고만 가보래! 월사금은 달래도 안 주면서!"

"저 자식도 제 아비를 닮아서 쏘기 한가지는…… 사내놈들은 왜 그리 멋쩍은지! 예 - 이, 빌어먹을 놈, 고만둬라!"

박성녀는 이를 악물고 아들에게 주먹질을 했다. 그는 나무에도 돌에도 붙일 데 없는 마음을 하소연할 곳 없어 오직 남모르는 애를 혼자 삭일 뿐이었다.

"모든 것이 가난 때문이다. 이놈의 돈 원수를 언제나 갚나!"

그는 맥이 풀린 사지를 다시 추슬러 가지고 가난뱅이 살림에 다만 한 푼이라도 더 보태려고 소 갈 데 말 갈 데 닥치는 대로 안팎일을 시악을 써가며 거들었다. 덧없는 세월은 그 가운데 흘러갔다. 사실 그는 그런 속에서 오늘날까지 오십 평생을 늙어 오지 않았던가?(44~45쪽)

〈예문 2〉

인성이는 점심을 싸가지고 갈 밥이 없어서 그대로 학교에 갔다. 박성녀는 상을 치우고 나서 장마통에 후질러진 벗은 옷을 똘창물에 주물러 넌 뒤에 썩은 새를 마당에 펴 널고 나자 오래간만에 빗접을 펴놓고 머리를 빗었다. 깨어진 거울속으로 들여다보이는 얼굴은 늙은이 뱃가죽같이 주름이 잡히고 가죽이 고무 주머니처럼 늘어났다. 그는 나들이옷이 명색은 흰옷이라고 해도 땀과 때와 검앙에 찌들어서 새까맣게 더럽고 살에 휘휘 감겼다. 그는 인학이를 등에 업고 함지박을 이고 나서자 삽짝문을 지치고 원터 앞으로 걸어갔다.

박성녀는 앞내 다리를 건다가 별안간 현기증이 나서 그 자리에 주저 앉았다. 그는 눈을 딱 감고 앉아서 한동안 정신을 진정하고 있었다. 그가 별안간 현기증이 그렇게 난 것은 빈속이라 다리가 헛놓인 데다가 등에 업힌 어린아이가 갑자기 두 팔을 휘저으며 공중으로 몸을 솟구친 때문이었다. 어린아이는 냇물을 보고 좋아했다.

…〈중략〉…

박성녀는 참으로 어쩔 줄을 몰랐다. 그 순간 그는 있는 정신을 가다듬자 함지박을 붙들고 일어서는 길로 그만 한곳을 노려보고는 일직선으로 달아났다. 이 바람에 어린아이는 악 – 소리를 치고 기함을 했다. 다리를 건너온 박성녀는 온몸에 진땀이 쫙 흐른다. 그는 함지박을 내던지고 길옆 풀언덕에 쓰러졌다.

…〈중략〉…

"아이구 아슬아슬해라. 하마터면 귀신도 모르게 죽을 뻔했지."

…〈중략〉…

"성님! 무얼 그렇게 맥놓고 보시유!"

"아니 업동이네야, 왜 인제 가?"

박성녀는 깜짝 놀라서 돌아다보다가 반색을 하며 부르짖는다.

"난 벌써 가신 줄 알고 집에 안 들렀지라우."

…〈중략〉…

"냇물을 건너는데 별안간 어질증이 나서 간신히 건넜어! 참 별꼴을 다 보았어. 그래 울렁거리는 가슴을 진정하느라고 이렇게 앉았대여!"

박성녀는 마치 남의 말을 하듯 하고 한번을 씩 – 웃는다.

"원체 냇물이 많아서 무섭구먼유. 아침을 또 못 잡수셨는 게지?"

"아니야, 찬밥을 데워 먹었어."

박성녀는 엉덩이를 털고 일어서며,

"그런데 오늘도 남았을까?"

"글쎄유, 늦지나 않았는지 원! 우리도 아침을 못 끓였대유."

"그럼 어서 가보세. 그나마 머리를 싸고 대드니 좀쳇놈은 천신을 할 수 있어야지."

그들은 정거장 좌우로 즐비한 일본 사람들의 드높은 상점을 철둑 너머로 건너다보며 읍내로 뚫린 길을 터벅터벅 걸어갔다.(64~66쪽)

〈예문 3〉

한참 만에 박성녀의 차례가 왔다. 그의 영감이 술을 좋아하기 때문에 그는 양식이 떨어질라치면 재강을 사다가 끓여 주는 터이었다. 지금 박성녀는 오 전짜리 한 푼을 치마끈에서 풀어서 사무실에 디밀고 전표 한 장을 받았다. …〈중략〉… 박성녀는 허청으로 들어가서 함지박을 내려놓고 전표를 내주었다.

그 뒤에는 바로 업동이네가 붙어 섰다. 그들은 차례로 파리가 천신한 재강을 받아 가지고 나와서 머리 위에 이고 돌아서려 할 즈음에,

"어머니!"

하고 저편에서 뛰어오는 학생은 동저고리 바람인 인성이였다.

…〈중략〉…

"그럼 오늘이 반공일 아니유. 또 지게미를 사러 왔수?"

"그래."

"난 그거 먹기 싫어."

"싫어두 어쩌니, 양식이 떨어진걸!"

모친의 말은 구슬프게 들리었다.

"어머니, 참 뉘가 낼 온대."

…〈중략〉…

박성녀는 오래간만에 딸을 만날 생각을 하니 한편으로는 반갑기도 하면서 다른 한편으로는 애달픈 생각이 치받친다.

"아이구, 네 뉘가 집이라구 온대야 뭐 해먹일 게 있어야지. 하필 밥거리도 없을 때 온다는구나."

모친은 부지중 한숨을 내쉬며 목멘 소리로 말끝을 흐리었다.

"그러시지. 부모 된 마음에…… 그래두 인순이가 월급을 제대루 타게 되면 성님 팔자가 늘어지지."

업동이네는 위로하는 말인지 부러워하는 말인지 모르는 말을 뱉고 웃는다. 젖가슴이 황소불알처럼 축 늘어졌다.

인순이는 작년 가을에 희준이 주선으로 신설한 제사공장에 직공으로 들어갔다. 그는 아직 제 밥벌이에 지나지 않는 기숙생으로 돌어가 있는데 이번에 세 번째로 집에 다니러 나온다는 것이었다.

"배고프겠다. 어서 가자!"

"어서 가셔유. 날이 퍽 더운데유."(69~70쪽)

〈예문 4〉

그럴 때는 옆에서 자는 인학이가 모친의 잠꼬대 소리에 놀라 깨서 악패듯 울면서 젖을 빨며 말며 한다. 어떤 때는 한방에서 자던 영감이 흔들어 깨우며,

"여보! 왜 그래? 가위를 눌렀나, 그게 무슨 소리야."

하고 입맛을 쩍쩍 다신다. 비로소 정신이 펄쩍 난 그는 자기 깐에도

우스워서,

"왜, 내가 무엇이라구 했수? 아이구, 밤낮 일에 허위대니까 꿈을 꾸어도 그런 꿈을 꾸는가부?"

하고 그는 꿈 이야기를 하고 나서 다시 웃었다. 웃고 나서 생각하면 다시 부아가 나서 견딜 수 없었다. 사람이 한 세상을 이렇게만 살다가 죽을 것이냐? 그것은 참으로 웃을 일이 아니었다. 허무한 일이다.

그래 그는 누구에게 지목할 수 없는 가난살이를 들떼놓고 푸념을 했다. 그는 마침내 영감을 원망하고 자식들을 원망하고 부모를 원망하다가 나중에는 자기 자신까지 저주하면서 신세 한탄을 하는 것이었다. 젊어서 한때는 내외싸움도 가끔 했다. 그때는 원칠이도 신경에 바늘이 돋쳐서 화약같이 분노를 터쳤다.

"안 되면 조상 탓이라구, 이년아, 가난한 것이 내 탓이냐? …… 응 …… 네 년의 팔자는 얼마나 좋기에."

하고 황소같이 날뛰며 닥치는 대로 세간살이를 며붙였다. 그럴 때마다 박성녀는 자기가 매 맞는 것보다도 세간이 아까워서,

"사내 명색으로 계집 자식 하나 못 건사하고 무슨 큰소리야! 큰소리가. 그래도 불알 달린 위세인가! 아니꼽게 세간이 뭐랬나, 세간은 왜 며붙여? 아이구, 이 원수야, 날 줄여라! 엉엉!"

값진 세간이라고는 장롱 한 개 남은 것을 마저 때려부술 때 그는 이렇게 목을 놓고 울었다.

친정어머니가 푼푼이 모아서 시집올 때 사준 것이다. 그는 인순이가 시집갈 때도 새 장롱을 사줄 턱이 못 되므로 그것을 대물려 주려던 생각을 먹었던 만큼 그 후 며칠을 두고 섧게 울었다.

그러나 지금은 때려부술 세간도 없지마는 박성녀도 전과 같이 영감에

게 대들지 않았다. 그들은 인제 강심살이에 늙어서 내외싸움도 지치고 말았다. 싸움도 어지간해야 하지 않는가!

생각하면 영감도 불쌍하였다. 늦게 어린 자식들하고 고생살이에 쪼들리며 하루 한날 편한 틈 없이 신역이 고된 것을 볼 때 어찌 동정의 눈물이 없을쏘냐?

생각하면 영감도 불쌍하였다. 늦게 어린 자식들하고 고생살이에 쪼들리며 하누 한날 편할 틈 없이 신역이 고된 것을 볼 때 어찌 동정의 눈물이 없을쏘냐?

그러나 무시로 쪼들리는 가난뱅이 살림은 어느 틈에 그로 하여금 히스테리를 일게 하였다. 그럴 때는 물불을 헤아리지 않고 푸념을 해버렸다. 그렇게 한석을 하고 나면 마치 가뭄 끝에 내리는 한줄금의 소낙비와 같이 가슴에 막혔던 답답증이 적이 후련한 것 같았다.

그는 지금도 울화가 치받쳤다. 모는 다 심었지만 밀보리도 베야 하고 지심할 일, 방아 찧을 일, 빨래할 일, 이일 저일 한꺼번에 덮쳐 누르는데 영감과 인동이는 날마다 품앗이를 다니고 품팔이 다니기에 골몰하였다. 누구 하나 거둬 주는 사람은 없고 그렇다고 한몸에 두 지게 질 수도 없건마는 어린아이는 새끼에 맨 돌멩이처럼 노상 허리에 매달려 있다. 이런 때에 인순이나 집에 있었으면 작히나 신역이 편할 것이냐고?(129~131쪽)

〈예문 5〉

인순이는 장터로 나오는 길에 청인 송방으로 들어가서 국수를 사고 어머니가 그전부터 먹고 싶어하던 돼지고기 한 근을 샀다. 과자 한 봉지는 인학이를 주려고 사들었다. 그리고 한달음에 뛰어갔다.

"어머니!"

인순이는 자기 집 싸리문을 채 들어서기도 전에 그 어머니를 힘차게 불렀다. 낯익은 목소리에 박성녀는 허둥지둥 뛰어나오다가 인순이와 마주치고는,

"아! 인순이냐?"

하고 딸의 치맛자락을 붙들더니 왈칵 울음을 쏟는다.

"어머니, 울기는 왜 울우."

인순이는 천연스럽게 웃음을 지었으나 그의 눈에도 어느덧 한방울의 이슬이 맺힌다.

"그게 다 무에냐? 어젯밤 꿈에 네가 뵈더니만……."

"어머니 잡숴 보라고 고기 사왔수."

"아이구, 돈이 어디서 나서 고기를 다 사왔니."

"월급 탔어요."

인순이는 방끗 웃었다. 모친은 신문지에 싼 뭉텅이를 펴보고 들어가며 입을 딱 벌린다.(293~294쪽)

〈예문 6〉

박성녀는 날마다 한숨 안 쉬는 날이 없다. 눈물 마를 날이 없었다. 강심살이에 고생만 파고드는 생활은 하염없이 눈물과 탄식을 자아낼 뿐 아닌가? 끝없는 인생의 먼 길을 고달프게만 걷고 있는 신세는 오직 절망과 낙담할 것밖에 없지 않은가? 자기네 내외는 젊어서부터 오십 평생을 하루와 같이 애꿎은 한탄과 눈물을 짜내며 밑 없는 구멍에 물 길어 붓기 같은 땅파기 생활을 허덕지덕 되풀이로 살아왔다. 그런데 인순이는 웬일인가? 그렇지 않은 인순이는 웬일이냐?

박성녀는 그것을 세상이 변하니까 사람도 변하나 보다 하였다.

이기영 『고향』의 인물 스토리텔링 전략

···〈중략〉···

웬일일까? 참으로 그것은 희준의 말과 같이 예전에는 간단한 기구를 손으로 만들어서 모든 물건을 생산했으니까 집집마다 제각기 만들어 쓸 수가 있었지만 지금 세상은 모든 것을 기계로 만들어 쓰게 되니까 생산자와 소비자가 분리하게 되고 따라서 모든 물건은 돈으로 사지 않으면 안 되는 상품이 된 것이 아닌가. 사람마다 돈으로만 살데 되니까 돈을 갖지 못한 사람은 돈 많은 사람 밑에 가서 품을 팔아서라도 돈을 벌어야 하고 돈을 많이 가진 사람은 그 돈은 더 늘리려고 돈 없는 노동자를 사다가 모아 놓고 물건을 만들게 해서 그것을 상품으로 다시 판다는 것이다. 그래서 큰 공장이 생기고 큰 부자가 생긴다는 것이 아닌가?

그런지 저런지는 무식한 박성녀는 자세히 모르나 어떻든지 세상은 딴 시대로 변한 것 같다. 자기네는 두더지처럼 캄캄한 굴 속 같은 세상을 지향없이 헤매고만 지나왔는데 오늘날 인순이는 제법 광명한 천지를 정면으로 보고 생기 있는 입김을 대지 위에 내뿜지 않는가?

그는 몇천 년 전부터 대대로 물려 내려오던 농민의 아들이 아닌 것 같다. 그는 전고미문인 노동자란 이름을 가졌다. 수로는 몇억만 해로는 몇천 년 동안에 농민의 썩은 거름이 노동자를 탄생케 하였던가? 농민의 아들 노동자는 새로 깐 병아리처럼 생기 있게 새 세상을 바라보는 것 같다. 그리고 이 병아리는 오히려 밤중으로 알고 늦잠이 고이 든 농민에게 새벽을 아리는 것 같다.

지금 인순이도 그 중에 한 조그만 병아리와 같다 할까. 그는 도무지 자기네 마을 사람과 같지 않다. 그는 인제는 아주 제 생활에 익숙한 것 같다. 몸과 마음이 강철같이 단단해진 것 같다.

박성녀는 자기 딸의 성격과 체격이 이같이 변한 데 대하여 은근히 물어 보고 싶은 생각이 간절하였으나 그는 무어라고 물어야 할지 몰라서 다만 울렁거리는 가슴을 진정하지 못할 뿐이었다. 그리고 무슨 까닭인지,

'저애는 인제 내 자식이 아니다.'

하는 무두무미한 생각이 자기도 모르게 왈칵 치밀어 올랐다. (296~297쪽)

〈예문 7〉

"왜 더 자지 않고 어느새 일어났니?"

"고만……."

음전이는 고개를 숙이고 약간 수태를 띄웠다. 박성녀는 물끄러미 쳐다보다가 물동이를 이고 샘으로 갔다.

그의 눈에는 우선 며느리와 손가락에 낀 금가락지와 머리에 꽂은 금비녀가 눈에 띄었다.

…… 젊은 여자의 고운 바탕은 비단옷 속으로 더욱 아리따운 자태를 드러냈다. 음전이는 분홍 삼팔저고리에 순인 남 치마를 입고 그 위에 하얀 앞치마를 둘러 입었다.

그런 것은 박성녀가 한평생을 두고 몸에 붙여 보지도 못하던 것뿐이었다. 그는 며느리의 인물보다 며느리가 혼수를 잘 해온 데 그만마음이 푸근하였다. 누더기솜이 꿰져 나오는 걸레 같은 이불 속에서만 키우던 그 아들을, 며느리는 비단 인조견 이불을 두세 채나 해가지고 와서 덮어 주었다.

…〈중략〉…

인물은 부잣집이라고 잘나는 것은 아니다. 가난한 집에서도 반반한 인물은 얼마든지 생겨난다. 우선 인순이만 하더라도 며느리와 같이 치장을

잘 차려 놓고 보면 남에게 그리 빠지지 않으리라고 그는 생각하였다. 그렇다면 인물도 가꾸기에 달린 것이 아닌가? 의복이 날개라고 그 역시 돈이 아닌가?

한평생을 가난한 살림살이에만 쪼들리던 박성녀는 며느리를 부잣집에서 얻어 온 것이 여간 유세가 아닌 것 같다. 그는 자기네도 금방 부자가 된 것 같은 자부심이 나서 만나는 사람마다 며느리 칭찬을 마지않았다.(392~393쪽)

〈예문 8〉

"네 댁은 벌써 일어났는데, 게으르게 그저 자빠졌으니까 그렇지, 참말로 가위가 눌렸니?"

박성녀는 별안간 웃음이 나와서 성이 난 얼굴을 깨뜨리고 말았다.

그는 일전에도, 며느리가 혼수를 잘 해왔다는 자랑을 누구 앞에서 하다가 아들에게 우스갯소리를 하던 것이 생각났었던 때문이다.

생전 처음으로 비단 이불을 덮다가 가위를 눌리면 어쩌려느냐고, 그때 그들은 인동이를 빈정대고 웃어댔던 것이다.

"어머니도 참 별소리를!"

"그럼 왜 그라는 게야…… 누가 첫날밤에 내소박을 맞았다더니 네가 그러다가는 내소박을 맞겠다. 벌써부터 하는 꼴이……."

모친은 얄미운 듯이 아들을 쳐다본다.

"내소박을 맞어? 그럼 또 장가들지 뭐유!"

방 안이 환하게 밝아지자 인동이는 비로소 자리를 일어났다. 박성녀는 부엌에서 듣는다고 아들을 주장질하며,

"누가 딸을 흘렸다데, 또 든다게!"

"그런 걸, 누가 들이랬수? 웬 야단이우."

"그렇지! 그런 소리를 뉘게다 하니? 여적 거저 두었으면, 동리 있는 계집애들에게 또 무슨 짓을 했을라고 …… 늬 아버지와 내가 남모르게 속을 얼마나 태운 줄 아니? 그런 생각을 해서라도 인제는 네 댁한테 잘 보이고 동리 어른들한테라도 사람이 되었다는 칭찬을 받도록 조심 좀 해요 …… 명색 사내녀석이 제 댁한테 수가 빠지면 그런 수통이 어디 있니. 그러기에 어른 되기가 어렵지. 애들 버릇을 그대로 해서야 남에게 손가락질만 받지 않겠니? 그런데 벌써부터 게으름만 피우니 네가 어짜자고 그러는 게냐? 내일부터는 마실 가서 자거라! 집에서 자지 말고 ……."

모친은 어느덧 수심을 띤 얼굴을 지으며 아들을 순순히 나무란다.

"걱정 말어요. 어련히 저 맡은 일을 할라구 원!"

인동이는 별안간 심정이 나서 벌떡 일어났다. 박성녀는 더 말하지 않고 먼저 나와서 가만히 며느리에게 부르짖었다.

"아가, 들어가서 이부자리 개켜라!"

"네!"

음전이는 나직이 대답하고 자기 방으로 들어갔다. (395-396쪽)

● 김선달

성   별   남자
나이(추정포함)   조첨지보다는 나이가 많은 칠십대 중 후반으로 추정함.
출생지 및 거주지, 활동 공간
                출생지는 알 수 없으며, 원터에서 생활하며 농사일

	과 품앗이를 함.
직 업	농민
출신계층	빈농의 하류 계층
교육정도	무학으로 무식하지만 마을에서는 유식쟁이 노릇을 함.
가족관계	슬하에 일 점 혈육이 없음.
인물관계	① 김선달은 조첨지와 함께 희준이가 나오기 전까지는 원터 동리에서 제일 유식쟁이 노릇을 함.
	② 그가 신임하는 희준과, 다른 동리의 많은 소작농들에게 인기가 있음.
	③ 조첨지와는 항상 의견이 맞지 않아 티격태격함.
	④ 살림 형편이 낮다고 자신을 조소하는 학삼에게 반감을 가짐.
	⑤ 희준이의 의견을 전적으로 따르고 지원함.
인물의 존재방식(사회계층)	노름판을 전전하며 안정된 삶을 살지 못하고 방탕한 생활을 한 칠십대 노인으로서 유식쟁이 노릇을 하지만 희준이가 온 후로 그를 따르고 지원하는 인물
성 격	① 막연하나마 변화하는 세상을 옹호하려는 신식사상을 가짐.
	② 넉살과 입담이 좋음.
	③ 희준의 뜻에 따라 이치에 합당한 의견을 개진하고 따름.

성격 지표 및 인물의 제시방식

〈예문 1〉

슬하에 일점혈육이 없는 이러니 김선달은 그때에도 노름판을 쫓아다녔다. 술 잘 먹고 시조 한장 잘 부르고 노름 잘하던 김선달이 그 무렵에는 호강으로 잘 지냈다. 인근처의 반반한 술집 계집들은 은근히 그에게 정을 주고 술을 주고 하였다.

그는 천한 계집을 상관하면 재수가 있다 해서 무당, 종, 백정, 사공,

여승, 사당 등의 갖은 오입을 골고루 해보았다.

그가 젊어서 너무 험하게 놀아서 그런지 등이 구부정하고 자식은 하나도 낳지 못하였다.

어떤 때 그는 잠이 안 와서 지난 일을 생각하며 궁싯거릴 때, 그는 가만히 손가락을 꼽아 보았다. 오십 명, 백 명, 이백 명을 헤이고 나서는 얼굴까지 잊어버린 여자가 많아서 그는 도무지 더 헤일 수가 없었다.(156~157쪽)

〈예문 2〉

그런데 웬일일까?

모를 키워서 벼를 영글게 하면, 그놈은 마치 천길 나무 위에 깃들여서 길러 낸 새끼새가 어미를 버리고 공중으로 후루루 날아가듯이 하룻밤 사이에 없어지고 말았다. 그러면 그들은 마치 어미새와 자웅이 새끼새를 부르며 지저귀듯이 허공을 쳐다보며 탄식하였다. 그리고 그 이듬해 봄이 돌아오면 그들은 다시 작년의 하던 일을 되풀이하지 않는가?

…〈중략〉…

대체 이것은 무슨 까닭인가?

조첨지는 그것을 지전이 난 까닭이라 하였다. 김선달은 그런 것이 아니라 그것은 인구가 많아지기 때문이라고 반박했다.

"땅은 그대로 있는데 사람 수효는 자꾸 느니까 가난한 사람들이 많아질 수밖에 있어요. 그러니까 무슨 일이 나서 사람들이 훨씬 줄어지면 살기가 좀 나을 테지요."

김선달은 말상 같은 얼굴에 반질반질한 아래턱을 들까부르며 자기도 모르는 맬서스 인구론을 내세웠다. 한참 동안 무슨 생각을 하고 있던 조

첨지는 반백이 넘은 채수염을 쓰다듬이며,

"자네 말도 지당하긴 하네만두 그 대신 죽은 사람도 많지 않은가. 그러면 돈이 귀할 터인데 물건값은 왜 비싸다나?"

"돈이 왜 귀해요?"

김선달은 의아한 눈을 뜨고 조첨지를 노려본다.

"아따 사람이 많으니까, 돈이 귀하지 않겠나."

"아니지요, 사람이 많으니까 돈이 더 흔하지요."

"그럴까? 흔하든지 귀하든지 간에 그놈의 지전은 잘못 만든 줄 아네. 아니 예전 엽전 시절에는 엽전 한푼만 가져도 못 할 노릇이 없었는데, 왜 몇백 냥짜리니 몇 관짜리니 하는 지전을 만들었느냐 말야? 그러니까 도적맞기도 쉽고 쓰리도 헤푸고 물건값이 비싸단 말이야, 이 사람아, 그렇지 않은가? 허허허!"

"예전에는 왜 가난이 없었나요 가난 구제는 나라에서도 못 하신다는데, 다 마찬가지지요."

"그야 그렇지만두 예전이야 어디 지금 세상 같았나."

"그럼 다 같은 돈인데 왜 외국 물건값은 비싸고 조선 물건값은 쌉니까? 그전에는 광목 한 자에 칠팔 전 하던 것이 지금은 근 삼십 전을 하는데 곡가는 그대로 쌀 한 말에 왜 일 원 테를 뱅뱅 도느냐 마라이어요!"

"그거야! 돈이 달라졌으니까 그렇지, 지전이야 어디 우리네 돈인가? 개화 돈이지! 허허허."

조첨지와 김선달은 서로 자기의 말이 옳다고 우기었다.

그러면 마을 사람들은 어느 말을 정말로 믿어야 옳을지 몰라서 멀거니 두 사람의 입을 쳐다보고만 있었다. 그들에게는 이편 저편 말이 모두 옳은 것 같기 때문에! 조첨지와 김선달은 희준이가 나오기 전까지는 이 마을에서 제일 유식쟁이 노릇을 했다. 하긴 그전 마름과 지금의 안승학이가 있었지만 자기네와 생활이 격리된 그들에게는 그들의 말까지도 신임을 하지 않았다. 그래서 조첨지와 김선달은 만날 때마다 이야기의 적수였다. 어떤 때는 서로 얼굴을 붉히고 담뱃대로 상앗대질을 하면서 격론도 하였다. 왜 그러냐 하면 조첨지는 예전 시대로 돌아가려는 보수적인데, 김선달은 막연하나마 이 세상을 옹호하려는 신식이기 때문이었다.(159~161쪽)

〈예문 3〉

한낮의 뜨거운 태양이 내리쪼이는 앞들 논 속에서는 뜸부기 우는 소리가 이따금 뜸! 뜸! 뜸! 한다.

"아 더운데 웬 낮잠을 주무시유, 고만 일어나우."

학삼이는 싱글싱글 웃으며 김선달의 맨발 벗은 발바닥을 간질인다.

…〈중략〉…

김선달은 담배를 피워 물더니 말상 같은 입으로 싱글벙글 웃는다. 그는 꿈 이야기를 시작했다.

"꿈에 배를 타고 어디로 멀리 가는데 무변대해 중에 외딴섬이 보이겠지. 풍랑이 심해서 배는 금시로 뒤집어엎일 것 같은데, 간신히 섬 위로 배를 대고 올라오지 않았겠나. 아, 그런데 ……."

김선달은 코로 연기를 내불며 요두전목을 하고 떠드는 것을 여러 사람들은 흥미있게 모두 그의 입을 쳐다본다.

"아, 그런데 바다는 그렇게 풍랑이 심한데도 섬에 올라가 보니까 거기는 일난풍화하고 녹음방초가 우거진 속에 고대광실이 즐비한데, 사람들은 분주하게 무슨 일을 한단 말이세! 그리고 앞으로 툭 터진 들에는 곡식이 꿰어지게 되었는데 거기는 하나도 노는 사람이 없다는 것이야 ……."

"자네가 아마 태곳적 꿈을 꾸었나베. 옛날에는 우리 동리도 그랬느니."

조첨지는 의미 있는 듯이 김선달에게 시선을 던지며 웃는다.

"거기는 노름꾼도 없고 더적놈도 없다던데요!"

"그러니까 요순적 시절이란 말이지!"

조첨지는 코똥을 뀌며 슬슬 부채질을 한다. 자기 말이 옳다는 기세를 내보이며,

"그리고 사람들은 무쇠로 만든 소와 말을 부려먹는데 그놈들이 논밭을 저 혼자 가는 것이 허허 참 신통하단 말이야! 그래서 거기는 종이 없다네그려!"

"종은 웬 종? 원 별소리도, 꿈도 거짓말 꿈을 꾸시유?"

"이 사람아, 거짓말은 왜?"

"아니 그럼 김선달이 천당을 보신 게지. 천당이 그렇다며, 허허허."

덕칠이가 너털웃음을 웃으며 김선달을 쳐다본다.

"글쎄 천당인지 지옥인지는 몰라도 그런 곳인데 아닌 게 아니라 꿈에도, 그렇지 않아도 이상해서 누구를 좀 찾아가 보고 물어 보려고 막 그러는 판인데 아, 이 사람이 공연히 깨워서 못 물어 보았거든! 응!"

김선달은 원망스런 듯이 학삼이를 쳐다보며 빙그레 웃는다. (163~164쪽)

〈예문 4〉

김선달은 이렇게 갖은 경난을 다 해보고 건달패로 쏘다닌 만큼 그는 박람을 많이 하고 이야기도 잘했다. 그게 다 있는 말인지 지어낸 말인지

는 모르나 거짓말이라도 참말처럼 능청스럽고 곧이듣게 하였다.

지금도 그는 소싯적 이야기를 해서 여러 사람의 흥미를 끌고 있는데 희준이가 고의저삼 바람으로 휘적휘적 정자나무 밑으로 나온다. 그 바람에 김선달은 이야기를 중둥메었다.

…⟨중략⟩…

"선달님은 또 무슨 이야기를 하십니까?"

희준이는 김선달을 보고 웃는다.

"가만 있어. 지금 한참 재미있는 판이야."

학삼이는 희준이를 눈짓으로 제지한다. 그는 온몸의 털이 수염으로 올려몰킨 것처럼 아래위턱이 잔솔밭같이 수염 속에 파묻혔다.

"지금 궐련 한 개 벌이 하기에 진땀을 빼는 모양일세! 허허허."

김선달은 말상 같은 얼굴에 주름을 잡고 코를 찡긋찡긋하고 웃으면서 담뱃대에 담은 궐련 한 개를 희준이 앞으로 쳐들어 보인다. 재통이 앉은 궐련 끄트머리에서는 한 줄기 회색 연리가 꼬불꼬불 바람에 나부끼며 올라간다.

…⟨중략⟩…

"무슨 시체 이야기요?"

희준은 빙그레 웃으며 김선달을 쳐다보고 물었다.

"어떻게 해야 잘살 수 있고 어디 가면 살기 좋다는 시체 이야기 말이야!"

"살기 좋은 데가 따로 있나유. 어디든지 제 돈 있으면 살기 좋지유."

"어서 하던 이야기나 마저 하셔요!"

학삼이가 조소하는 웃음을 띄우며 김선달을 빈정거린다. 그는 마치 자기는 살기가 걱정이 없으니까 그런 말은 남의 일같이 여기는 모양 같았다. 그렇다면 그가 자기를 볼 때마다 이야기를 하라고 조르는 것도 생활이 유여하다는 표시 아닌가?

저는 저의 동생이 역부를 다녀서 월급표나 밀리니까 뱃속이 유고나-김선달의 이런 생각은 별안간 그에게 어떤 반감을 가지게 하였다.

'네까짓 것이 얼마나 잘살기에 꺼떡대니! 아무리 돈이 제일이라 하지만 그래도 사람 나고 돈 났다.'

김선달은 입 속으로 이렇게 아니꼬운 생각을 뇌면서,

"흥, 자네 같은 넉넉한 사람은 그렇지만 우리 같은 사람이야 밤낮 살 걱정밖에 없다네! 어떻게 하면 살 도리가 있을까? 어디 가면 살 도리가 있을까? 올해나 날까 내년이나 날까? 자나깨나 먹고 살 걱정밖에 더 있나? 아저씨, 그렇지 않아요?"

"암, 그 다 이를 말인가? 그밖에 없지."

조첨지는 맞장구를 치며 한숨을 나직이 쉰다.(166~168쪽)

〈예문 5〉

조첨지가 치켜세우는 바람에 김선달은 한층 어깨가 으쓱해졌다. 그는 연신 코똥을 뀌면서,

"말이 났으니 말이지, 참 아저씨도 아까 그러한 말씀을 합디다마는 그까짓 청년회는 무엇 하러 가는 겐가? 그까짓 것들하고 무슨 일을 같이 하겠다고, 하긴 자네가 나온 뒤로는 좀 달라진 것도 같데마는! 어떻게 했으면 오늘은 심심풀이를 잘 할까 하는 유복한 자식들이나, 그렇지 않으면 제 에미 애비가 뼛골이 빠지게 일을 해서 보통학교나마 공부를 시켜 놓으니까, 번둥번둥 처먹고 놀면서 그런데도 '공'인지, 급살인지 치러까지르는 것들이 무슨 제법 큰일을 하겠다는 말인가. 흥! 그래도 내세우

는 말들은 장관이지. 뭐? 그런 운동을 하면 몸이 튼튼해지고 먹은 게 소화가 잘 된다고! 아니 못 먹어서 부황이 나 죽을 놈이 부지기수인데 돼지 죽으로만 알던 지게미도 못 얻어먹어서 양조소 굴뚝을 하느님 쳐다보듯 하고 한숨을 짓는 이러한 살얼음판인데, 그래 기껏 걱정이 밥 먹은 것을 삭일 걱정이로구먼! 천하에 기급을 할 놈들 같으니!"

김선달은 가래침을 탁 뱉으며 담뱃대로 상앗대질을 한다. 이때 회준이는 마치 그 말에 자기가 모욕을 당한 것 같아서 무색하기 짝이 없었다. 그러나 그는 어떻게 말을 해야 좋을지 몰라서 그대로 잠자코만 있었다.

"이렇게 말하면 희준이가 어떻게 생각할는지 모르지만 물론 희준이 보고 하는 말은 아니니까, 자네는 어찌 알지 말게! 단지 나는 그런 자식들과 무슨 일을 해야 아무 소용 없단 말뿐이야. 응! 그 중에서 한 가지만은 잘하는 일인 줄 아네! 그 역시도 그까짓 자식들이야 뭘하겠냐만
……."

"한 가지는 무에요!"

희준이가 얼굴을 붉히며 물어 보았다.

"야학이니, 그건 잘하는 일이야! 아는 놈만 자꾸 가르칠 것 있나, 모르는 놈을 잘 가르쳐야지."

"정말 아는 놈이나 있으면 좋게요. 모르는 놈보다도 아는 놈이 잘못 알아서 더 큰 병통이랍니다!"

희준이는 김선달에게서 무슨 자기와 공통되는 것을 발견한 것 같은 것이 있자 심중에 진득한 생각을 갖게 하였다.(170~171쪽)

〈예문 6〉

한편으로 희준이는 안승학의 집에서 돌아오는 길로 여러 사람들과 같

이 지금 한참 풍물〔農樂〕을 사올 예산을 따져 보고 있었다. 농기도 장만하고 상모, 패랭이, 장삼 등 – 이왕이면 제구 일습을 남 보매에도 **빠지**지 않도록 일신해 보자는 것이었다.

그 속에 들어서는 누구보다도 김선달이 대장이다. 그는 젊어서 근립패를 따라다니며 많이 놀아 본 경험이 있느니만큼 상쇠도 잘 치고 그 방면에 익숙하였다.(252쪽)

〈예문 7〉

원터의 두레는 좋은 성적으로 끝을 막았다. 그들은 십여 일 동안을 두고 두레논을 맸는데, 풍물값을 제하고서도 이십여 원이 남을 수 있었다. 그 돈을 모아 두었다가 칠월 칠석에 한바탕 두레를 잘 먹자고 약속하였다. 더구나 그들을 신명나게 한 것은 올해는 농사가 무전대풍인 것이었다. 모도 고르게 내고 그 뒤에도 비가 알맞게 와서 벼포기는 줄방죽처럼 일어났다. 펄펄 끓이다가 소나기 한 줄금씩 쏟아지고 나면 벼는 금시로 와짝 커나는 것 같았다.

…〈중략〉…

쇠잡이꾼들은 이날 한바탕 잘 놀아 보려고 흥행물을 만들기에 분주하였다. 회준이는 총지휘격으로 거기도 들여다보고, 음식을 다루는 데도 보살피기에 안팎으로 드나들었다.

그런 놀음에 익숙한 김선달은 바가지짝으로 탈을 만들고 옥수수털로 수염을 달아서 무섭고도 우스운 탈을 쇠득이와 막동이에게 해씌웠다. 덕칠이에게는 먹으로 퉁방울눈을 그리고 분을 하얗게 바르고 입술과 두 **뺨**에는 주홍칠을 하고 무서운 수염을 그렸다. 그리고 그는 모자 찌그러진 갓양테에 씨오쟁이를 짊어지웠다. 그리고 쇠득이는 장삼을 입혀서 춤을 취우고 덕칠이는 씨오쟁이를 짊어지고 마주 엉덩춤을 추는데 노파옷을 입은 막동이는 꼬부랑 할머니처럼 지팡이를 짚고 곱사춤을 추며 그들을 따라다녔다. 그런데 잡이꾼들은 그들의 주위를 돌아다니며 잔가락을 박아쳤다. 상모가 뺑뺑 돌고 벙거지가 끄덕거리고 요두전목 – 엉덩이짓, 손짓, 발짓-도무지 그대로 섰는 사람이 없이 모두 신명이 나서 야단이다.(352~353쪽)

〈예문 8〉

저녁을 먹고 나자 김선달이 마실을 왔다.

그는 언제와 같이 활발한 태도로 말상 같은 얼굴에 웃음을 머금고 들어오며,

"아니 인제들 저녁이신가요?"

"다 먹었어유. 어서 들어오시유. 그놈의 빨래인가 무엇인가 하느라고, 저녁이 저물었대유……."

…〈중략〉…

김선달은 조끼 주머니에서 담배쌈지를 꺼내 놓으며,

"이 담배 한 대 잡숴 보시지!"

하고 자기도 한 대를 담는다.

"그래 저녁은 잡숫고 오시나유. 요새는 어떻게 지내셔?"

모친은 안심찮은 듯이 김선달을 바라보았다.

"참 어떻게 지내시유?"

하고 희준이도 비로소 생각난 듯이 말참례를 하였다.

…〈중략〉…

"그래도 올 같은 흉년에 굶지 않으면 장한 게지요. 지금 세상에서 더

구나 우리 같은 농군이 그 위에 더 바랄 것이 무엇이겠어요. 더 바란다면 점심을 먹는 게지요……."

하고 김선달은 의미 있는 듯이 또 한바탕 호걸 웃음을 웃는다.

"지금 어디서 오셔요. 별일 없지요?"

희준이는 긴한 일을 잊었다는 것처럼 김선달을 쏘아보며 긴장해서 묻는다.

"그렇잖어도 그 때문에 자네를 보러 왔네."

김선달은 지금까지 쾌활하던 태도가 홀변하고 침울한 기색을 나타낸다.

…〈중략〉…

김선달은 무심히 담배만 피우고 앉았다가,

"모두들 죽겠다니 말일세!"

"난 또 무슨 일이 있다구, 아니 언제는 안 죽겠었나."

희준이는 심상한 웃음을 머금고 쳐다보는데,

"죽겠긴 마찬가지라도 그 정도가 다르지 않겠나. 금방 숨을 모으려는 놈과 며칠 더 살 수 있는 놈이 다르듯이 …… 허."

"그래 뭐라구들 해요. 어떻게 한다구……?"

"무얼 어떻게 …… 벼를 베어 먹었으면 좋겠다지!"

"아니 누가 그래요?"

…〈중략〉…

"모두들 그라지 누가 그래!"

"모두들 그라다니, 아니 여적까지 버티고 있다가 벼를 벤다는 것이 무엇들이야! 그까짓 벼를 베면 며칠이나 먹겠다고 …… 그러면 죽도 밥도 안 되고 모조리 쪽박밖에 찰 게 없는데……."

"흥! 여북해야 그런 생각들을 먹겠나. 내일날은 죽더라도 당장 먹을

게 없으니까 그러는 게지."

"그래서 아무 일도 안 되는 게요. 눈앞만 생각하고 장래일을 생각지 않기 때문에 ……."

희준이는 더욱 열이 나서 고함을 지르며 두 눈에는 쌍심지를 켜고 있었다.

"선달님도 그렇게 생각하시유?"

"내야 죽기로 그럴 리가 있겠나."

"그럼 돌아다니면서 잘 타이르시유. 지금 굴복을 하게 되면 당초에 대항 안 하니만 같지 못할뿐더러 참말로 깡그리 바가지를 차고 나서게 될 것밖에 없다구. 그리고 이삼 일 안으로 어떻게 양식을 변통해서 주겠다고-"

"글쎄 그렇기나 한다면 모르되 빈말로만 해서는 암만해도 안 들을 모양 같애 ……."

김선달은 적이 용기가 나는 것처럼 희준이를 빙그레 웃고 쳐다본다. 그는 희준이 말을 전하러 밖으로 나갔다. (556~559쪽)

● 조첨지

성 별	남자
나이(추정포함)	김선달보다는 나이가 어린 70대

출생지 및 거주지, 활동 공간

원터에서 태어나 대를 물려받아 농사를 지으며 원터에서 살고 있음.

직 업	칠십 평생 농사를 지어온 농민
출신계층	빈농의 하류계층

교육정도	무학이나 마을에서 유식쟁이 노릇을 함.
가족관계	열 살 먹은 막내아들이 있음.
인물관계	① 권 상철의 조부와는 젊어서부터 친구지간이었으나 양식이 없어 권상철의 집전장에 둑막이하는 모군일 품팔이로 가자 권상철은 품값 삼십 전으로 그를 제집 종처럼 부림.
	② 김선달과는 가끔 티격태격하나, 서로 이해하고 일을 함께 도모하기도 함.
	③ 희준이와 우호적임.

인물의 존재방식(사회계층)

노칠십 평생을 소작 농민 계층으로 살아오면서 갖은 고생을 다한 인물로서 올해 겨우 열 살 남짓한 아들에게 나무지게를 지운 것을 애석하게 여기는 인물

성　　격	① 자신의 생각을 고집하며, 보수적 성향을 지님.
	② 살아온 경험으로 합당한 이치를 내세움.

성격 지표 및 인물의 제시방식

〈예문 1〉

업동 아버지 – 덕칠이도 모심는 일을 왔다. 일꾼들은 거머리를 뜯긴 다리에 시뻘건 피를 흘리며 혹은 드러눕고 혹은 앉아서 담배를 피운다. 덕칠이와 원칠이도 담배를 붙여 물고 마주 앉았다. 거머리를 물린 자국은 그들의 다리에도 동침을 맞은 구멍처럼 검은 피가 엉겨붙었다.

조첨지는 적삼을 들고 이를 잡고 앉았다. 그는 서캐가 깔린 겨드랑 밑솔기를 앞니로 자근자근 깨물었다. 그러는 대로 으지직으지직 소리가 난다.

…〈중략〉…

그들이 쳐다보는 데를 원칠이도 그편을 보다가,

"우리 인순인가. 오늘이 노는 날이라구 기애가 집에 온다더니만."

"그렇군, 참 인순이군!"

일꾼들이 인순이란 바람에 모두들 대화의 총부리를 원칠이에게로 돌려 댄다.

"아재는 딸두 잘 두셨지. 인순이가 월급을 타면 허리띠를 끌러 노셨지 뭐."

"딸만 있으면 되나. 그것도 다 학교 공부를 해야 되는 게지."

"그렇지 암, 지금 우리네 처지로서야 어디 아들이 있기로서니 학교 치다꺼리를 할 수 있나."

조첨지는 막내동이가 올해 겨우 열 살 남짓한 것을 나무지게를 지운 것이 지금도 애석해서 한숨을 내쉬었다.(90쪽)

〈예문 2〉

그런데 어느 날 조첨지는 양식이 떨어져서 읍내 권상철의 집 전장에 둑막이하는 모꾼일 품팔이를 갔다. 권상철의 조부와는 젊어서부터 친구 간이 아닌가. 그런데 비단옷을 입고 입에 궐련을 문 권상철은 품값 이삼십 전으로 자기를 제 집 종처럼 온종일 흙짐을 지우고 부려먹었다. 이것은 또한 그전 시대에는 당해 보지 못한 일이었다.

"후 - 세상은 이렇게 변했구나. 늙은 놈은 어서 죽어야지!"

그날 해저물게 조첨지는 품값을 찾아 가지고 돌아서며 속절없는 탄식을 하였다. 그러나 세상이 변해 가는 데 놀라고 한하기는 비단 조첨지 하나뿐이랴? 그것은 누구에게나 - 마치 먼 길을 가는 나그네와 같이 흘러가는 세월은 주위의 환경을 변하게 하였다.(159쪽)

〈예문 3〉

그런데 웬일일까?

모를 키워서 벼를 영글게 하면, 그놈은 마치 천길 나무 위에 깃들여서 길러 낸 새끼새가 어미를 버리고 공중으로 후루루 날아가듯이 하룻밤 사이에 없어지고 말았다. 그러면 그들은 마치 어미새와 자웅이 새끼새를 부르며 지저귀듯이 허공을 쳐다보며 탄식하였다. 그리고 그 이듬해 봄이 돌아오면 그들은 다시 작년의 하던 일을 되풀이하지 않는가?

…〈중략〉…

대체 이것은 무슨 까닭인가?

조첨지는 그것을 지전이 난 까닭이라 하였다. 김선달은 그런 것이 아니라 그것은 인구가 많아지기 때문이라고 반박했다.

"땅은 그대로 있는데 사람 수효는 자꾸 느니까 가난한 사람들이 많아질 수밖에 있어요. 그러니까 무슨 일이 나서 사람들이 훨씬 줄어지면 살기가 좀 나을 테지요."

김선달은 말상 같은 얼굴에 반질반질한 아래턱을 들까부르며 자기도 모르는 맬서스 인구론을 내세웠다. 한참 동안 무슨 생각을 하고 있던 조첨지는 반백이 넘은 채수염을 쓰다듬으며,

"자네 말도 지당하긴 하네만두 그 대신 죽은 사람도 많지 않은가. 그러면 돈이 귀할 터인데 물건값은 왜 비싸다나?"

"돈이 왜 귀해요?"

김선달은 의아한 눈을 뜨고 조첨지를 노려본다.

"아따 사람이 많으니까, 돈이 귀하지 않겠나."

"아니지요, 사람이 많으니까 돈이 더 흔하지요."

"그럴까? 흔하든지 귀하든지 간에 그놈의 지전은 잘못 만든 줄 아네. 아니 예전 엽전 시절에는 엽전 한푼만 가져도 못 할 노릇이 없었는데, 왜 몇백 냥짜리니 몇 관짜리니 하는 지전을 만들었느냐 말야? 그러니까

도적맞기도 쉽고 쓰리도 헤푸고 물건값이 비싸단 말이야, 이 사람아, 그렇지 않은가? 허허허!"

"예전에는 왜 가난이 없었나요 가난 구제는 나라에서도 못 하신다는데, 다 마찬가지지요."

"그야 그렇지만두 예전이야 어디 지금 세상 같았나."

"그럼 다 같은 돈인데 왜 외국 물건값은 비싸고 조선 물건값은 쌉니까? 그전에는 광목 한 자에 칠팔 전 하던 것이 지금은 근 삼십 전을 하는데 곡가는 그대로 쌀 한 말에 왜 일 원 테를 뱅뱅 도느냐 마라이어요!"

"그거야! 돈이 달라졌으니까 그렇지, 지전이야 어디 우리네 돈인가? 개화 돈이지! 허허허."

조첨지와 김선달은 서로 자기의 말이 옳다고 우기었다.

그러면 마을 사람들은 어느 말을 정말로 믿어야 옳을지 몰라서 멀거니 두 사람의 입을 쳐다보고만 있었다. 그들에게는 이편 저편 말이 모두 옳은 것 같기 때문에! 조첨지와 김선달은 희준이가 나오기 전까지는 이 마을에서 제일 유식쟁이 노릇을 했다. 하긴 그전 마름과 지금의 안승학이가 있었지만 자기네와 생활이 격리된 그들에게는 그들의 말까지도 신임을 하지 않았다. 그래서 조첨지와 김선달은 만날 때마다 이야기의 적수였다. 어떤 때는 서로 얼굴을 붉히고 담뱃대로 상앗대질을 하면서 격론도 하였다. 왜 그러냐 하면 조첨지는 예전 시대로 돌아가려는 보수적인데, 김선달은 막연하나마 이 세상을 옹호하려는 신식이기 때문이었다.

"아무튼지 세상은 좋은 세상입네다. 돈 한가지가 없어 그렇지요."

"아따 그 사람, 시원한 소리 하네. 돈이 어디 있어야 말이지."

"그래도 사람 나고 돈 났지 돈 나고 사람 났던가요."

김선달은 얼굴에 핏대를 세우고 고성으로 부르짖었다.

"허허! 그렇게 큰소리해야 우선 자네부터 돈 앞에 굴복하지 않았나? 참 자네 같은 사람이 돈 한가지만 있어 보게."

조첨지는 나직이 한숨을 쉬었다. 사실 김선달은 무식은 할망정 이 근처에서는 인기로 치는 사람이었다.(159~161쪽)

〈예문 4〉

"그렇고말고, 내남없이 여북해서 사는가. 목구멍이 보두청이라구! 하…… 그런데 청년회라 건 무엇 하는 게라나? 자네가 거기 대장이라지?"

한동안 담배만 피우고 있던 조첨지는 마치 오래전부터 한번 물어보자고 벼르던 것을 여러 번째 정신이 상막해서 잊어버렸다가 이제야 생각났다는 것처럼 묻는 말이었다. 그는 눈일이 시뻘건 눈으로 가는 웃음의 물결을 치며 희준이와 김선달을 번갈아 쳐다본다.,

"아닙니다. 대장은 무슨!"

희준이는 허구픈 웃음을 마주 웃었다.

"그래 그거 하면 뭐 생기는 게 있는가?"

"생기긴 뭐 생겨요. 아저씨도 참 딱하신 말씀도 하십니다."

김선달은 가장 자기가 그 속을 잘 아는 것처럼 묻는 말을 가로챈다.

"그럼 무슨 목적으로 그 짓들을 한단 말인가? 내 밥 먹고 내 신발 떨어뜨리고, 허허허 원! 그렇지 않은가?"

"허허 참, 아저씨두 퍽은 완고하십니다. 그게 다 사회상을 위해서 갸륵한 일을 하는 것이 아닙니까? 우리 같은 우매한 백성은 그저 개돼지처럼 제 목숨 하나만 먹고 살랴기에 겨를이 없지만두 잘난 사람들은 그렇지가 않거든요."

희준이는 어쩐지 차차 듣기가 면구스러웠다. 그는 벙어리처럼 빙그레 웃고만 있었다. 조첨지는 눈을 깜작깜작하고 한 손으로 채수염을 쓰다듬 으며,

"내야 무엇을 알겠나만 더구나 개화 속 일을. 하지만 지금 세상에서 할 일이 무엇인가? 먹고 살기가 난리 속인즉 그저 제각기 벌어먹을 일밖 에는…… 그렇지 않으면 그런 건 다 잘 먹고 잘 사는 사람들이나 심심 풀이로 할 일이겠지."

조첨지는 마치 그렇지 않으냐고 희준이에게 질문을 하려는 것처럼 쳐 다보다가 다시 말끝을 꺼낸다.

"참, 아까 김선달도 예전 이야기를 하데마는 그때같이 사람 살기가 유 족해야 할 일도 많고 놀 일도 많고 하지! 이건 지금 세상처럼, 넨정할 것 너나없이 입에 풀칠하기가 어려운 판국에 무슨 할 일이 따로 있단 말 인가! 이렇게 맨송맨송한 세상에서? 하, 참 그 전에는 장난들도 드셌지! 지금 인심 같으면 김선달도 징역을 아마 여러 차례 갔을걸! 허허허, 하 지만 지금은 먹고 살기가 난린데! 그 일이 그중 큰일이 아닌가?"

조첨지는 다시 희준이를 의미 있게 똑바로 쳐다본다. 그의 우멍한 큰 눈은 마치 무엇을 하소연하는 것 같다.(168~169쪽)

● 방개

성 별   여자
나이(추정포함)   이십대 초반에서 중반으로 추정함.
출생지 및 거주지, 활동 공간
            ① 원터에서 태어남.

	② 윈터에서 살고 시집은 장터의 최접장의 손자에게로 감.
	③ 부부관계가 원만하지 않아 시내 제사공장에 들어감.
직 업	제사공장 여직공
출신계층	빈농의 하류계층
교육정도	시집가기 전 야학을 다님.
가족관계	과부 어머니, 오빠 백룡이, 남편 최기철 등이 있음.
인물관계	① 처음에는 막동이와 좋아지냈으나 그가 돈을 벌지 못하자 그 동안 자신에게 관심을 가지고 있던 인동과 상관한 후 둘이 좋아지냄.
	② 모친의 반대로 인동과 혼인을 하지 못하고 장터 사는 최접장의 손자인 역부 최기철과 혼인함.
	③ 혼인한 뒤로도 인동과는 우호적으로 지냄.

인물의 존재방식(사회계층)

소작농의 딸에서 월급쟁이 역부에게 시집간 간 후 남편과 가정생활에 무료함을 느끼고 제사공장에 취직하여 노동자계층으로 변화함.

성 격	① 솔직하고 열정적이며 적극적임.
	② 다소 자유분방하고 활달하여 집안에서 살림만 하는 생활에 무료함을 느낌.

성격 지표 및 인물의 제시방식

〈예문 1〉

인동이의 자부심은 방개를 대하는 태도도 전과 같이 어린아이 같지는 않았다. 그는 방개를 만날 때마다 공연히 조롱하고 싶었다.

"너 참 요새 좋고나."

"무에 좋아?"

"막동이와 좋단 말이야."

"남이야 좋든 말든 네가 무슨 상관이야!"

그럴 때마다 방개는 이렇게 느물거리고 눈도 거들떠보지 않았다. 인동이는 그가 오히려 자기를 어린아이로 돌리려 드는 것이 분하다. 그는 지금 아침을 먹고 나서 먼산 나무를 가는 길에 동구 앞에서 우연히 방개를 만났다. 방개는 어디를 갔다 오는지 읍내서 오는 길을 걷고 있다.

나들이옷을 쏙 빼고 분홍 고무신을 새참하게 신었다. 서로 마주치자 인동이는 싱글싱글 웃으며 작대기로 길을 가로막았다.

"이애가 왜 이래?"

방개는 쌩큼하니 눈썹을 거슬리고 대번에 골을 낸다.

"너 요새 이뻐졌구나. 골내면 누구를 어쩔 테야!"

방개는 인동이가 아주 어른 같은 소리를 하는 꼴이 같잖아 보였다.

그래 하도 기가 막혀서 한번 웃었다.

"왜 웃어?"

"누구 무서워서 웃두 못 해!"

방개는 별안간 성난 고양이처럼 이를 옥물고 대들었다. 경련을 일으켜서 아래윗입술이 바르르 떤다.

"안 비킬 테야? 소리지를 테야."

방개는 사방을 휘 둘러보았다. 그러나 아무도 보이지 않는다.

"지르렴."

"어머니!"

"에ー어리다. 젖 먹고 싶은가?"

인동이는 방개가 푸르락붉으락하며 방정을 떠는 꼴을 볼수록 재미가 난다. 기름을 발라서 곱게 빗은 머리가 햇볕에 지르르 흔다. 그는 분홍색 저고리에 메린스 남치마를 입었다. 젖가슴이 산날망이같이 도도록한 게 떠들어 보고 싶을 만큼 시선을 끄는데 그 밑으로는 날날이 허리에 엉덩이가 호마 궁둥이처럼 펑퍼짐하다.

방개는 쌍꺼풀진 눈을 살차게 뜨고 놀란 새처럼 가슴을 발딱거린다.

"아, 안 비킬 테냐?"

그는 악이 받쳐서 모질음을 쓰며 두 발을 구르고 궁둥이를 흔들었다.

…〈중략〉…

"안 비킬 테냐! 망할놈의 새끼."

방개는 별안간 큰 소리로 악을 썼다. 어른의 목소리같이 질그릇 깨지는 소리를 한다.

"오 – 너 욕했지."

방개는 더 참을 수가 없어서 막 풀밭으로 빠져 나가려 하던 차에 마을 안에서 별안간 고함치는 소리가 들린다.

"인동아, 나무 안 가고 거기서 뭐 하니?"

박성녀가 싸리문 밖에서 내다보며 악을 쓴다. 난데없는 모친의 목소리에 놀란 인동이가 뒤를 돌아다보는 틈을 타서 방개는 마치 개구멍으로 빠지는 강아지처럼 몸을 빼쳐 달아났다. 그는 저만치 가다가 돌아서더니,

"망할놈의 새끼!"

하고 발을 구른다. 그러나 그의 성난 눈초리와 입 모습에는 빈정거리는 웃음인지 상쾌해하는 웃음인지 알 수 없는 가냘픈 미소를 띠우고 있다.

"조런 육시할 년."

"예 – 요 깍정이가 차갈 놈의 새끼!"

"이년아, 막동이는 은테를 둘렀데? 금테를 둘렀데?"

인동이는 지게를 지고 뒷걸음질을 치면서 생각나는 대로 욕을 퍼부었다. 그는 지금 마지막으로 던진 욕이 제일 유쾌해서 제풀에 하하 웃었다.

방개도 뒷걸음질을 쳐가며 마주 욕을 끼었다가 나중 번이 이 욕을 듣더니만 그만 얼굴이 새파랗게 질리었다.

"내, 네 에미한테 이르지 않나 봐라."

그는 머리를 푹 숙이고 두어 걸음을 걷다가 별안간 고개를 돌이켜서 떨리는 목소리로 부르짖었다. 그 뒤로 그는 다시는 옆눈 한 번을 안 팔고 종종걸음을 쳐 간다. 손이 이따금 머리 위로 올라가는 것을 보면 그는 울며 가는 것 같았다.(47~50쪽)

〈예문 2〉

야학을 파하고 나자 인동이는 비로소 졸음을 깨고 일어섰다. 그는 굴레 벗은 말같이 시원하였다. 웬일인지 오늘 밤에는 원터에서는 방개와 인동이밖에 다른 이는 아무도 안 왔다.

음전이는 눈이 부시는 모시치마 뒷자락을 산들산들 바람에 나부끼며 여왕과 같이 그들의 총중에 싸여 간다.

…〈중략〉…

큰길 거리를 나서서 단둘이 된 인동이는 방개에게 은근히,

"늬 오빠는 왜 안 왔니?"

"오빠 말이야, 몸살이 났어."

"응, 그거 안됐구나. 막동이는?"

"그애는! 내가 아니!"

방개는 잠깐 무색한 웃음을 띄우며 목소리에 노염을 붙여 꺼낸다. 인동이는 방개의 심중을 엿보고 속으로 간지러운 웃음을 웃었다.

…〈중략〉…

그들은 어느덧 철도 둑을 넘어섰다. 그는 앞서가는 방개의 머리채에서

상긋한 동백기름내를 맡았다.

- 함함한 머리채! 달빛에 얼비치는 하늘하늘한 인조견치마 속으로 굼실거리른 엉덩이 그리고 통통한 두 팔목 잘룩한 허리! 인동이의 시선은 마치 불똥 튀듯 방개의 몸뚱이의 군데군데로 튀어 박혔다.

그는 몸을 떨었다. 가슴이 널뛰듯 한다. 그러나 그 순간 막동이의 형상이 나타나자 그는 그만 찬물을 끼얹는 것 같은 소름이 쪽 끼친다.

'그 자식이 주무르던 머리채! 팔뚝! 허리! 그리고 또……'

그의 이런 생각은 금시로 방개가 제 계집이나 된 것같이 그들에게 무서운 질투를 느끼었다.

'내가 지금만 같애도 그 자식에게 선손을 못 걸게 했을걸!'

인동이는 한숨을 내쉬었다.

"너 골련 있니!"

"희연밖에 없다."

"골련 없어?"

"골련 살 돈이 어디 있니."

"담배 먹고 싶다. 얘, 그게라도 한 대 피우고 가자!"

"길거리에서?"

"저-기 철로 다리 옆 모래밭으로 가서."

방개는 한 손을 들어서 달빛이 훤히 비치는 강변을 가리킨다.

"막동이가 담배두 안 사주든?"

"?!"

방개는 복잡한 표정으로 눈을 흘기었다. 인동이는 시선을 마주 쏘며 음흉한 웃음을 뱉었다.

…〈중략〉…

인동이는 물쭈리와 대꼬바리가 맞붙은 곰방대를 꺼내서 종이봉지에 싼 담배 부스러기를 담아 물고 성냥을 그어 대었다.

연기가 풀썩 나며 담뱃진내가 독하게 난다.

"나 좀!"

방개는 인동이 입에서 물쭈리를 뺏어다 물며,

"넌 막동이가 샘나니?"

"그 자식 수틀리면 패줄란다. 간나새끼."

"네가 기애를 이겨?"

"그까짓 자식을 못 이기고 살어서 무엇 하게."

"정말?"

"그럼!"

방개는 생글생글 웃으며 연기 나는 물쭈리를 그대로 인동이 입에 넣어 주었다.

인동이는 별안간 정신이 얼떨떨해졌다.

그는 담뱃불을 끄고 나서 그만 그 자리에 방개를 껴안고 쓰러졌다.

"아이, 놔 얘! 가만있어 좀…… 참 달두 무척 밝지!"(143-145쪽)

〈예문 3〉

그날 저녁에 막동이는 방개를 찾아갔다. 그는 방개를 만나서 처음에 뭐라고 말을 꺼내야 좋을지 몰라서 걸어가며 곰곰이 생각해 보았다. …〈후략〉…

그런데 막동이가 막 방개이 집을 당도하려니까 다행히 방개는 누구를 기다리는지 아랫대를 내려다보며 길가에 혼자 나와 섰다.

'그 자식을 기다리고 있는 게지!'

문득 이런 생각은 막동이로 하여금 더욱 질투의 불길을 솟구치게 한다.

"방개야!"

방개는 한 발을 주춤하며 놀란 사람처럼 막동이를 쳐다본다.

…〈중략〉…

"너 요새, 인…… 인동이와 좋아지낸다더구나."

막동이는 온몸이 떨리고 말소리까지 떨려 나온다.

"누가 그라디? 흐…….”

…〈중략〉…

"요런, 너 그럼 내 말 왜 안 듣니?"

막동이는 주먹을 쳐든다. 방개는 몸을 피하며,

"듣기 싫으니까 안 듣지!"

"뭣이 어째? 그래 못 듣겠니."

"난 못 듣겠다."

"어…… 어째 못 듣겠니?"

"나도 모른다."

말이 떨어지자 막동이의 손은 방개의 머리채를 움켜쥐고 내둘렀다. 방개는 한 바퀴를 핑그르 돌아서 엎어졌다가 발끈 일어서더니 막동이에게로 마주 대들며,

"이새끼야, 왜 때리니? 누구의 머리를 끄내두르니? 내가 네 계집이냐? 이놈의 새끼!"

하고 사내의 앙가슴을 쥐어뜯는다. 그는 막동이가 뿌리치는 대로 덤비며 할퀴고 물고 하였다.

"이게 왜 대들어. 드런년 같으니."

"이 새끼야, 네가 드런놈이다. 제 계집도 싫으면 달어나는데, 넌 싫대
두 왜 그래! 계집애라구 내가 만만하더냐! 남이야 좋든 말든 네게 무슨
상관이냐?"

"뭐?······ 뭣이 어째? 인동이가 무서워서······ 조런 간나위 같은 년!"

"조런 재리가 차갈 자식!"(226~228쪽)

〈예문 4〉

수동이네 아시논을 매고 온 인동이는 저녁을 먹고 나자 냇물에서 미
역을 감고 나서는 달을 따라서 물 아래로 내려갔다.

그는 그대로 자기가 심심해서 백룡이네 원두막으로 슬슬 가보았다. 마
침 원두막에는 방개가 혼자 앉았다. 방개와 대거리로 그의 모친은 저녁
을 먹으로 들어가서 나오지 않았다.

"너 혼자 있니?"

"응?"

인동이는 원두막 위로 성큼 올라서는 길로 방개를 품안으로 끌어 안
았다. 여자의 눈이 달빛에 반짝인다.

"웬일이우?"

"임자 보고 싶어서!"

"가짓부렁!"

"흐! 참 그런데 저, 막동이 봤어?"

"언제?"

"요새!"

"아니, 왜 그래?"

"그럼 임자하고 한번 닥뜨릴 테니 그런 줄 알라구."

방개는 안심찮은 듯이 눈을 크게 뜨고 인동이를 쳐다보며 한 손으로는 그의 밤송이같이 까슬까슬한 머리털을 문지른다.

"똑 말총 같으네!"

"왜 무슨 일이 있었니?"

방개는 약간 고개를 끄덕인다.

"무슨 일?"

"저, 접때 기애를 만났는데 나를 마구 때리려 들겠지. 그래 왜 때리느냐고 했더니 늬들 어디 보자고 벼르겠지. 그게 한번 해보겠다는 수작이 아닌가베!"

"해보라지. 제까짓 자식 겁날 것 없어."

방개는 잇속을 드러내고 방긋 웃으며 해사한 얼굴을 쳐들고 눈초리를 꼬부장한다.

"해보면 이길 테야?"

"그럼 그 자식을 못 이겨."

"어디 두고 볼까?"

"이기면 어쩔 테냐?"

방개는 생긋 웃다가,

"이기면 상 주지."

"무슨 상?"

"아무 상이나 내가 제일 주고 싶은 상……."

방개는 인동이의 크낙한 몸집과 틀진 얼굴과 우렁찬 목소리에 그의 마음이 쏠리었다. 그러나 그는 작년까지도 그를 아직 어린아이로밖에 볼 수 없었다.

그들은 이렇게 재미있게 이야기를 하며 지금 막 참외를 벗겨 먹는데 별안간 인기척이 나며 사람의 그림자가 달빛에 비쳐 온다. 방개는 어떤 예감에 찔리어서 가슴이 펄쩍 뛴다. 그는 원두막 아래를 내려다 보다가 가만히 부르짖었다.

"아이그, 저걸 어째! 막동이가 와……."

그는 손을 내저으며 벌벌 떤다.

…〈중략〉…

막동이가 기침을 하고 원두막 위를 쳐다본다.

"누구여?"

인동이가 일부러 목소리를 크게 내서 물어 보았다.

"내다, 막동이야, 인동이냐?"

"그래, 저녁 먹었나?"

막동이는 원두막 위로 올라와서 인동이와 단둘이 있는 방개를 발견하더니, 눈이 간좌곤향으로 틀어지며 두 주먹을 불끈 쥔다.

"인제도 거짓말이냐, 이년의 계집애!"

막동이는 이를 악물고 방개에게 달려든다.

"거짓말 아니면 어째!"

"무엇이 어째?"

막동이는 방개의 뺨을 치며 다시 머리채를 잡으려고 들이덤빈다. 방개는 뺨을 만지고 울며 대든다.

"왜 때리니, 이 자식아, 너 접때도 날 때렸지!"

인동이는 그들의 틈으로 들어가서 얼른 막동이의 두 팔을 붙들었다.(234~236쪽)

〈예문 5〉

방개는 말릴 수도 없고 그냥 있을 수도 없어서 두 발을 동동 구르며 여전히 떨고만 있었다. 그는 원두막 아래로 뛰어내려서 그들의 싸움터로 가까이 갔다.

두 사람은 거기서도 맞붙어서 뒹굴고 있었다. 그들은 인제 시악도 안 쓰고 성난 황소처럼 서로 식식거리는 숨소리만 높이 들렸다.

…〈중략〉…

방개는 가슴이 조마조마하였다. 이런 때에 누가 왔으면 좋겠는데 웬일인지 저녁을 먹으러 들어간 모친까지도 아무 소식이 없었다.

"아이 저걸, 어째! 고만고만…….."

방개는 그들이 뒹구는 대로 따라오며 애끊는 탄식을 터치었다. 밭고랑을 토막나무 끈 자국처럼 만들어 놓고 그들은 길둑까지 굴러 나왔다. 달빛에 비치는 두 사람의 꼴은 보기만 해도 무서웠다. 온 얼굴이 흙투성이와 피투성이가 되어서 콩고물 묻힌 인절미처럼 눈코도 분간할 수 없었다. 그들은 길 한가운데서 한참 동안을 복대기치더니만 또다시 그 밑 언덕으로 내리 뒹굴었다.

거기는 얼마 아니 되는 지면이다. 그대로 뒹굴다가는 그만 그 밑 냇물 속으로 떨어지고 말 것이다.

"아이구머니, 사람 살리우!"

방개가 아우성을 치며 그들에게로 뛰어갔을 때에는 벌써 두 사람은 냇물 속으로 풍덩 빠지고 이어서 철벅철벅하는 물소리만 무섭게 들리었다.

"사람 살리우-"

방개는 산송장같이 사지가 옹동그라졌다.(238쪽)

〈예문 6〉

원터에는 팔월 추석의 한가위를 앞두고 총각과 처녀가 남모르게 가슴속으로 부러워할 만한 아리따운 소문 한 쌍이 마을 안으로 떠돌았다.

그것은 인동이가 읍내에서 크게 음식점을 하는 과부 술장삿집의 막내딸 음전이와 약혼을 했다는 것과, 또 하나는 방개가 장터 사는 최접장의 손자, 역부를 다니는 기철이와 면약을 했다는 것이다. …〈후략〉…

초로가 내려서 달빛에 반짝인다. 정강이까지 걷어붙인 인동이의 아랫도리는 이슬에 젖는 대로 선뜩선뜩하였다.

"아이, 이슬밭을 어디로 자꾸 가?"

방개는 눈을 할기죽하며 가만히 부르짖는다.

"저 소나무 밑 바위 위로 가자꾸나. 누가 보지 않게."

그들도 서로 약혼한 소문을 듣고 있었다. 그런 소문을 들은 그들은 각기 중심에 기약지 않은, 한번 서로 만나보고 싶은 호기심을 가지고 있었다. 방개도 그런 생각이 있기 때문에 잡담 제하고 잡아끄는 대로 인동이 뒤를 따라갔다.

…〈중략〉…

인동이는 방개의 손목을 덥석 잡았다. 그리고 방개를 넋놓고 보았다.

…〈중략〉…

방개는 손등으로 입을 씻었다. 그리고 상기가 된 목소리로,

"임자는 좋겠구려."

"뭬 좋아?"

"장가드니까."

"너도 시집가지 않니."

"색시가 이쁘다지?"

방개는 약간 질투에 가까운 눈초리로 인동이를 쏘아본다.

"늬 신랑은 이쁘지 않으냐, 왜?"

인동이는 비로소 웃었다.

"내 말부터 대답해 봐. 글쎄, 이쁘지? 그렇지!"

"이쁘긴 뭬 이뻐, 그저 그렇지."

"저봐, 아주 이쁘단 말이지."

"난 네가 이쁘다."

"가짓부리!"

"참 너하고 이렇게 만나기도 오늘 밤이 마지막일는지 모르지 않니, 난 너한테 할 말이 있어서 불렀다."

"무슨 말?"

"넌, 시집간 뒤에 그 남자와 잘 살겠지?"

"왜! 건 왜 물어?"

방개는 입을 비쭉 내민다.

…〈중략〉…

"하긴 난 너한테만 장가를 들고 싶었는데 늬 어너니가 우리집은 가난하다고 마다니까……."

"가짓부리! 정말 그런 맘이 임자에게 있었군?"

"정말이야. 늬 어머니더러 물어 보렴!"

별안간 방개는 한 손으로 인동의 입을 틀어막고 그의 가슴에 쓰러진다.

"그런 말 말라구. 넌 이담에 길가에서 만나두 못 본 척하고 지나갈 걸! 뭐……."

"설마 그럴 리야 있겠니……."

방개가 어깨를 달싹이며 우는 것을 인동이는 한숨을 쉬며 그를 붙들어 일으켰다. 달은 말없이 그들의 얼굴을 은근히 내려다보고 있다.(356~359쪽)

〈예문 7〉

그러자 그날 그믐께는 방개의 혼인이었다. 방개는 기철이와 예를 갖추게 되었다. 그들은 구식으로 거행을 하기 때문에 신랑은 가마를 타고 사모관대를 하였다.

방개는 큰 낭자를 틀고 연지곤지에 족두리를 쓰고 초례청으로 걸어나왔다.

그들이 전안을 드리고 마주 사배를 하는 것을 인동이와 막동이는 야릇한 감정으로 쳐다보고 있었다. 방개는 참으로 새색시처럼 눈을 내리깔고 절을 하였다.

사흘 뒤에 가마를 타고 가는 방개의 가느다랗게, 가마 속으로 흘러나오는 울음 소리를 인동이는 자기 집 문 앞에서 듣고 있었다.

인동이는 백중날 밤에 방개와 마지막으로 만나보던 근경을 그려보고 몸을 떨었다. 여자로서 매력 있는 그의 성격을 잊을 수 없었다. 그의 독사와 같은 살찬 눈! 날씬한 스타일! 꼭 맺힌 입 모습! 암생쟁이! 말괄량이! 그는 창부의 타입이나 결코 맛없는 여자는 아니었다.

그러나 인동이는 단념할 수밖에 없었다. 그래 그는 방개가 시집가서 끝까지 잘 살기를 빌었다. 만일 그가 차후에도 행실이 부정하다면 그것이 자기에게도 그 책임이 있을 것 같기 때문에 - (364쪽)

　인동이는 갈퀴를 놓고 앉아서 한동안 생각에 골똘하였다. 그는 음전이와 방개를 비교해 보았다. 방개는 성긴 울타리 속에서 커났다. 그렇다면 음전이는 높은 돌담 안에서 커난 것 같다. 별안간 그 생각은 인동이로 하여금 우울증을 내게 했다.

　…〈중략〉…

　인동이의 얼굴은 차차 찡그려졌다. 그것은 지금 방개도 자기와 같은 생각으로, 역시 자기를 그리고 있지 않은가? 만일 그렇다면, 그도 지금 불행을 느낄 것이 아닌가?

　…〈중략〉…

　인동이는 머릿속이 답답하였다. 지난 일이 꿈결같이 내다보인다. 그는 왜 자기와 결혼을 못 했던가?

　인동이의 아내는 그전과 다름없이 외양은 이쁘다. 그러나 웬일인지. 인동이는 살아갈수록 그 아내에게 덤덤한 정을 느끼게 한다. 그는 날이 갈수록 도리어 거무스름한 그전의 방개가 그립다. 음전이를 분에 심은 화초라면 방개는 벌판에서 자라난 찔레나무라 할까? 그는 그늘 속에서 피어난 생기 없는 꽃보다도 천연하게 야생으로 커나는 찔레꽃이 더 좋았다. 찔레꽃은 보람은 그리 없어도 향기가 있다. 그리고 날카로운 가시가 돋치지 않았는가? 그런 가시에 찔리고 싶었다.

　'그렇다! 그는 돌담 안에서 살아왔다. 음전이는 지금도 그 속에서 산다 …….'

　인동이는 자꾸 이런 생각이 치밀었다. (432~433쪽)

〈예문 9〉

　그러나 방개는 벌써부터 삽짝문 뒤에 붙어 서서 이 집안의 내용을 살피고 있었다. 그는 이삼 일 전 오던 날부터 인동이 집에를 가고 싶었으나 그전의 관계를 온 동리 사람이 모두 아는 만큼 주저하였다.

　그렇다고 그는 인동이가 보고 싶어서 가보고 싶다는 것은 아니었다. 그보다도 음전이의 인물을 한번 다시 똑똑히 보는 동시에 그들의 가정이 얼마나 재미있나 알고 싶었는데 무슨 핑계가 없이는 불쑥 가보기가 겸연쩍었다. 그런데 오늘 아침에 인순이가 나왔다는 말을 듣고 그는 이 기회를 놓치지 말자 하였다.

　…〈중략〉…

　"아주머니! 집에 계시군…… 안녕하십시오?"

　빨간 댕기에 은비녀를 물려서 쪽을 찐 방개는 그 동안에 활짝 피어서 각시꼴이 뚜렷이 박혔으나 그러나 얼굴에 화색이 없이 무슨 근심이 있는 사람과 같았다.

　"아이구, 이게 누구여! 참 왔단 소문을 듣고 한번 올라가 보자면서 하는 것 없이 오늘 내일 하다가……."

　…〈중략〉…

　"언니두 잘 있었수?"

　인순이는 능청스럽게 방개를 언니라고 불렀다. 방개도 그것을 싫게 듣지는 않는 것 같다.

　…〈중략〉…

　"그래 퍽 고되지, 공장일이……."

　"내야 늘 그렇지. 언니야말로 새살림 재미가 어떠우?"

　인순이가 방끗 웃으며 묻는 말에 방개는 어색한 웃음을 따라 웃으며,

"새살림 재미? 좋지 뭐……."

하는 말 끝에는 쓸쓸한 기분이 떠돌았다.

…〈중략〉…

방개는 음전이를 쳐다보다가 다시 인순에게,

"나도 너처럼 시집가지 말고 공장에나 들어갔으면 좋겠다."

"왜?"

"시집이라고 가보니 그전 생각 같지 않아서, 아주 한 말로 말하면 온 몸을 잔뜩 결박진 것 같애서 도무지 못살겠다. 내 자유대로 혼자 사는 것이 제일 좋겠어……."

하고 그는 다시 쓸쓸히 웃음을 지었다.

…〈중략〉…

"그럼 부모 슬하에서 첫정을 붙여 사는 것이 재미있지 않구."

박성녀는 다시 빙그레 웃는다.

"재미가 무슨 재미예요. 그것도 다 넉넉한 집안 말이지. 가난한 살림을 하랴거든 차라리 혼자 사는 것이 낫겠어요. 그래서 저는 이렇게 생각하는데요. 저 타국 사람들처럼 버젓하게 한번 살지 못하겠거든 시집이나 장가도 들지 말고 그저 혼자 사는 게 좋겠다고요."(450~452쪽)

〈예문 10〉

인순이는 웃음을 거두고 정색을 하며,

"언니도 그렇게 마음을 먹지 말고 진실하게 착심을 해보우…… 세상일을 가만히 생각하면 재미있는 구석이 없지도 않은 게야. 나도 그전에는 언니같이 생각했는데 공장에를 들어가서 차차 닦여나 보자니까 그전에 모르던 일이 깨달아지고 사람이 왜 사는지 그 까닭도 알어지더구먼!"

"그러기에 아까 너보고도 그라지 않었니? 나도 공장이나 들어가구 싶다고……참 말이 났으니 말이지, 나 같은 사람도 그런 데 들어갈 수 있을까?"

…〈중략〉…

"시집간 사람도 많이 다닌다우."

"그럼 나도 한자리 징궈 주렴!"

"내가 무슨 권리 있나. 올에는 뽑을는지 모르니 가보구려."

"나 같은 무식쟁이를 뽑을까? 죄인처럼 가만히 혼자 집 안에만 갇혀 있으니까 답답해서 사람이 살 수 있어야지……그럼 뽑을 임시해서 기별해 주고 한동리 사람이라고 잘 말해 주어!"

"정말이유? 그럼 그기우."

방개는 담배 한 개를 다 태우고 나서 그만 가야겠다고 저녁 해먹고 가라는 것도 고사하고 일어났다. 그는 싸리문을 나서서 큰길 거리로 오다가 빈 지게를 지고 오는 인동이와 마주쳤다.

방개는 별안간 눈초리가 샐쭉해지며 자기도 억제치 못할 어떤 감정에서 못 본 체하고 그대로 지나가려니까 인동이가 빙그레 웃고 길을 막아선다.

"작년 백중날 밤에 당신은 나보구 길거리에서 만난대도 인사를 않겠다더니 당신아야말로 그 말이 맞았구려."

"당신같이 부잣집 따님에게로 장가든 귀동자님을 보고 누가 인사를 해!"

"귀동자!……대관절 어디 갔다 오는 길이오."

"당신 집에!"

"우리집을 다 찾어오고 그건 너무 고마운데."

"누가 당신 보러 갔남. 인순이 보러 갔지."

"아따, 누구를 보러 갔던지."

"당신 실내마님도 똑똑히 좀 다시 보고!"

"그래 어떻습디까?"

"아주 예뻡디다. 돋아 오는 반달 같고 썩은 동아줄 같고 물찬 제비 같고 당신이야말로 새살림 재미가 어떻소? 아씨가 그렇게 이쁘니까 물론 좋겠지."

"그다뿐이요. 그런데 길거리서 이럴 게 아니라 저녁에 우리, 그날밤에 만나던 차돌바위로 만납시다."

…〈중략〉…

방개는 발길을 돌리더니 그 길로 뒤도 안 돌아보고 달아난다.

"기다리겠소."

"몰라!"(454~455쪽)

〈예문 11〉

방개는 별안간 인동의 가슴 앞으로 쓰러지며,

"난 지금도 당신을 …… 당신 없이는 못 …… 살 …… 겠 …… 흑."

하고 느끼어 운다. 그의 머리에서는 동백기름내와 분냄새가 떠오른다. 은비녀 은귀이개를 꽂았다. 그러나 이때 인동이는 무아몽중이 되어서 자기도 모르게 그를 힘껏 껴안고 있었다.

한동안 침묵이 계속되었다.

그들은 불순한 충동의 정도를 지나쳐서 정화(淨化)된 고운 정서를 느끼었다.

방개는 눈물을 씻고 일어나 앉으며 아까보다는 화평한 기색으로,

"그래 나는 이런 생각을 가지고 당신을 만나고 싶었수! 같이 달아나자구……."

방개는 인동이의 눈치를 슬쩍 보고 나서 다시 잇대기를,

"만일 그럴 수가 없다면 난 공장에나 들어갈까."

밤새가 솔밭 속으로 획 지나간다. 인동이는 무엇을 한참 생각하더니,

"당신은 혹시 섭섭히 알는지 모르지만…… 난 달아날 수는 없소. 그건 음전이를 못 잊어서 하는 말이 아니라 늙은 부모를 버릴 수가 없지 않수…… 그러니 나중 말대로 공장이나 들어가는 것이 좋겠소. 거기는 여러 동무들이 있어서 심심치는 않은가 봅디다."

방개는 다시 느껴 울기 시작하였다. 한 팔로 턱을 괴고 시름없이 산밑을 내려다보면서.

한동안 울던 방개는 별안간나 눈물을 씻고 무엇을 결심한 듯이,

"당신을 다시 괴롭게 굴지 않을라우…… 난 공장에 들어가겠소. 고만 내려갑시다."

하고 발딱 일어서서 내려간다.

인동이는 아무 말 없이 그 뒤를 따라갔다. 그는 가을하늘과 같이 휑뎅그렇한 공허(空虛)가 가슴속으로 퍼져 나갔다. (461~462쪽)

〈예문 12〉

인동이는 방개의 치맛자락을 붙잡아 앉히며,

"거기 좀 앉어 이야기나 합시다!"

하고 붙들었다.

"이야기는 무슨 이야기를 해! 난 동부 따고 녹두 따러 왔는데."

방개의 말은 바쁜 듯하나 몸은 그대로 앉는다.

"그래 공장 재미가 어떠우? 집에 있느니보다 낫습디까?"

"낫구 말구 간에 요샌 누가 가기나 하나."

방개는 기분이 매우 유쾌한 듯이 정찬 웃음을 웃는다.

"참 요새는 논다지, 장차 어떻게 될 모양인가?"

인동이는 비로소 무슨 생각이 났는지 얼굴에 긴장한 빛을 띄우고 쳐다본다.

"무얼 어떻게 되어, 회사에서야 도무지 몸달 것이 있어야지!"

…〈중략〉…

그는 별안간 무슨 생각이 났는지 금시에 생기 있는 표정을 지으며,

"참, 그런데 이상한 일이 또 한 가지 있겠지."

"무슨 일?"

인동이의 눈알은 번쩍 빛난다.

"소문 낼라구! 그럼 난 싫여……."

방개는 인동이를 쳐다보며 몸을 뒤흔든다. 그것은 일부러 애교를 보이려는 것같이 조발적이었다.

…〈중략〉…

"무슨 일이야. 비밀한 이야기라면 소문내지 않지!"

인동이는 호기심이 나서 더욱 바짝 달라붙었다. 그래서 방개는 여러 번 다짐을 받고 나서,

"저, 임자도 갑숙이를 알지 않수."

하고 물어 보았다.

"갑숙이가 누구여?"

인동이는 얼른 생각이 안 나는 것처럼 두 눈을 두리번두리번한다.

"아따, 마름집 딸 말이야."

"아, 저 갑숙이, 그래 갑숙이가!"

"갑숙이가 우리 공장에 들어와 있어 …….."

"응, 언제? 아니 어디 타국으로 달어났다더니 …….."

인동이는 곧이가 안 들리는 것처럼 방개를 쳐다본다.(506~507쪽)

〈예문 13〉

남의 집 울 안에 열린 탐스러운 실과를 쳐다보고 침을 삼키듯이, 그는 인동이를 볼 때마다 지나간 시절의 미련이 남아 있다. 그때는 임자 없는 과실이 아니었던가!

인동이도 방개의 심중을 엿보았다. 그는 자기가 건드리기를 기다리는 것 같다. 건드리기만 하면 그의 온 몸뚱어리를 금방이라도 맡길 것 같다.

인동이는 그런 생각을 하니 몸이 떨린다. 그는 자기도 모르게 나직이 한숨을 쉬었다.

그는 낫공생이로 잔디밭을 두드렸다. 가슴속에서 폭풍우가 이는 것을 그는 진정할 수 없는 모양이었다.

이런 기미를 저편에서도 알았던지 별안간 방개도 나직이 한숨을 짓는다. 그는 인동이를 할끗 쳐다보며 사내의 얼굴빛을 살피었다. 그 순간 귀밑이 빨개지며 겉으로는 천연한 척하고 시름없이 먼산을 쳐다보았다.

…〈중략〉…

인동이는 별안간 얼굴이 울그락붉으락해지며 입술에 경련을 일으켰다. 그는 무서운 눈을 지르뜨고 한참 동안 방개를 노려보다가 한번 진저리를 치고는 낫자루에 침을 탁 뱉어서 힘껏 쥐고 잔대미를 북북 뜯기 시작하며,

"고만 가라구! 임자 볼일 보러."

하고 볼먹은 소리를 내질렀다. 뜻밖에 덜미를 잡혀서 내쫓기는 것 같은 모욕을 느낀 방개는 얼굴이 다호빛이 되며,

"저이가 미쳤나. 왜 빨끈 성을 내고 그래! 가라면 누가 겁날까 봐서 ……."

하고 보구니를 들고 일어선다.

"늬가 옆에 있으면 깨물어 먹고 싶게 이가 갈린다. 다시는 내 앞에 뵈지 말라구."

인동이는 여전히 흥분되어서 부르짖는다. 방개는 인동이의 심중을 엿보았다. 그는 도로 그 자리에 털썩 주저앉으며 정열에 띤 목소리로,

"안 보면 보고 싶고 보면 이가 갈린단 말이지? 나두 그런데 뭐……."

"그런 허튼 수작은 말라구!"

"임자야말로 너무 그라지 말라구!"

"그런 소리 말고 임자는 인순이와 잘 지내라구. 그것이 당신에게는 ……."

"그건 나두 잘 알어, 그만두라구! 고만두라구!"

방개는 발딱 일어서서 암상스런 눈으로 인동이를 흘겨보다가 별안간 부리나케 달아난다.

인동이는 그가 가는 뒷모양을 한동안 우두커니 쏘아보고 있었다.(509~511쪽)

● 음전

<table>
<tr><td>성 별</td><td>여자</td></tr>
<tr><td>나이(추정포함)</td><td>인동에게 시집온 것으로 보아 십대 후반에서 이십대 초반으로 추정함.</td></tr>
<tr><td>출생지 및 거주지, 활동 공간</td><td>① 읍내에서 크게 음식점을 하는 과부 술장사 집의 막내딸로 자람.
② 인동에게 시집오면서 원터 동리에서 살게 됨.</td></tr>
<tr><td>직 업</td><td>술장사를 하는 어머니를 도와 일을 하다가 농군 인동의 아내가 됨.</td></tr>
<tr><td>출신계층</td><td>원터 읍내의 중류계층</td></tr>
<tr><td>교육정도</td><td>야학에 다님.</td></tr>
<tr><td>가족관계</td><td>친정쪽으로는 술장사를 하는 홀어머니, 시집간 언니들, 시댁쪽으로는 남편 인동, 음전을 매우 귀애하는 시아버지 김원칠, 시어머니 박성녀, 그리고 인순을 비롯한 시댁형제들이 있음.</td></tr>
<tr><td>인물관계</td><td>① 시부모는 음전을 몹시 귀애함.
② 남편 인동의 사내다운 면모는 좋아하나 상스러운 꼴과 글이 부족한 것을 못마땅하게 여김.
③ 살아갈수록 인동은 튼튼하고 생기 있는 방개를 그리워하고 점점 시들어 가는 듯한 음전을 멀리함.</td></tr>
<tr><td>인물의 존재방식(사회계층)</td><td>술장사로 돈을 모아 원터 읍내에서는 제법 돈이 있다는 집안에서 살다 모친의 청으로 가난한 소작농 김원칠의 집에 며느리로 들어가 빈농 하류계층의 아내가 되어 힘겹게 살아가는 인물</td></tr>
<tr><td>성 격</td><td>① 남편의 상스런 옷차림을 싫어할 정도로 깔끔하고 단정한 면모를 좋아함.
② 자신의 무식을 한탄하여 글이 있는 사람을 선호함.
③ 잔재미가 있는 사내보다 선이 굵고 사내답고 인</td></tr>
</table>

금 있고 여자에게 위엄을 보일 수 있는 남자를 사모함.

성격 지표 및 인물의 제시방식

〈예문 1〉

원터에는 팔월 추석의 한가위를 앞두고 총각과 처녀가 남모르게 가슴 속으로 부러워할 만한 아리따운 소문 한 쌍이 마을 안으로 떠돌았다.

그것은 인동이가 읍내에서 크게 음식점을 하는 과부 술장삿집의 막내 딸 음전이와 약혼을 했다는 것과, 또 하나는 방개가 장터 사는 최접장의 손자, 역부를 다니는 기철이와 면약을 했다는 것이다. 그 중에도 막동이 는 여간 실심하지 않았다. 그들은 추석 전후로 혼례식을 갖춘다는 것이 다. 인동이는 추석 전에 방개는 추석 후에, 추석을 전후 한 두 쌍의 결 혼식을 앞두고 날짜는 임박해 간다.(356~357쪽)

〈예문 2〉

팔월 열나흗날 – 음력으로 소위 작은 추석날이 돌아왔다. 인동이와 음 전이의 혼례식은 S청년회관에서 거행되었다. 신랑과 신부는 수수하게 보 통 출입복으로 식을 거행하게 하였다. 그래서 인동이는 옥양목 고의적삼 에 모시두루마기를 해입고 신부는 비단으로 흰 옷을 해입었다.

…〈중략〉…

이렇게 그들의 혼인은 성대하게 마치고 그 이튿날 바로 신부례를 하였 다. 원칠이 집은 비록 오막살이나마 방은 둘이 있으므로 안방은 아들에게 내주고 자기네는 들어가는 첫머리 방을 쓰기로 하였다. 신부의 방이라고 양지를 사다가 벽을 바르고 바닥은 신문지로 장판을 하였다.(362~363쪽)

〈예문 3〉

시부모 방의 문 여는 소리를 듣자 음전이는 얼른 일어나서 옷을 입고 나왔다.

그는 갓으로 일어난 게슴츠레한 눈을 뜨고 신선한 공기를 들이마셨다. 어쩐지 몸이 무거웠다.

"왜 더 자지 않고 어느새 일어났니?"

"고만……."

음전이는 고개를 숙이고 약간 수태를 띄웠다. 박성녀는 물끄러미 쳐다보다가 물동이를 이고 샘으로 갔다.

그의 눈에는 우선 며느리의 손가락에 낀 금가락지와 머리에 꽂은 금비녀가 눈에 띄었다.

…… 젊은 여자의 고운 바탕은 비단옷 속으로 더욱 아리따운 자태를 드러냈다. 음전이는 분홍 삼팔저고리에 순인 남치마를 입고 그 위에 하얀 앞치마를 둘러 입었다.

그런 것은 박성녀가 한평생을 두고 몸에 붙여 보지도 못하던 것뿐이었다. 그는 며느리의 인물보다 며느리가 혼수를 잘 해온 데 그만 마음이 푸근하였다. 누더기솜에 꿰져 나오는 걸레 같은 이불 속에서만 키우던 그 아들을, 며느리는 비단 인조견 이불을 두세 채나 해가지고 와서 덮어 주었다.(392쪽)

〈예문 4〉

인동이는 모친이 물을 두 번째나 길어 오도록 일어나지 않았다.

그는 장가를 든 뒤로부터 밤마실을 그전처럼 잘 다니지 않았다. 그 대신에 그는 늦잠을 자는 버릇이 생기었다.

그는 음전이의 청초한 자색 – 비단옷에 싸인 그의 눈같이 흰 살결에 반하였다. 그는 얼마 동안에 몸이 축지고 안청이 흐린 눈을 힘없이 뜨고 다녔다. (394쪽)

〈예문 5〉

남편은 들에 나갈 준비로 해어진 등거리 잠방이를 갈아입는다. 음전이는 그의 접저고리를 찾아 들고 사내 앞으로 가서 다정한 목소리를 꺼내었다.

"치운데 이거 입으셔요……."

인동이는 아내의 다정한 목소리를 듣자 미소를 띄우고 그를 마주 쳐다보았다. 그는 아내의 앞에서는 자기를 억제할 힘이 없어졌다.

'계집이란 이렇게 사내를 결박하는 것인가?'

인동이는 속으로 이런 생각을 하면서,

"들에 거름을 져낼 텐데, 그건 입어 뭐 해!"

"그래도…… 춥지 않우?"

음전이는 인동이가 등거리 잠방이 바람으로 섰는 것을 시쁜 마음으로 쳐다보았다. 그는 사실 남편이 추워한다는 것보다도, 땔나무꾼 같은 상스러운 꼴이 보기 싫어서 그랬다.

그는 그와 좀더 낯익은 사이라면 그 꼴이 보기 싫다고 기어코 저고리를 입혔을는지도 모른다.

그는 이부자리를 장롱 위로 개어 얹고 나서 방문을 열어 붙이고 쓰레질을 하였다.

인동이는 왕얽어 짚신을 신고 나서더니 괭이로 거름을 파서 바수거리에 짊는다. 퇴비 속에서는 김이 무럭무럭 떠오른다.

송아지는 여름보다 제법 컸다.

음전이는 그가 거름을 짊는 꼴을 한동안 우두커니 서서 바라보았다.

그의 가슴속에서는 누구에게 하소연할 수 없는 근심이 여울물처럼 소용돌고 있었다.

그의 모친이 두 형은 글하는 남편에게로 시집을 보냈다.

큰형은 보통학교 선생이니만큼 더 말할 것 없고 둘째형도 공부한 사람에게로 시집을 보내더니, 자기는 왜 농군에게로 출가를 시켰을까?

인동이가 거름을 짊어지고 나가자 모친이 이번에는 며느리에게 아들의 말을 자세히 이야기해 들려주었다.

그것은 벌써 여러 번째 들은 말이다. 음전이는 시어머니의 말을 잠자코 들을 뿐이었다. 그는 행여나 자기 아들이 우락부락하고 잔재미가 없는 까닭으로 그들의 금실이 좋지 못할까 보아서 그 점을 잘 이해하고 지내라는 부탁이다. 그의 노파심은 참으로 그런 염려가 없지도 않다.

그러나 음전이는 인동이의 그런 점을 도리어 좋아하는 편이었다. 그가 생각하는 이상적 사내라는 것은 결코 잔재미가 있다는 데 있지 않다. 선이 굵고 사내답고 인금 있고 여자에게 위엄을 보일 수 있는 남자를 그는 사모하였던 것이다.

인동이가 그런 점에는 거의 자기의 뜻과 걸맞았다. 단지, 그가 인동이에게 부족을 느끼는 것은 그에게 글이 없다는 것이었다. 그는 상일하는 사내를 싫어하였다. 자기도 까막눈이가 된 것이 원한이 되는데, 더구나 남편까지 그런 사람을 만들고 싶지는 않기 때문이다.

인동이는 다행히 보통학교 이학년까지 다녔으므로 그가 아주 문맹은 아니었다. 국문은 잘 알고 한문 글자도 제법 아는 모양이었다. 만일 그가, 그야말로 낫 놓고 기역자도 모르는 사람이라면 그는 한사코 모친의 명령을 거절하였을지도 모른다.

그는 인동이가 이학년까지 다니고 또, 그날 두레 먹던 날, 인동이의 선을 자기도 똑바로 보았기에 그냥 잠자코 있기는 있었지마는―

그런데 인동이는 그의 안타까운 심정을 도무지 무관심하는 것 같지 않은가? 그것이 차차 애달파졌다. 자기는 그런 생각으로 지성껏, 반반한 옷가지를 해놓고 입으라면 그는 마치 테설궂은 장난꾼 아이처럼 아무 옷이나 되는 대로 입는 것이 성화할 노릇이다.

어쩌다가 읍내로 장보러 간다고 할 때에도 갑갑하다고 버선도 안 신고 동저고리 바람으로 밀대벙거지를 뒤집어쓰고 나선다. 그래 그는 시어머니를 졸라서,

"얘야! 인제 어른이 되었으니 의관을 하고 다녀라!"

할라치면 그는 한 말로 이렇게 차내던졌다.

"농군이 아무렇게나 하고 다니면 어떠우? 어머니는 별참견을 다 하우!"

음전이는 골이 나도 어쩔 수가 없었다. 그는 할 수 없이 남편에게 글배우기를 권하였다.

인동이도 야학은 반대하지 않았다. 그래 음전이는 저녁마다 열심히, 그를 야학에로 끌고 다녔다. 야학에는 남녀반이 따로 있었다.(396~398쪽)

〈예문 6〉

이제까지 캄캄한 그믐밤중 같은 속에서 속절없이 헤매던 그들에게 한 줄기의 광명이 비쳐 온다 할까? 혹은 앞 못 보는 장님이 오직 지팡이 끝으로 길을 찾고 방향을 더듬듯이 세상을 암중모색(暗中摸索)하던 그들의 눈이 별안간 떠졌다고 볼 것인가? 한자 두자를 깨칠수록 글자 세계의 신

비한 문이 열리고 한마디 두마디를 귀에 담는 그 가운데 이 세상의 꼬투리를 엿볼 수 있었다.

…〈중략〉…

야학에서는 국어, 산술, 조선어, 습자 등을 배웠다.

인동이가 야학에서 돌아올 때는 밤이 열시가 지났었다.

아내는 깜박깜박하는 석유 등잔불 밑에서 마치 자기를 기다리는 것처럼 바느질을 하고 앉았다. 그가 방으로 들어가니 음전이는 사뿐 일어나서 책보를 받아 놓고 바느질 그릇을 한옆으로 밀어 놓는다.

"그게 뭐야?"

인동이는 아내에게 물었다.

"저고리!"

"누구, 내 게야?"

"녜……."

음전이는 해죽이 웃으며 남편을 쳐다본다. 인동이는 새로 마른 옥양목 저고릿감을 들여다보다가,

"난 이런 옷 입기 싫대두 그래! 임자는 나를 글방 서방을 만들고 싶은가?"

하고 조금 볼먹은 소리를 지른다.

"누가 참…… 그럼 비단옷은 비단 게라고 안 입고 옥양목은 옥양목이라고 안 입으면 무엇을 입을라우."

아내는 별안간 뾰로통해서 고개를 숙인다. 인동이는 아내가 성내는 것이 애석한 생각이 나서 빙그레 웃는 낯을 지으며,

"그런 건 당신이나 입고 나는 튼튼한 광목옷을 해주어! 방귀만 힘껏 뀌어도 찍찍 나갈 것을 어떻게 입으래!"

"누가 일할 때 입으시라우, 놀 때 입으시지 ……."

"놀 때도 싫어 …… 놀고 호사하는 자식이나 입을 입성을 우리 같은 농군이 입으면 남이 흉보지 않는가!"

"그래도 입는 게야!"

음전이는 고개를 숙인 채 나직이 부르짖다가 목멘 소리로 말끝을 흐린다. 인동이는 아내의 심중을 엿보고 속으로 민망히 생각하였다.

'이 가시내가 즤 어머니를 닮아서 오입쟁이 사내를 좋아하는 모양이지. 그럼 너도 시집을 잘못 왔다.'

인동이는 한 손으로 여자의 머리를 쳐들며,

"그럼 이번만 입을 테니 다시는 하지 말라구. 임자도 그까짓 입성 같은 것에 어린애처럼 굴지 말고 공부나 잘하라구 …… 참으로 지금 우리는 배우는 것이 목적이야, 오늘은 무얼 배웠수?"

"언문 ……."

인동이는 책보를 펴놓고 독본을 읽기 시작하였다. 음전이도 골이 풀려서 그 옆에서 들여다보고 앉았다.(399~401쪽)

〈예문 7〉

밀보리를 갈고 나서 원터 사람들은 수확을 하기에 한참 바쁠 판이다. 남자들은 품앗이로 벼 베러 다니기에 밭일을 거둬들일 틈이 없다. 원칠이 부자도 날마다 들일을 나다녔다.

박성녀는 며느리를 얻은 뒤로는 마음이 느긋해졌다. 그는 며느리에게 집일을 맡기고 인제는 안심하고 들일을 거들 수 있었다. 그래서 콩팥도 거둬들이고 깨와 고추도 따들였다.

음전이는 음식점을 하는 친정에서 자라난 연고로 천역도 잘할 줄 알았다. 그래 그는 두 팔을 걷어붙이고 나서서 부엌일을 세차게 하였다. 음식 만드는 솜씨는 도리어 시어머니보다도 잘한다는 칭찬을 그는 식구들한테서 받았다.

그것은 시부모에게 더구나 귀염을 받게 하였다.(401쪽)

〈예문 8〉

인동이도 길이 넘는 볏단을 휘어감아서 누구만 못지않게 자리개질을 하였다.

음전이는 이날 진종일 부엌일을 하기에 헤어날 틈이 없었다. 그는 어쩌다 싸리문 밖을 내다보다가 자기 남편의 벼 트는 것을 보면 외면을 한다.

남자가 노동일을 하는 것은 어째 부끄러운 생각이 난다. 그것은 자기 친정에 있을 때 자기 집을 무시로 출입하는 돈 잘 쓰고 고등 요리만 먹으러 오는 손님들은 하나도 노동자가 아니라, 손이 희고 얼굴이 창백한 사람들 - 연재본)만 보았기 때문에 - 그러나 또 한편으로는 자기 사내의 튼튼한 주먹은 그런 사람들을 몇십 명이라도 때려뉠 것같이도 생각되었다.(412쪽)

〈예문 9〉

"왜 당신은 장가를 잘 들고서 누가 그런 생각을 먹으라우."
"당신은 지금 내가 재매있는 살림을 하구 있는 줄 아나?"
"그럼!"
"결코 그렇지 않소. 나도 지금 생각하면 공연히 ……."
"왜 그래요. 난 당신은 재미가 옥실각실하는 줄 아는데."

방개는 참으로 그렇게 여겼는데 지금 인동이의 말을 듣고 반신반의하였다.

"당신이 곧이 안 들으면 사실대로 말하지. 음전이는 얼굴을 밉지 않아도, 성미가 맞지 않아! 인색하고 성깔 없고 마치 염소 새끼야."

"호호호…… 부잣집 딸이 인색하지 않구."

방개는 음전이의 평을 잘했다는 듯이 간드러지게 웃는다.(459쪽)

〈예문 10〉

인동이는 아침을 먹고 나서 지게를 지고 나갔다. 논두렁풀 말린 것을 걷을 겸 여새나무를 하러 간 것이었다. 음전이는 그저 다친 다리를 절룩거리며 겨우 호정출입을 하였다.

그는 다리를 다친 뒤로부터 심정이 변해졌다. 그는 전같이 시집을 탐탁히 여기지 않는 모양이었다. 그것은 처음에는 다리만 다친 줄 알았던 것이 차차 복통이 나기 시작하며 하혈을 하기 시작하다가, 마침내는 낙태를 한 줄까지 알게 되자 가뜩이나 아픈 몸에 실망까지 하게 된 것이다.

원칠이 내외도 그 염려가 없지 않아서 그 이튿날 아침에 안태할 약을 네댓 첩 지어다 먹였다. 원칠이는 우선 사돈집에 알릴 필요가 있겠다 생각하고 읍내를 들어가는 길로 찾아가서 그 말을 전하였다. 그래 사돈이 용하다는 오약국집에 가서 약을 지어다 먹인 것이다.

비가 개매 사돈이 나와 보고 약을 또 지어 보내서 일변 달여 먹였는데도 워낙 몹시 놀라서 그런지 그만 죽은 애를 낳고 말았다. 그때 원칠이 내외의 놀라움은 말할 것도 없었거니와 음전이 자신도 여간 애달파하지 않았다. 더구나 첫아들을 무참히도 그렇게 죽였다는 생각은 오래도록 그 어머니의 마음을 구슬프게 하였다.

사돈도 이 말을 듣고 낙망하였다. 막내딸이 첫아들을 낳아, 외손자를 보았더면 얼마나 귀울 것인가? 그것은 가난한 집으로 시집을 보냈기 때문에 생으로 죽였다고, 그는 암만해도 잊혀지지 않는다.

그런데 사위는 쥐뿔도 없는 놈이 마음만 희떱다는 것이 아니꼽고, 또한 사돈이란 영감쟁이는 집이 그렇게 쓰러지게 되었는데도 진작 고치지를 못하고서 이때까지 있다가 생사람을 다치고 주이게까지 하였는가 싶어서, 그는 딸보다도 오히려 그들을 차차 못마땅히 생각하게 되었다.

그럴수록 그는 후회하기를,

"내가 공연히 잘못했어. 장래는 어찌 되었거나 그리도 밥술이나 먹는 데로 여읠 것을!"

하고 은근히 그 딸의 신세를 애달파하였다.(503~504쪽)

작가 연보

이기영(李箕永, 1896~1984)은 충남 아산에서 출생하였으며, 호는 민촌 (民村)이다. 그는 1922년 일본 세이소꾸(正則) 영어학교에서 수학했으며 1924년 『개벽』지 현상모집에 단편 「옵바의 비밀편지」가 당선되어 등단 하였다. 그는 1925년 조선프로예맹에 가담하였으며, 「가난한 사람들」 (1925), 「쥐 이야기」(1926), 「농부 정도령」(1926), 「강동지 아들」(1926), 「아사」(1927), 「해후」(1927), 「홍수」(1930), 「서화(鼠火)」(1933), 「흙과 인생」(1936) 등과 장편소설 「고향」(1933~1934), 「인간수업」(1936), 「신 개지(新開地)」(1938), 「대지의 아들」(1939), 「광산촌」(1943) 등을 발표하 였다. 1945년 해방 후, 그는 조선프롤레타리아문학동맹에 가담하여 월북 하였으며 북한 평양에서 장편소설 「두만강」을 발표하고 북조선문학예술 총동맹위원장으로 활동하였다. 이기영은 계급문학운동의 전개 과정에서 한국 민중의 황폐한 삶의 문제성을 식민지 시대 농촌의 현실에서 찾아보 고자 하였으며, 농민문학의 확대를 위해 꾸준히 노력을 기울였다. 그의 소설은 농민들의 삶의 다양한 문제성을 총체적으로 형상화함으로써 리얼 리즘의 소설적 성취를 스스로 체현했기 때문에 식민지 시대 농민문학의 최대 성과로 평가받고 있다. 특히 그의 대표작 「고향」은 계급문학운동의 전개 과정에서 거둔 단편적 성과들을 한데 모아 총체적으로 형상화해 낸 문제작으로서 이기영 문학의 최대 성과, 계급문학으로서의 농민문학의 대표작으로 손꼽힌다.

저본 1995년 동아출판사 출간 『한국소설문학 대계』 9

찾아보기

이 종 호

건국대학교에서 국어국문학을 전공하고 같은 학교 대학원에서 현대문학을 전공하여 석사·박사학위를 받았다. 건국대학교 미디어커뮤니케이션대학 커뮤니케이션문화학부에서 강의하고 있다. 주로 현대소설과 서사학, 한국문학과 영상예술의 통섭에 관심을 갖고 연구하고 있다.

주요 저서
『이무영 소설의 서술시학』, 『우리말 속담사전』, 『한국 현대소설의 서사담론』, 『한국 현대소설 인물사전』, 『한국문학과 영상예술의 서사미학』, 『한국 서사문학과 문화콘텐츠』, 『염상섭 『삼대』의 인물 스토리텔링 전략』 등

주요 논문
「구미호의 '되기/생성' 애니메이션 『천년여우 여우비』 연구」, 「동화와 각색 애니메이션의 서사학적 비교 연구」, 「고전소설 『뎐우치전』과 영화 〈전우치〉의 서사구조 비교 연구」, 「서사무가 〈원텬강본푸리〉와 애니메이션 〈오늘이〉 비교 연구」, 「洪命熹의 『林巨正』 硏究」 등

이기영 『고향』의 인물 스토리텔링 전략

2015년 4월 5일 초판 인쇄
2015년 4월 10일 초판 발행

지은이 이 종 호
펴낸이 한 신 규
펴낸곳 도서출판 **문현**
주 소 138-210 서울특별시 송파구 동남로11길 19(가락동)
전 화 Tel.02-443-0211 Fax.02-443-0212
E-mail mun2009@naver.com
홈페이지 www.mun2009.com
등 록 2009년 2월 24일(제2009-14호)

ISBN 978-89-94131-89-4 93810 정가 25,000원